交遊録

yoshida ken'ichi
吉田健一

講談社文芸文庫

目次

交遊録

牧野伸顕

人間も六十を過ぎるとその年月の間に得たもの、失ったもののことを思うだけでも過去を振り返り、自分の廻りを見廻すのが一つの自然な営みになり、これは記憶も現在の意識も既に否定も反撥も許されなくなったもので満されていることであってその中でも大きな場所を占めているのが友達である。今まで生きて来た年数を又生きることは考えられなくて、それは少しも構わないことであるが現在までに恩を受け、或は世話になり、そして他にどうということが別になかったのでも友達がいるということの喜びを覚えさせてくれた友達を自分が生きて行くに従って失うことになるのを免れないのはその度毎に自分が死ぬようなものである一方、年とともに新たに友達が出来ることも事実であって更に自分と違って友達というのが生死を越えて存在するものとも考えられる時に友達は生きて行くうちに殖えるばかりであるという感じにもなる。併し友達が自分と違ってというのは自分が死ねば友達の記憶も含めて自分の立場からする凡てが終るからであり、その記憶を少しでも残して置きたければ書き留める他ない。それ位のことをすることに友達というものは価する筈である。今これまでの半生か何かを振り返ると頭に浮ぶ友達の多くは既に死んでいて生死を越えての存在と言ってもこれはともに酒を酌むこともその笑顔が見たくて可笑しな話をすることもなくて打ち過ぎたということを変えるものではなくて友達甲斐がないことになっても仕方がない。そして生きていて現に生きる喜びを教えてくれる友達も何れはこっちが死ぬということがある。その友達のことを書くならばこれも今のうちである。

これから生涯に会った友達のことを会った順に書いて行こうと思う。Sie hören nicht die folgenden Gesänge……という「ファウスト」の序詞を読んで眼が涙で霞んだのはその時に既にその何人かが死んでいたのだろうか。併し幸にこれを読んでくれる友達もまだ少くない。ここで恋愛のことを持ち出してもいいので一人の男が何人の女を愛したのであっても現に愛している女にその前の何人かも生きている筈であって友情と恋愛は違っても幾人かのものが時空の限界を越えて自分とともにある点ではこの二つは同じであり、ここで或る時は既に死んだものを、又或る時は明日にでもどこかで会って巷談に暇が潰せるものを扱って証券その他の商品とは別な価値があるものの価値に変動はないことを実地に験して見たい。何れは誰もが死ぬのである。その保証があって我々は生きているとも言えるのであるが、そうして生きて行く上で勇気を与えてくれるものの中に友達があるということも出来ることならば合せて語りたい。

それで先ず牧野伸顕である。その家に生れて牧野さんが八十九歳で死ぬ時まで途切れがなくて付き合ったのであるからこれは多くの友達の中でも一番の旧友であることになる。牧野さんはこっちが生れた時に五十二歳だったとその種類の文献に出ているから四十年に近い付き合いになるが、それがこっちがもの心付いた時に受けた印象が年取った人というもので最後までそのことに変化がなくて格別に老けたとも思えなかったのであるから子供の頃に受けた印象というのはそれ程強いものらしい。併しそれもあるとして牧野さんというのがそういう人だった。例えば木は種が先ず実生になり、これが次第に木らしい形を整えて行ってその木と言える所まで来た後は年とともに幾ら大木になってもそれがその木であることは一目で解る筈であり、どう考えても同じ木とは思えないというようなことにならない。そして人間の中にも木に似たのがいる。又それが少しも当り前なことではないので人間の場合は智慧、或は奸智が働いて何年か間を置いて会うといい意味でも悪い意味でも見違えるようになっているというのが別に珍しいことではない。

牧野さんはいつも牧野さんだった。その父の大久保利通に連れられて欧米訪問の使節団に加り、アメリカの中学校か何かに留学させられた当時のそこの制服を着て兄の利和と並んで映っている古い写真を見たことがあるが、その十幾歳かの少年が不思議に、そして紛れもなく牧野さんだった。もし或る非常に強いもの、従って極めて柔軟なものを持って生れているならばその持ち前のもので凡ての変化と刺戟に対応し、丁度木が風雨に堪えてその木の形をなして行くのと同じ具合に一箇の人間になり、それからはただその人格を完成して行くばかりという場合も生じ得る。その完成は円熟でもあり、遂にこれが終了して一箇の人間が動かせない一つの事実になる。それが自然というものの作用の仕方で、こういう話を牧野さんから聞いたことがある。そのアメリカの学校では牧野さんを異人種と見て恰好な布教の材料と考えたのか、或る日校長がその細君と同列で牧野さんを呼び、お前を作ったのは誰かと聞いてお決りの造物主論に話を持って行こうとした。併しこれは当時の牧野さんにも愚問に思われて私の父親と母親が私を作りましたと答えた所が清教徒の精神に凝り固まった校長夫婦は狼狽して布教工作が打ち切りになったということである。これが自然に逆わずにいるということである。

それからの学歴というようなことは交遊録の材料にならない。牧野さんが十六歳で父を失った後の一、二年のうちで一番嬉しい思いをしたのは外務省御用掛を命じられてから二十歳で書記生に任じられて在ロンドンの日本公使館勤務を命じられた時だったらしい。その前に御用掛の辞令を貰って別に月給は幾らという申し渡しがあり、自分は見習いの意味で御用掛になったので月給まで貰うことはないと考え、又それには恐らく自分が月幾らと値踏みされたことに対する反感も手伝ってその上役に別室で改めて会って月給の方を断ると上役がそこから出て行って暫くして戻り、それでは月給のことは承知したと答えて月給なしと決ったという経緯があった。併し書記生になってロンドンまでの旅費を当時の通貨だったメキシコ・ドルで支給された時はその一袋の銀貨を手に取ってもう大丈夫だと思ったそうである。それは嬉しかったに違いない。牧野さんは既にアメリカを知っていて船や大洋や外国の町が一度その味に馴染んだものにその記憶もあってどれだけの魅力を持つものだったかはその頃と違って飛行機が発達し、観光が大規模な企業になった今日の我々に想像し難い。

その行く先が十九世紀末のロンドンだったことも考えていい。当時の日本は役人に仕事をさせることが主眼になっていて志がある青年が役人になることを望むのが普通だったから制度の方も融通が利いて牧野さんの官歴を見ても外交から内政、それから又外交へという風に殆ど無造作に流動している感じであるが、その仕事の相当な部分を外交が占めていてその舞台は十九世紀末のロンドンが振り出しのヨオロッパだった。十九世紀末のヨオロッパというのは或る意味では世界の一部としてのヨオロッパが漸くその輪廓を現しつつあった時期であり、それとは別にそれまでのヨオロッパの終焉と考えられるものでもあった。これは限りない豊饒ということであって牧野さんはそれをロンドンでも後にウィインでも味ったことになるが、それが先ずロンドンだったことは人間と場所の関係に偶然以外のものがあることを感じさせる。その上にロンドンの次が年代の上では大分後でもロオマでの短い期間を置いて日露戦争が始っていたフランツ・ヨゼフ治下のウィインだった。

牧野さんはロンドンの話になるとこの町が初めは何もない所のように見えてそのうちに

そこに何でもあることが解って来るのは袋の中に真珠が入っているのに似ていると言っていた。ロンドンでの生活は本当に楽んだらしい。又それが公使館での仕事と一体をなしてのことでその生活振りが仕事振りでもあり、その話を聞いているとそれが例えばもっと後になって日本の商社というようなものの駐在員が誰にも引けを取らずに他社を出し抜こうと懸命になったりするのとは大分違っているのが感じられた。そういう始めての国に行ってそこの風俗や習慣に馴れることを心掛けるのはいつの時代にも同じと思われるが、それが牧野さんの場合はロンドンの英国人の家庭に住み込んで社交の上で必要なことだというのでポルカ、ワルツ、ポロネエズなどのダンスを習いに行ってはそこの家庭の娘さん達に稽古を付けて貰い、他所の家に約束をして儀礼的に訪問に行く時は十五分以内にそこを辞去してその間外套を脱がずにいるものであることを知ってその通りにやって交際先の家を訪問して廻っている。それが仕事の為にもなすべきことだったのでも牧野さんがこれを生活としても楽んでいたことは晩年になってもブルウ・ダニュウブのワルツの音を聞く時には心が浮き浮きすると言っていたことで解る。

その儀礼的な訪問は十五分以内というようなことは今のロンドンにももうない。併し今のロンドンになくなったものはまだ他にもあって当時は今日の日本のとは大分違った本式のトルコ風呂がロンドンで流行し、それでシャアロック・ホルムスもコオナン・ドイルがホルムスものを書き出した頃の話では盛にトルコ風呂に出掛けるが牧野さんもこれを愛用したらしくてそのことも何度か聞いたことがある。尤もこれはかなり贅沢なもので更に又そんなことをしなくても金は掛り、例えば洋服は場末の仕立て屋に作らせれば三ポンドですむのに一流の店では一着十何ポンドもしてそれでも安ものを着ていれば直ぐに見抜かれるので無理をしてでも一流の店に行かなければならず、そういうことで苦労して質屋にも出入りしていたということだった。又一方では国際法の講義を聞きにロンドンの法学院の一つに通い（牧野さんの場合はLincoln's Inn）、日本領事館が手不足になって領事代理になった時には日本政府直轄の貿易の帳付けに簿記を二週間で覚えている。

それから牧野さんはウォルタア・スコットの小説を愛読している。これも社交の話題の種に、又英国人の性格を知る為にと言ったことが最初の目的だったらしくてスコットの小説も十九世紀末になってからも英国で流行していたのであるがそれを愛読する余りに自分もこういうものが書きたいと思ったことがあるといつか言ったのを覚えている。牧野さんのそういう態度が新知識を求めるというようなものでなかった。初めにアメリカに行ってアメリカに対して殊に当時は凡てが本場である英国に行くことを望み、そこへ行ってトルコ風呂があれば出掛け、スコットの小説のことを聞けばそれを読んで熱中し、恐らくはその頃の日本公使館からそう遠くない所にロンドンの四つの法学院があってその一つで法律の講義を聞き、議会にも度々傍聴に行ってグラッドストンとディスレエリが議場で一騎打ちする光景もいつか話してくれたことがあった。その時は野党側のグラッドストンが政府を攻撃する演説が猛烈を極めて首相だったディスレエリが答弁に立ち上ると先ず一言、グラッドストン氏と私の間にこの卓子があってよかったと自分の前にある書記官長の卓子を指差したそうである。それに就てもう少し説明する必要があるならば英国の議会では与党と野党の席が狭い通路を距てて並行して設けられているから政府と野党は文字通りに対立して応酬を重ねることになる。

そのように牧野さんの英国での滞在には無理がなかった。それと比べれば典型的な大正人だった荷風の遊学は勿論のこと牧野さんと同じ明治の人間だった鷗外のドイツ留学もどこか気負い込み過ぎている感じがする。又拗ね方が徹底していて何の為に英国まで行ったのか解らない漱石の渡英とも牧野さんのは正反対で牧野さんは徹底してというような観念さえもない様子で英国での生活をただ楽んでいる。それが晩年になって英国での朝の食事にはトオストとバタとマアマレエドがなければとよく言っていて、これは今でも英国のパンを焼いたのはバタを付けてオックスフォオド辺りで出来たマアマレエドを塗るのが英国で朝の食事をするものが喜ぶことの一つである。何故かそれで牧野さんの横文字の筆跡を思い出す。その書も見事なものだったが横文字の方もこの頃はどこに行ってももうないとしか思えないものであの筆跡にはオックスフォオド産のマアマレエドもヴィクトリア時代のトルコ風呂もディスレエリの下院での演説も辻馬車の馬蹄の響もあった。

その頃は洋行帰りということが言われて、この言葉の背後にあるものが今日でも本質的に少しも違っていないことは外国のものが服装から文学に至るまでただ外国のものであるということだけで幅を利かせていることによっても明かである。併しここで言いたいのは牧野さんが洋行帰りでなかったということである。又この頃耳にする所謂、国際人でもなかった。そして牧野さんがそうでなかったものはまだあってこれは自分の国である日本からも眼を背けている神国日本主義者でもなかった。それが牧野さんに就ていつも不思議に思っていてこの頃になって漸く納得出来るようになったことでそのことをなるべく簡単に、或は寧ろありのままに言えば牧野さんにとって日本は日本という国であって序でにこれは自分の国でもあり、英国ならば英国に行けばこれは英国という国なのだった。これは当り前なことのようであってそうでもない証拠にこっちが日本の方が外国よりもいいとか外国の方が優れているとかいう話にならない問題に悩まされている間は牧野さんの態度がどうにも腑に落ちなかった。

併し今日の方が洋行帰りの気分が或は前程は露骨でなくなっているかも知れない。牧野さんが晩年にまだ在職中でも大分暇になって鎌倉を引退の場所と決めていたことがあって、その頃そこのホテルに連れて行って貰ったりするとそういう場所に乗馬服に鞭を持って英国の地主そっくりの恰好をしているとか、要するにそう言った人間が来ていてその服の着こなし方も板に付いていたが、それが羽織り袴の牧野さんと話をしているのを見ると牧野さんの方が明かに本ものだった。これは牧野さんが日本人として相手の英国の地主振りよりも本ものだったというのではない。どういう本ものでもそれがそういうものである限りではその産地、国籍、歴史というようなものがあるに決っていて国際人というのが嘘であるのはどこの国にも生れたことがない人間などというものがある訳がないからである。併し又本ものであることに掛けてはその産地その他を問わず凡て同じであってそれが我々の生活を豊かにするのでもあり、又それ故に光琳の屛風の前にタナグラの像を置いても別に矛盾を感じることはない。

牧野さんはそういう本ものだった。それが如何にもそうだったので平凡に見えたので又どこに持って行ってもそこにいるのが板に付いていたからなお更だった。併し英国大使館の食事に呼ばれて廻りの客と話を始めると他の客はそれが聞きたくて黙ったものだった。又こんなこともあった。牧野さんがやはり晩年に非公式に外交団その他の知人を晩の食事に招いたのに出席したことがあって、その後でその食事があった所から一緒の車で帰って来た。それが非公式のものだったから服装も略式の黒ネクタイを着けたもので、これは勲章その他の飾りを一切用いないからその恰好では牧野さんはただの老年の伊達男でそれがその通りに見えたのが印象に残った。その帰りの途中、話の合間に何気なくズボンのポケットに手を入れるとこっちはその前にそういう服装をしたのがパリでだったのでコメディイ・フランセエズの切符が出て来た。その時車は牧野さんがその頃住んでいた渋谷の家に向って青山の通りを進んでいたのを覚えているが、そうして牧野さんといればそこがパリであっても少しも構わなかった。

その切符を牧野さんに見せるとそれはいい記念だと言った。牧野さんにとってこれはそれ以上のものでなかったのでパリは世界の一部に実在する町であり、そこで芝居を見に行くというのが別に変ったことでないのだからその芝居の切符をちぎったのも行ったことの証拠になるものに過ぎなかった。こっちはまだ切符に多少の郷愁を感じる段階だったのである。そこに問題があるので、或はそのことで一つの問題が解消して日本で外国と日本ということが日本とその外にある場所ということに止らない特殊な意味を持つことになったのが明治に始ったことであることになっていて兎に角いつ始ったのであっても明かにそれが今日に及んでいる。又それには恐らくそれだけの理由があることなのだろうが、それが明治以来のことならば牧野さんは明治の人間であってそのような特殊事情は全く見られず、その上によく考えれば日本人がそうした事情を受け入れなければならない本質的な理由は何もない。

日本がそれ程特殊な国である訳がない。もし日本の桜が美しいならばそれは美しいのであってそれが日本にしかないものであってもその為にこれが日本の人間にだけ理解出来る美しさなのでもなければその人間がフランスに渡って夕靄が掛った田舎の並木道に何も感じないでいることにもならない。併し日本の春の桜とフランスの秋の夕靄が掛った田舎の並木道は確かに違っている。そして同じく土佐の海岸から眺める太平洋と汽車が新潟辺りを出て窓の外に拡る日本海の色も眼に見えて違っている。又確かに外国に行けばそこの風俗を身に付けることを心掛けなければならないがそれはその風俗が違っているからで、どう違っているかと言えばただ違っているのである。それだけですむことであるのは一つには人間の精神には際限なく変化に対応する働きがあるからであり、これに加えてどこへ行っても人間の精神は人間のものであるということがある。こういうことは自分の体、或は精神に聞いて見れば一番よく解る。

併しそれをするものが少いのかどうか、そして又牧野さんが唯一の例外だったというのでは決してないが、その日本と外国ということが問題になり始めた頃に生れてその最中を生きて来ながら牧野さんのようにこのことを無意識にと思う他ない形で解決して従って初めから受け付けなかった人間は珍しい。これは先ず牧野さん一人ではないかとも言えるのは或は個人的な経験から来ていることとして、それならばそれで東西の問題に就ての詮索が今日でも跡を絶たないのみならず一向に衰える気配がないのは不思議である。それに就て一つ明かなのはその詮索に熱中するもの程その東西に就ての知識が不足していることで、この点は明治の人間と同日の談でない。彼等は造船術の勉強をしに外国に行けばそれを学んで帰り、それが外交、金融と言った外国人が交渉の相手である仕事であるならば自分が行った国の教養がある人間と対等にその国語で読み書きし、話し、又その水準で外国のことに就て考える力を付けて来た。鷗外の独逸日記のようなものを読むとこのことを強く感じる。

　牧野さんの時代にはそれが当り前なことだったから牧野さんもそうするのを当り前なことに考えた。又それが一体に牧野さんの考え方というものだったと見ていい。牧野さんはアメリカから帰って来て当時の開成学校、後に東京大学、更に後に東京帝大になるその前身に入ったが授業の殆ど凡てが英語で行われていて和漢の学問の方はその余暇に個人的に先生の許に通う他なくて思うように進まないので漢学の勉強に支那に留学する気を起してそのことを父の利通に言い、その具体策の段階になって開成学校が改正されて東京大学になり、そこに和漢文学科が置かれたのでそれに入った。凡てその調子で一生を通して来たようである。いつだったかまだ人前に出て口を利くのが苦手だった頃に、或は現在よりもまだ苦手でそれが気になっていたので牧野さんが何かの政府委員になって議会に日参していた時代の話が出た序でに演説というのはどうやってするものかと聞くと牧野さんはただ立ち上って必要なことを述べればいいのだと言った。

　一番古い所から牧野さんの記憶を順に辿って行ってもそこに牧野さんというものが現れている。その一番古いというのは台湾製のパナマ帽に黒い紗の羽織りに白絣、これにやはり紗で作った申し訳だけの袴を着けた夏に散歩に出掛ける時の姿で、これは晩年に鎌倉で散歩に出掛ける時のと全く同じだった。いつも家では和服でいたことは言うまでもない。その家が何度か引っ越してもいつも日本の家で牧野さんは洋館を洋館らしく維持して行くのは日本では難しいと言っていた。その次に思い出すのは大正八年に第一次世界大戦の後でパリで開かれた媾和会議に出席して帰朝する途中でその船がこっちがヨオロッパに向う船とシンガポオルで擦れ違った時のことで、そのことがその土地の誰かに解ってそこの家に牧野さんと一緒に呼ばれた。牧野さんは何で出来ていたのか鼠色の艶がある背広を着ていて、それが夜でも背広ですんだのだから日本人の集りだったようであるが、その見馴れない服を着た牧野さんも少し痩せている以外は日本で会った時と別に変っていなかった。ただ殆どこっちに話し掛けなかったのは他人の前で身うちのものと親しくするものではないと考えたからだった。

そしてそれが特に澄していたのでもない。その頃はヨオロッパまで船で行く他なくて横浜からフランスのマルセイユまで四十日掛り、牧野さんはこれを何回繰り返したのか知らないがいつもこのインド洋を越えての航海を懐しがっていた。ただ物見遊山に出掛けたことはない訳であっても一度船に乗ってしまえば無線で急報を送って来るというようなことにも限度があってインド洋に出れば大概の季節は凪ぎが続き、船会社の方で食事の時の料理を凝ったものにしたりして船客の無聊を慰めるのに力を尽すということがなくてもその無聊が日毎に楽めた。牧野さんならばなお更そうしてすることがなければないで甲板の椅子に腰を降して海を眺めていられたに違いない。そのことをあれは一種の生活だと言っていた。牧野さんが一種のと言う時はそれが或る特別なという意味を持っていた。今から思うとその媾和会議からの帰りが牧野さんにとって最後のそういう航海だったことになる。

　併しそうした人間だったから自分から求めて何かするということがあった。或ることをするのが自分の役目だと思う時だけで、それで用なしでいられるのが楽める航海を用もないのにすることは考えられなくてその航海やヨオロッパやアメリカの話はしても実際にそこまで行くのはそれ切りになった。日本にいるならばいるで牧野さんには充分だった。これが美食家で庭作りに興味を持って家の普請や女の器量に注文があり、日本画が好きで文人画家と交際があって酒は体質的に飲めなかったが酒席の賑かな気分を喜んだ。その実際を伝える為に人間以外の動物を例に引くならばそういう動物は自分の環境が許す限りの贅沢をしてまずい食物よりも旨いのを選び、巣を作るのに念を入れてそれを贅沢と考えずにただそれでいい思いをする。それが出来るからそれはその生活であって、もしそれが出来なければその動物は哀れであって恐らく次にはただ生きることに懸命になるに違いない。

　牧野さんもそのように生活を楽んだ。或はその形でただ生活した。それでその前に出るとただそれだけで豊かな感じがしたもので、このことをもう少し説明するとそこには二十歳で英国に渡った時の航海もロンドンの霧も鹿鳴館の煌きもフランツ・ヨゼフの宮廷も、そして又山県有朋との暗闘もクレマンソオとの交渉も牧野さんとともにその歴史としてあって、それが普通の人間に余りないことなのではなくてその底流をなすものが普通の人間の生活であるのが明かであることがその普通の人間というものがもしあるならばその生活の奥行きを示してそれを豊かにするのだった。その普通ということだけ余計に思われて凡ての人間に共通であるただ一つのことが人間であることならば一人の人間が地道に生きて行くことで始めてその人間が接するものも光を増し、そのありのままの姿を見せるものであることが牧野さんを通してそれを意識していないものにも朧げにでも解った。例えば食通を以て任じているものに食べものはその味がしない。又自分が絵画の専門家だと思っているものの眼に絵は見えはしないのである。これは澄んでいて静かな水が一番よくものを映すようなものだろうか。

牧野さんの場合はその生活が少くとも外観の上では終りまで続かなかった。その政治的な立場がその生活に即したものである時にそれは更に今日流行の右とか左とかいうことを離れて政治そのものに即し、これに従って進退することは満洲事変以後の日本の風潮ではこの点は今日の事情とも実質的に大して変らなくて輿論というのか、その兎に角代用になっているものを刺戟しないでは置かなくて鎌倉の家は警察から警備し切れないという苦情が出て引き揚げる他なくなり、そこから移った東京の渋谷の家は空襲で焼かれて牧野さんは千葉県の柏に疎開先を見付けてくれるものがあってそこに行った。その家に始めて訪ねて行った時それまでのことと比べて何か感じた筈なのであるが、それがなかったのは廻りが変っただけで牧野さんはそれまでと同じでいるからだった。全く何の違いもなかった。その時に空襲の話も出ず、戦況は言っても仕方がないことで日本が負けてからどうなるか予断を許さず、勝ったりすることがあればもっと大変なことになることが解っていた。つまり話すこともそれまでと違っていなかった。

一人の人間がフランツ・ヨゼフの宮廷に勝海舟にロンドンの霧にクレマンソオの豪胆にというようなことを感じさせるのはその環境によってどうなるものでもない。それは終戦の年の五月で緑に包まれた柏の町をその家の縁先から見ていると牧野さんがそれまでにいた何軒かの家のどれかで庭を眺めている気になるのも難しくなくて、それが戦争も終りに近づきつつあった年の何ともみじめな感じと奇妙な対照をなしたことを今でも覚えている。それは殆ど牧野さんを自分から引き離すのに足りて恐らく牧野さんは実際に何が起ったのかこっちよりも遥かによく知っていてそれでいつものその人であることがそこまで付いて行けない感じを起させた。例えば大地というのはその上に安じていられるものであるが、どうかするとそれが広々し過ぎている気がすることがある。こっちは家が焼けたので海軍から特別に帰省の許可が出た言わば敗残兵だった。

そのうちに戦争が終って牧野さんが敗戦で何の衝撃も受けなかったということはあり得ない。或る時、明治この方八十年間の努力が水泡に帰したと言ったこともある。それでこういう話を思い出した。牧野さんがウィインに駐剳《ちゅうさつ》していたのは日露戦争の最中で或る時ベルギイ公使の所で昼の食事の会があり、それに同じく招待されていたロンドン・タイムスの特派員がなかなか来ないので皆待っているとそれが日本海海戦があった翌日でそこへその特派員が入って来てバルチック艦隊の全滅を知らせる電報を受け取った為にそれをロンドンに打電するので遅れたと言い訳した。当然それで牧野さんも公電が入ったかどうか聞かれて牧野さんはそれを既に受け取っていた。ただそういうことを言い触らして得意になってもと思って黙っていたのだった。勿論その内心はどんなだったか想像出来る。併し牧野さんにして見れば自分の喜びを人に言うのには時と場合があり、それはその喜びに堪えたということでなくてそれさえも牧野さんを動かすことはなかったことになる。或は堪えるのでなくてその揺すぶりに堪えるものが牧野さんに既に出来ていた。

それだから敗戦で動顚したことも考えられない。確かにその当時は八十年間の努力が水泡に帰したように思えたからそう言ったのでその上で又時間が流れ出した。牧野さんは日本の復興を見ずに終戦から四年目に死んだが、その四年間も柏まで行けば牧野さんがいるということが頭にあるだけで行けばそこにいた。その生活はみじめなものになっていたにも拘らず少しも無理を感じさせるものがなくてここで持続という言葉を使うならばそこには今から思えば幼少の頃からの見事な持続があった。やはり本を読み、散歩に出掛けて毎日の貧しい食事に満足し、政府からの一切の援助を断った。恐らく自分に補われるべきものが何もないと考えていたに違いない。併しその生活は物質的には災してただ老衰と言う他ない病状を短期間呈していてから八十九歳で死んだ。これが戦前の鎌倉だったならばまだ三、四年は元気でいられた筈である。それでここで人間以外の動物の例に戻る。その環境が破壊されるなどの状況の変化があってそういう動物の生存が危くされるのは哀れであるが、もしその中でその天寿の終りが近くなるまでその生涯の経験とともに生きたのがいたならばその動物が自分を哀れと見るだろうか。それをそう見るのは部外者であってその動物は終りまで自分とも自分でないものとも付かない何ものかに支えられて、又それに満されて生きているに違いない。その動物も時間には勝てなくてもその動物が時間である。

G・ロウェス・ディッキンソン

大学に入って間もなく日本から同じ大学のディッキンソンという人に宛てた紹介状が届いたのでこれを同封した手紙をその人の所に送った。それで直ぐにかなり長い説明が必要になるのは大学と言っても日本とヨオロッパ、殊に英国ではその言葉（universitas）が同じもの、或は同じ種類のものを指すものかどうか疑問に思われる位違っているからでこのことを無視して話を進めればどこかで辻褄が合わなくなる。今日の日本の大学というものが別に学問のようなものをする場所でないことは改めて述べるまでもない。併し日本の大学も学問の府だった時代からその制度はヨオロッパで行われているものと違っていて、それでもどちらかと言えばその制度はヨオロッパ本土のものに似ている。或はここでは便宜上それでヨオロッパ本土のものの系統に属しているということにしてその系統のものと英国の大学制度の違いを示せば先ず根本の所では英国のが少くとも原則の上では全寮制であるのに対してヨオロッパ本土のが通学制とでもいうのか、要するに大学の教程に従いさえすればどこに住んでも構わないということがある。

併しこの違いは大学の歴史とも直接に関係があって僧院が学問をする場所を兼ねたのはヨオロッパを通してどこでも同じであっても英国でこうして学問の中心になったオックスフォオドとケンブリッジはその理由は兎も角何れも英国の田舎の町でそこに僧院を離れて学問をする場所を作ることになった時に先ず必要を生じたのが宿舎の設備だった。こうして最初にオックスフォオドではユニヴァアシティイ・コレッジ（collegium）が西暦一二四九年に、ケンブリッジではピイタアハウス・コレッジが一二八四年に出来てこれに続く何百年間かにそうしたコレッジが次々に作られて行った。そしてどのコレッジの場合もその建築上の構造が、これは今日でも講義や研究よりも居住に重点を置いたもので又恐らくこれはその管理の必要から起ったことと思われて一つのコレッジはそれだけで独立した一つの団体をなし、その各コレッジの幹部が大学の運営にも参劃し、大学はそういうコレッジの集合と見てよくて学生はその生活でのみならず勉強のこと一切に就て直接に交渉があるのが大学でなくてその学生が属するコレッジである。例えば学生は校則によって自分が属するコレッジの幹部の誰か一人の教え子であって形式的にでもその幹部の勧告に基いて研究もし、講義の科目も選ぶ。

それでそのコレッジの幹部をなすものであるが、これは必ずしも同じコレッジの出身者、或はその大学の出身者でなくてさえも構わなくて要するに優秀な、或は有望な学者の中から現職の幹部が欠員がある毎に選出し、一つのコレッジの幹部になれば生活を保証されてその中のコレッジで幾間の部屋か、或は別に住宅を与えられてコレッジの運営のみならず講義その他の仕事にも当り、その多くは大学の役員でもあって何れにしてもその講義は大学で公認されたものである。又序でに書けばそういうコレッジでの講義も大学が部外者に講師を依頼して大学直属の教室で行われる講義も大学の講義であり、試験や及落の審議などの大学の業務も殆どコレッジの幹部が担当している。そうすると大学教授というのはどうなるかということに就てはこういう英国の大学で教授の数は非常に少くて科学関係のものを除けば例えばオックスフォオドの詩学教授、ケンブリッジの文学教授は碩学にその生活と身分を保証するのが目的の名誉職に過ぎなくて大学の仕事に先ず携らない。これだけ説明して置いて漸くディッキンソンのことが書けるので各コレッジの幹部を fellow と呼び、ディッキンソンはケンブリッジのキングス・コレッジの fellow だった。

Goldworthy Lowes Dickinson の名前を日本で聞くことは全くない。又その上にこれが英国の学界、更に日本と制度が根本的に違う英国の大学の一つであるケンブリッジで重きをなした人だったのであるからこうした交遊録で扱うのに向いていないことは明かであるが、このディッキンソンが牧野さんに次いで一生のうちで二番目に会った友達なので省くことは出来ない。これもディッキンソンの人柄の一端を示すものと思われるが実はその日本から送られて来た紹介状というのが多分に礼を欠いたものでそれを書いた日本人は一度どこかでディッキンソンに会ったことがあるらしくてそれを楯に取ってこっちが英国に来ていることを聞くと宜しく頼むというようなことをディッキンソン宛てに書いたのだった。それがそうであることはディッキンソンに会った時にどうもそれを書いた人間のことを覚えていないがと言われて解った。それまで当然こっちはそれが誰かディッキンソンと親しい人なのだと思っていた。

併しディッキンソンはそれにも拘らずコレッジにお茶に呼んでくれた。それで少しこのキングス・コレッジのことを説明するとその前の通りがその辺だけキングス・パレエドと呼ばれ、これは町を離れて駅に近づく方向に行くうちに名前がトランピングトン・ストリイトに変り、逆にキングスからトリニティイ・コレッジの方に行ってトリニティイ・ストリイトになる。それでキングス・コレッジはこのキングス・パレエドに王冠の形をした小さな塔を戴く門があり、それを入ると右がこのコレッジを創立した十五世紀のヘンリイ六世の時代に着工して十六世紀のヘンリイ八世の時代に完成した垂直式のキングスの礼拝堂、左がエリザベス時代の建築を摸して十九世紀に建てられた食堂、この二つを門を入ると直ぐの芝生の向うで結ぶ恰好になっている建物が十八世紀の初期にジェエムス・ギッブスの設計で出来たギッブス・ビルディングでこれがコレッジの fellow や上級の学生の住居、或は研究室に宛てられている。

ディッキンソンもそのギッブス・ビルディングに住んでいた。この建物の中央を上が迫《せり》持《もち》になった通路が向う側まで突き抜けていてディッキンソンがいたのはその通路の右側にある階段を昇った三階で丁度その通路の上になった幾間かの部屋だったと記憶している。そこには何度も行ったので色々なことが前後して最初に行った時のことを正確には覚えていない。こっちが手紙を添えて送った紹介状はそういう性質のものだったがディッキンソンはロンドンやケンブリッジ、又ヨオロッパ全体に友達が多かったことでも解るように一般に人間というものに関心を持っていてそれが自分のコレッジに新たに入って来た学生にも及んだ。もう一つディッキンソンに呼ばれたことに就て考えられるのは一九三〇年代初頭に日本というものが英国の知識階級の間で占めていた位置であって当時はウェエレイによる源氏物語の英訳が出始めていた頃で日本をこの英訳でその存在が明かにされた文明国と見るのが常識になっていた。この知識階級という言葉をここで使って何か旧友に廻り合った感じがするが知識人というのが今日の日本でどういう妙なことになっているのでもそれで歪められる前の意味での知識階級は当時の英国は勿論のこと、その名称は兎も角今日の英国でも日本にも健全に生き続けている。

ディッキンソンがいた所は入ると短い廊下があってその先が広い居間になり、幾つかの窓から前の芝生とキングスの門が眺められた。そして壁に支那の書画が幾幅か掛り、ディッキンソンは禿げ頭だったので部屋にいる時は真中に珊瑚の玉が付いて黒い繻子で出来た昔風の支那の帽子を寒さ除けに被っていた。日本まで来たことがあるのかどうかは遂に聞かなかったが支那には北清事変の直後に行ったことがあってその間の見聞に即して帰国してから *Letters from a Chinese Official* という小冊子を匿名で出した。これは今日の見方からすれば当り前なことを書いたもののようであっても支那が義和団の事件が列強の介入でやっと収ったばかりの野蛮国だというのがその頃は当り前な見方だった時にディッキンソンは北京その他での支那の知識階級との接触で支那の文明を認識し、義和団を鎮圧するに際しての列強の軍隊の乱暴狼藉を自分の眼で確めたということもあってこの小冊子で支那に対する一般の考えの誤りを指摘し、これを改めなければ早晩生じる事態として今日の支那で現に起っている通りのことを予告している。それで序でに言うとこの北清事変で殺戮、掠奪の極みを尽さなかったばかりでなくて善政を布いて支那の民衆に慕われたのは先ず斯波大佐の指揮の下に北京籠城に加った日本の守備隊、次にその救援に日本から派遣された軍隊だけだった。

この本のことを知ったのがディッキンソンに最初に会った日であるのはその時にこの本の第何版かに署名して貰ったのであるから確実である。まだ十代の学生が碩学に署名本を貰った記憶というようなものはそう簡単に消えるものでない。こうしてヴァレリイが言っている通り栄光というのは偶然に、或はその時の運で与えられるもので、ここでヴァレリイが言っていないことを一つ加えるならば栄光というのは人間が一生に一度浴するものでで後は繰り返しに過ぎない。併しこれは個人的なことで、その時に聞いたことでこの本の話を補うとこれが匿名で出て題が支那の役人からの手紙ということになっているので一部ではこれが実際に支那人が書いたものと思われてブライアンというアメリカの政治家はその批評でこの本を書いたものがキリスト教徒の家庭に育たなかったことは明白であると言い、その非キリスト教的な論旨を攻撃したそうである。又そうした誤解は別としてもこの本が出た時は相当な注意を惹いたものに違いない。

ディッキンソンと付き合っていると知識階級の人間というものが実際にいることが解った。これは文字通りに知識がある人間、東洋風に言えば識者であって一般の知的な水準を抜いている以上はこと毎に、或は度重ねて一般に是認されていることに反する立場に置かれることは覚悟の前である人間を指す。又そのようなことをここで改めて言わなければならないのはその後に知識階級というのが一種の職業になり、これが一般の態度に反する言説をなすものであることになっているのを逆用してそうすると見せ掛けながら肝心の所で輿論に阿って大向うの喝采を博すことを狙う輩が殖え、寧ろその方が知識階級と考えられるに至っているからである。併し人間が求めるものは真実であってもし真実と一般の態度、新聞雑誌の論調を比較するならばその態度や論調が問題にならないことは言うまでもない。ディッキンソンの著述の一つに *A Symposium* という対話篇があってそこで主役を演じる人物の Philalethes という名前を訳せば真実を愛するものということになる。

それでキングス・コレッジの気風というようなものにも触れて置かなければならない。

こういう風に各コレッジが独立した一つの単位で大学というのがこれを集めた聯邦政府に似た組織である時にコレッジ毎にその歴史も特色も違って来る訳で学問のことに重点を置いてその方面での業績で知られているコレッジもあり、競技で優れていてそういうものの選手が幅を利かせているのもあってキングスは学問、或は人間の精神の世界でのことが主に問題にされるコレッジだった。又その学生の数も少くて常時で二百人内外しかいなかったから全体の纏りもよくて、これはこういう制度に共通の性格とも思えるが幹部と学生の交渉も密接であって幹部が上級生よりももう一つ上の級に属している学生の感じだった。従ってそういう所でのディッキンソンのような洗練された精神の持主の存在は大きくて、その頃のキングスと言えば十六世紀の垂直式の礼拝堂に次いで先ず頭に浮ぶものが大学のものにとってディッキンソンとギッブス・ビルディングにあるその住居であるという風なことになっていた。

ディッキンソン自身がキングスの出で在学中は古典学を専攻し、後にプラトン学者として知られることになったがその学風は二十世紀の研究方法よりも寧ろ十七世紀に起ったケンブリッジのプラトン学派の流れを汲むもので経済学や国際関係の専門家でもあって第一次世界大戦の後で国際聯盟の設置に尽力し、その方面のことでロンドン大学でも講義していた。併しそういうことを挙げてもこの人物の魅力を伝える上で余り助けにならない。確かなことは我々に付き合っている時にそのギリシヤ文明全般に亙る研究も経済学の造詣も、又ゲエテの研究家としての業績もディッキンソンの頭になくてただ我々がどういう人間なのか、或は将来どんなものになるか、又現に何を考えているのかにその興味が向けられて恐らくはその研究の部門での態度と同様に理解する努力と楽みがその時の凡てだったことである。ディッキンソンの友達の一人がE・M・フォオスタアでその「ハワアズ・エンド」という小説の初めにフォオスタア自身のものに違いない only connect……、結び付きが解りさえすればという言葉が掲げられている。この世の凡てに就てその相互の結び付きを知るというのがディッキンソンの態度だった。

これを人間関係の面に移せば人に就て知るには先ず相手と親しくならなければならない。ディッキンソンの場合はその為に人と親しくするのであるよりも温かな心情の持主であることが人間に親ませてその経験から人間というもの全般に興味を向けることになったようで我々の方では畏敬の念が最初にあってこれに近づいて行ってもどうかするとディッキンソンが人中、或は野原に置き去りにされた幼児と大して変らない感じがすることがあった。それがディッキンソンがこれは一体何なのかと考えている時の状態だったことが想像される。その世界はその一生の志向と努力によって一応は互に結び付いて一つの全体をなすものになっていた。併し当然それは一応のことで例えば我々の不用意な言葉がどうにも唐突なものに思われる時ディッキンソンはそれを我々の未熟に帰する前にその世界でその言葉が嵌る場所を先ず探すということをしたのではないかという気がする。その代りに我々が言ったことが真実と思われる時はディッキンソンが喜んでいることは明かだった。

或る日、二人でキングス・パレエドを歩いていてその頃読んだばかりのシェレイのLife, like a dome of many-coloured glass, / Stains the white radiance of Eternity という詩を何かの序でに引くとディッキンソンはそういう喜んだ顔付きになって別れるまで機嫌がよかった。併しこれをただそれだけのことに受け取られては誤解を生じるばかりでシェレイのその二行は誰でもが知っているあり触れたものに過ぎない。併し詩が行き亙っている間に何度も引用されているうちにあり触れたものになるのは名句の逃れられない運命であって、それで名句がそうでなくなるのでなくてあり触れていることの方が余計なのである。又この二行からシェレイの理想主義ということを引き出してディッキンソンを一箇の理想主義者と見るのも正確を欠き、永遠の日光をこの世の円天井に張った多彩な色ガラスが染めるというのは寧ろプラトンが理想ではなくて idea、真実とこの世の仮象に認められる関係に就てなした説に即していると考えるべきであり、確かにその点でディッキンソンは厳密な意味でのプラトン主義者だった。

これは書けばそれだけのことでそれが紛れもなくそうだったことを思えばそうどこにでもあることでなくなる。プラトンの idea の説はギリシヤ人が考えたことの中でも広範囲に亙って活用出来るものであるが、これを哲学史上の一つの現象と見るのとそこで真実が語られていることを認めるのは違い、それを認めるには哲学をやる序でにプラトンを読むのでなくてプラトンが書いたものを通してそれを書いたものとの対話が行われなければならない。別な言い方をすればディッキンソンにとって我々がその時実際にキングス・パレエドを確かフィッツウィリアム博物館とトランピングトン・ストリイトの方角に歩いて行ったのと同様にプラトンがその説で述べていることも実在していたのでこうして観念を事実とともに事実と受け取るのが知識階級、或は識者の定義であってもそれに当て嵌るものは例えば今日の所謂、知識階級には先ずいないと思っていい。それで理想主義者というものがあってその理想は符牒に過ぎず、唯物論者にとって唯物論は道端の石とともに動かせない事実なのではない。そこの違いは自分が受け取ったことを生きるか生きないかによるとも言える。

それでディッキンソンという人間も生きていたことになるだろうか。兎に角この生きているという感じは魅力があるものでディッキンソンの廻りに集るものは皆それに惹かれているようだった。その日我々がフィッツウィリアム博物館に向って歩いていたというのは実は余り確かでない。それとは別な時だったかも知れないがディッキンソンがこっちが美術にも興味があることが解ってその博物館に連れて行ってくれたことがあった。これはその名の貴族が十九世紀の初期にその蒐集とともに基金を大学に寄附して出来たものでディッキンソンと行った時にはハアディイの *The Dynasts* の原稿が製本されて見開きでガラスの蓋が付いた箱の中に陳列してあったのを覚えている。又ロランとプウサンの絵をその時生れて始めて知った。もう一つ、ロゼッティがその妻の死を悼んで鉛筆でその死に顔を写生したのが出ていて、その髪の端を口に銜えている絵が何度か博物館に行って見ているうちに好きになって日本に帰ってからディッキンソンに書いた手紙の一つでそのことを言うとディッキンソンは博物館の人に頼んでその原寸の写真を取って貰って送ってくれた。

この博物館とそこに陳列してあるものでも、或はキングスの礼拝堂でもギッブスの十八世紀の建築でもとこれは幾つかの例であるよりも我々を取り巻いていたものの中からその幾つかを任意に例に挙げたのに過ぎないが、そうしたものがどこに眼を向けてもあったことはディッキンソンのような人間もそこにいたことと無縁ではない。一口に言えばそれが文明なので眼に触れる限りのものが人間の精神が働いた跡でそれがあることを思わせないでいなければ人間というものが遍在することになり、これは人工ということよりも遥かに具体的に人間を意識させるものでそれが直接に人間と人間の関係にも響かないではいない。それは他人のことを考慮に入れるということを越えて緻密に自分を他人の立場に置くことであり、又自分自身の領域では観念の働きを絶えず自分の周囲に見ているのであるから観念と事実の違いが全く名目上のものに過ぎなくなる。或る観念、或は幾つかの観念が働いてキングスの礼拝堂が生じ、直線の観念は礼拝堂の窓がなす直線であって片方が idea である時に片方がそれを石で象った仮象であることを理解させるに足りるだけこの礼拝堂は端麗である。

それで他人の気持というものも実在し、そこに文明が成立する。ディッキンソンが或る時その住居とキングスの門を距てている芝生を廻る昔話をしてくれたことがあった。その芝生も雨が上った後は蚯蚓が土の中から出て来てディッキンソンと同じ建物に曾て住んでいた一人の年寄りの fellow が雨の後で芝生の上に出て来ては蚯蚓が方々にいるのを見て、まだお前達は私を食べてはいないぞと嬉しそうに言ったというのである。この死骸とそれを食う蛆のことは土葬が普通だったヨオロッパでは一種の伝統的な話題になっていて英語では蛆と蚯蚓が同じ言葉で表される。そして蚯蚓を前に置いて自分がまだ生きていることを喜んでいる老人の話はそれなりに、或はそのヨオロッパの伝統に対して面白かったが、それをこっちはもっと具体的な意味に取ってその為に少からず衝撃を受けたことを隠さなかった。これはディッキンソンが予期していなかったことで直ぐに別な話をした。それは所謂けるびむの階級に属する天使の話でこれは智慧が優れている種類の天使であることになっていて普通に絵などでは頭だけしかなくてその両側に羽が生えている姿をしている。或る時そういうけるびむを晩の食事に招いたものがあって腰掛けるように言うとそのけるびむは je n'ai pas de quoi、その道具が私にはありませんと答えた。ただそれだけである。

併し確かにそれを聞いて死骸と蛆の話の印象は消えて今でもその話のことを思い出すと

けるびむのことも頭に浮んでその方が勝つ。そういうことが出来るディッキンソンだったから友達も多かったのである。そして年下のものに自分の優れた友達を引き合せることも惜まなくてそれで或る日E・M・フォオスタアに昼の食事に呼ばれたことがあった。フォオスタアもキングスの出身でそこの fellow でもあり、ケンブリッジに住んではいなかったがそこに来た時はコレッジの中のどこかに部屋を宛てがわれていた。その時はギッブス・ビルディングの裏に当る芝生と河が眺められる部屋で食事が出て他に客はなかった。フォオスタアに会ったのは後に大学で講演するのを聞きに行ったのは別としてその時だけで、まだその著書も読んでいなかったが年下のものを同好の士というような意味で対等に扱うのは少くともキングスではディッキンソンに限ったことでなかったようである。

フォオスタアとの話でも真実というもののことが出て絶対の真実であるものがあるかどうかと言ったことになり、シェイクスピアの「嵐」にあるどのアリエルの歌だったか今は忘れたがその歌にはそれがあると思うと答えた所がフォオスタアはそんなことを言えば海岸で拾った貝殻の一つにもそれがあることになるという意見で話が禅めいて来た。併し大事なのはフォオスタアがこっちをまだ若いと見てあやしていてくれた訳ではないことで、これもディッキンソンに限ったことでなくて真実とは何かというような初歩的で根本的なことに就て考えるのが当り前なことになっているのから生じる場合によっては恐しく刺戟的になる一種の空気がキングスだかケンブリッジだかに漂っていた。又そのことから刺戟を受けなくてもその空気が人との付き合いを非常に風通しがいいものにしてそれで幾人かのものが食卓を囲むと言ったことになれば比喩的でなしに話に花が咲いた。例えば十八世紀のヨオロッパがそうだった。

それがケンブリッジでのことでその小さな町に幾つもある教会の鐘が十五分置きに時を知らせて鳴るのも十八世紀と同じだったことは参考になる。この宗教、或は教会の枠があって一層の知的な自由が得られたということになるのだろうか。その方々に時を知らせる鐘の音は聞いていていいもので、それを分析すればその音にはキリスト教という宗教よりもその宗教が一つの原動力になって形成されたヨオロッパの実体、ヨオロッパの文明というものがあってヨオロッパにいるものに確かにそこにいることを保証していたのだと言えるかも知れない。そうなれば精神は自由に働く。フォオスタアの小説の一つに丁度その日窓から見えていた河の向うにある牧場に放してある牝牛が実在するかしないかで学生が議論している所で始るのがある。我々に言わせれば牝牛は実在するのだろうが実在するに決っていると思い込むことでも精神は金縛りになり、そのうちに人間が考える力を失って流行が一切を支配する。

ケンブリッジで昼の食事やお茶の会がよくあったのは晩は各コレッジの fellow 以下のものがそのコレッジの食堂で食事をすることになっていたからでディッキンソンの所での昼の食事は大概はもっと賑かなものだった。そのことで損をしたのは食卓を囲んでの、或は何人かのものが客になっての集りでの話がそのことを考慮に入れたものでなければならなくてその上で型を破った形のことを言うものであることをこっちがまだ知らなかったことである。それで何か大変な問題が持ち出されたと思えばむきになり、その為に面白い話を聞き逃したのみならず折角の話を幾つか遮ったのではないかという気もする。それだから未熟なものは困る。又その為にそういう集りで聞いた話を殆ど覚えていないが、これはどうでもいいようなことで一つだけ記憶に残っているのはアメリカにもケンブリッジという名の町があるのだそうでその町からそこの飾りにするのにキングスの礼拝堂を買ってアメリカに運びたいという申し入れがあったというのが笑い話になったことだった。尤もその町の方は真面目にそう言って寄越したのに違いなくて現に古い城その他がそうしてアメリカに持って行かれた例が沢山ある。

その礼拝堂の横になっていてディッキンソンが蚯蚓とけるびむの話をした芝生に就て一つ付け加えて置くことがある。これはキングスの門とギッブス・ビルディングを距てている訳で一般には学生も含めてその芝生に入ってはならないことになっていたが同じ不文律によってギッブス・ビルディングに住居か部屋があるものとその連れは芝生を横切ることが許されて、それでディッキンソンと散歩から帰って来たりした時は芝生の上が歩けて特権を与えられている気がしたものだった。こうした種類の特権はいいもので金とも権力とも結び付かず、ただそれだけのものでその唯一の価値はそれが出来ることにある。このことをもう少し推し進めれば我が国での天子の立場にも繋り、こういう特権を指して英国ではprivilegeと言って金や権力が入って来るものに就ては余りこの言葉を使うことがない。併しそういうことよりも今になって頭に浮ぶのはディッキンソンとその芝生を横切っていると礼拝堂が右に、或は左に何とも高く聳えていたことである。

ディッキンソンは英国では長い黄昏を嫌って日が暮れ始めると部屋の厚いカアテンを引いて電気を付けた。初めから独身で女の友達も多勢いたのであるが結婚することを考えたことは一度もなかったようで、そういう境涯では如何に充実した生活をしていても老後は或は寂しいものなのかも知れない。或はそれはただ暮れそうになって暮れ切らない一日を嫌う程度のことだったのだろうか。その同じ頃にやはり独身の、これは古典文学に掛けての第一人者だったA・E・ハウスマンがいてディッキンソンに数年遅れて死んだが、その病状が悪化してから或る晩のこと主治医が診察に来て帰ろうとするとハウスマンが寂しがってなかなか帰さないので主治医は元気を出させようと思って殊の外にひどい猥談を一席やって聞かせた。そうするとハウスマンはその後でTomorrow, I shall be telling that on the Golden Floorと言ったそうである。早晩その話をオリュンポス山上の神々に聞かせてやることになるというのである。

大学に入ってからまだ一年とたっていない或る冬の日の午後にディッキンソンの所に相談に出掛けたのであるよりも自分が決めたことを知らせに行った。その頃は既にそういうことの相手になってくれる親しい先輩が他にもいたがディッキンソンがいる所が一番近かったのである。その日自分の部屋で炉に嵌め込んだガスの火を眺めているうちにその前から考えていたことに就て急に決心が付いたのでそのままそこから出て行ったので、それまでに既に日本に帰ってから文士になる積りでいてそれには十代から二十代に掛けての期間を英国で英国の文学の勉強をして過すことがどの程度に役に立つものか疑問になっていた。そしてそのことが決れば後は帰ればいいようなものだったが、それには何かと手続きが必要だったのである。ディッキンソンはアイルランドに住んでいて訪ねて来たやはりキングスの fellow と西洋将棋を差していて、こっちが日本に戻ることにすると言うと二人は将棋盤を片付けてディッキンソンは殆ど二つ返事の早さでこっちが言ったことを承知した。それまでの付き合いで大体の事情は察していたものと思われる。その時ディッキンソンが言ったことで覚えているのは或る種の仕事をするには自分の国の土が必要だということである。尤もそれにはスティヴンソンとサモア、或はコンラッドと英国などの反対の例が挙げられるが日本のように自然に恵まれた国の場合はディッキンソンの考えが当っているのではないかという気がする。兎に角その時帰国したのを後悔したことはない。

ディッキンソンは大学を去る手続きに就ても何かと力になってくれた。そして英国を去る前にもう一度ロンドンで会うことになってその晩はクインス・ホオルでＢＢＣ交響楽団が第九をやるのを聞きに連れて行ってくれた。その時に Pagani's という料理屋での食事が御馳走だったのを覚えていてこの店は今でもあるかも知れない。ディッキンソンに会ったのはその晩が最後だった。それから日本に戻って文通が随分長い間続いたが昭和六年に起った満洲事変が何と言ってもディッキンソンにとって打撃だったことはその手紙の調子からも解った。その生い立ち、性格、教養から言ってこれが全く野蛮な暴挙に思われたことは確かであって別に弁明する必要も感じなかった。これはその余地がなかったということではない。ディッキンソンが十九世紀末に支那に就て書いた本で予告したことが思い掛けない所で実現し始めたことを指摘してもディッキンソンは承知しなかったに違いなくて、その承知しなかったことで併しその一生を全うしたことになる。昭和七年に入って手紙が来なくなり、それから直ぐその死を聞いた。フォオスタアがその詳しい伝記を書いている。

F・L・ルカス

先生にお目に掛ったのもディッキンソンと同じキングス・コレッジでだった。併し文体の関係で以後は敬称と敬語を略すことにする。

Frank Laurence Lucas の名前も日本では知られていない。そういうことを一々言う必要はないようでもあるが知られていないと断って置けばそれでもこれは誰だろうと思うのも少くて話が簡単になる。実はルカスとディッキンソンのどっちに先に会ったのかもう思い出せない。片方が直接に教えを受けた人であり、ディッキンソンの所に出掛けて行ったのもコレッジに入って間もない頃だったのであるから二人を殆ど同時に知ったことになるようでディッキンソンの方がかなり年上だったが二人ともコレッジの幹部で親しい仲だった。それで又英国の大学の説明を少ししなければならなくなる。その制度では学生の数が日本よりも遥かに少くてキングス・コレッジに在学中のものが現在でも五百人を僅かに越すに過ぎないから逆にこれはコレッジの幹部で教職にあるものが学生との比率で日本よりも大分多いことになり、それで学生は必ず誰かコレッジの幹部に直接に学問の指導を受ける規定で指導に当るものが supervisor、その指導を受けるものがその pupil、弟子である。或は日本の大学でも一応はそういうことになっているのかも知れないが何万と学生がいる時に実際にそんなことが出来るものかどうか考えて見れば解る。

キングスでの supervisor がルカスだった。そこでの在学が決ってコレッジ指定の下宿に移って来てから暫くしてルカスから何日の何時にギッブス・ビルディングのその部屋で待っているという通知があった。まだ十月に入って冬の学期が始ったばかりだったが英国は冬が早く来て五時を少し過ぎた位の時刻なのにもう夜になっていた。ケンブリッジの夜のことを思い出すといつもキングスの礼拝堂がコレッジの門を入った右手に聳えている。この礼拝堂は夜になると巨大な感じがした。それがギッブス・ビルディングに部屋があるものと一緒ではなかったから芝生の外側に沿って廻って礼拝堂の直ぐ下を行かなければならなかった。ルカスの部屋はギッブスの向って一番右の階段の三階にあって部屋と言っても大きなのに更に二つ小さなのが付いてそこに住めるようになっているのはディッキンソンのもっと間数が多いのと変らなかった。併しルカスはコレッジの外に別に家を一軒与えられていてギッブスの部屋は学生に会ったりする為だけだったからがらんとしていて、それでも壁に沿ってアテネのパルテノンからエルギン卿が英国に運んで今は大英博物館にある運命を司る三人の女神の頭が欠けた彫刻の写真が掛っているのが目を惹いた。

こっちはルカスが最初に見る日本人だったらしい。その頃ルカスはまだ三十を少し過ぎた位だった筈で夜は鼠色に見えるその青い大きな眼が真直ぐに人に向けられた。その眼付きが優雅でもあったのは併し説明し難い。その時は言わば顔合せのようなもので他に学生はいなかった。ルカスは三十を越したばかりでもこっちとは年が十幾つか違い、その学識と業績に掛けては比べるというのが滑稽である前に全く意味をなさなくてその上に背が高かったからあの無力な感じを思い出して漸く自分にも若かった時があることを認める。ルカスは英国の文学を専攻に選んだその日本人の学生がその文学よりもヨオロッパというものに就てどの程度に知っているのか確めて置きたかったらしくて世間話をしている形で色々と質問し、それに答えているうちにウェルギリウスの「アイネイス」の英語であるAeneidをどう発音するのか解らなくて困ったのを覚えている。そして海軍のことになってルカスはこっちがネルソンを知っているのを意外に思った様子でヨオロッパで日本に就て知られているのは日本海海戦でバルチック艦隊を全滅させた位のことだけなのにと言った。併しルカスも勿論ウェエレイの源氏の英訳を読んでいた。

それから又暫くしてその部屋にルカスの弟子と決ったものが集ってそれが四、五人はいた筈であるが日本に帰ってから付き合いが絶えて今は殆どどういう人間がいたか思い出せない。その時は正式の初会合でルカスは講義は誰と誰のに行くといいとか読んで参考になる本とかキングスで英国の文学を専攻するに就ての指示を与えた。そして講義や本の選択は結局はこっちの自由だったが、その他に毎週の何曜日だったかに定期的にそこに集ること、二週間毎に論文の題を出されて二週間以内にそれを書いて提出し、その論評を個別的にルカスから聞くことというような具体的なことが決められた。その時早速出された題がミルトンの「失楽園」に就てというので従ってこれがその町で買った最初の本になった。ルカスのその部屋にそうして集るのはいつもコレッジの食堂で晩の食事が始る時刻の一時間ばかり前だったが冬のうちは我々がそこで出揃うまでに夜になっていた。

その二週間毎の論文は確かルカスの部屋に置いて行くとルカスからそのことでいつ会うとそのうちに言って来た。ケンブリッジにいる間誰かの部屋に鍵が掛っていたことがあるのを覚えていない。ただ中に人がいることが解っている時だけ戸を叩いた。兎に角それで少くとも二週間に一度は二人切りで顔を合せて色々と率直な意見を相手と交換することになるのであるからこういう大学では誰が自分の先生（ケンブリッジならば supervisor）で誰が自分の弟子と修辞の上だけでなしに言うことが出来て事実それが普通の言い方になっている。又そういう親密な関係に置かれて性が合わなければどうにもなるものでないから先生が弟子を他のものの所に行かせるとか弟子が先生を変えるとかいうことも認められていた。併しルカスの場合そういうことは考えられなかった。今思うとそれがそうだったのは知的に幾らでも後を追って行き、迷い込んで行ける相手に出会った陶酔によるということになりそうである。

文学は学問の材料になってもそれ自体は学問ではない。殊に英国での英国の文学、英国人にとっての自国の文学というようなものの場合は読むのに必要な知識も最小限度に止められていてそこで学問的に問題になる種類のことは実際には問題になると言える性質のものでない。それ故に十九世紀末に英国の文学を大学の正課に加えることが始めて検討された時に烈しい反対に会ったので反対派の言い分にも確かに一理あり、これを押し切って英国の文学の講座が設けられたのが兎に角途中で挫折しなかったのはこれを担当した人々が何れも古典文学の碩学であり、更に文学の領分での優れた批評家だった為である。その学識に即して英国の文学をヨオロッパの文学を背景に考えてその上でこれを文学として批評するという方針を取ったので要するに学問よりも批評が主になり、トリニティイ・コレッジ出身のルカスもその古典文学科での成績が群を抜いていたので英国の文学が正課と決ると同時にキングスにその方を担当する幹部に迎えられた。

それ故にルカスと話をしていると英国の文学を発見する一方ヨオロッパの文学に眼を開かれる具合になった。カトゥルルスの名前を最初に聞いたのもルカスからだった。サッフォの名前は知っていてもこれが自分が愛する女と卓子越しに向き合う男は神々よりも幸福であると言い、恋人がない美少女を何故か取り入れの時に枝に残された林檎に喩え、又女の愛を得る為に自分と戦友になって戦えとアフロディテに呼び掛けた詩人であることを知ったのはルカスに教えられてだった。ロンサアル、ダンテ、レオパルディイ、ボオドレエル、又プルウスト、ドヌを読む気を起したのもルカスに何度も会っているうちにだった。Te maestro, te duca という所だろうか。その頃はその通りだった。それを思ってもやはり自分にも若かった時があることを認める。こうして自分の方に何もないから際限なく受け入れることが出来てそのように受け入れて行くことによる混雑と混乱を整理するのに費される年月を生き抜く為の体力だけはあるのが若さというものである。先ず必要悪という言葉が一番よく当て嵌る人生の一時期だろうか。

ルカスがその他の弟子達とどの程度に親しくしていたかは知らない。その頃を振り返って見るとどうもこっちは主に先輩に当る人達と付き合っていたようである。そしてその付き合い方であるが、これはお茶の時間に呼んだり呼ばれたりするのが普通で英国の習慣ということの他にこういう大学町では経済上の理由もあり、それが食事になると或る程度の用意も必要になるのに対してお茶ならば学生同士、或は先輩が後輩を気軽にもてなすのにお茶の道具と材料さえあればすんだ。ルカスの所に最初に行ったのもその冬でこれはいつものその部屋でなくてコレッジが川向うに持っていた土地に前はクリケット・パヴィリオン、クリケットをやるものの溜り場だった建物があったのをルカスが借り受けて改築してそこに住んでいた。この家はもうない。後年シェイクスピアに就て一冊の本を書いた時の献詞に、

To
The Pavilion
West Road
Cambridge

としたのはその家の番地をそのまま使ったもので本を送ってから更に何年かたってルカス夫人に会った時そこだけ読んだ夫人に本を捧げられた家は英国でこれが始めてだろうと言われた。

一九三〇年頃のルカスはその家に一人で住んでいた。それが川向うにあったと言ってもギッブス・ビルディングの裏がコレッジの広い芝生になっていて芝生が尽きる所を川が流れ、川に石の橋が掛っているのを渡ってもまだコレッジの地所が続いているのだからルカスの家も言わばコレッジの構内だった。その家は前はそういう選手の溜り場だったから玄関を入って右に大きな部屋が建物の向うの端まで続いている構造でルカスはそこを居間と食堂の両方に使っていた。そのどの辺に炉があったか思い出せないが炉に火が燃えていた。そこの通いの女中をロオズと言ってロオズがお茶のものを運んで来たのは覚えている。併しお茶に何が出たのか、その頃はそういうことに殆ど興味がなかったようでそれもその代りにどういうことに興味があったかを思えば納得出来ないこともない。それも若さだったのであるよりは若いという必要悪に付き纏う必要悪だったと見るべきである。

もうルカスにもこっちがヨオロッパに属することに就て何も知らないという前提の下にそれ程気を遣うことはないことが解っていてそれだけ話すことも面白くなっていた。確かその時に第一次世界大戦中の戦線の話をした。それは夜になって敵が盛に打ち上げる照明弾が空を彩り、その下が両軍の間に横たわる鉄条網と死骸と荒地ばかりの無人の地帯でダンテの「地獄篇」の或る場面にそっくりだったというようなのだった。ルカスは大戦が勃発すると同時に志願して従軍し、その当時は英国にまだ徴兵制度がなくてそれまでの正規軍以外の将兵は凡て志願によるものだったから英国の国民のうちで最も優秀な分子が各戦線の戦場で薙ぎ倒されて英国政府はしまいに止むを得ずに徴兵制度を布いた。尤もこういうことは反戦論が知識人の装飾品になっている今日の天下泰平の日本には伝え難い。併し我々の話は愚論と関係がなくてルカスは戦争で自分が経験したことを話してくれた。

当然これは後になって他の方面から聞いたことであるがルカスは勇敢な軍人だったらしい。先ずソンム河の戦線で五ケ所の重傷を負って後方に送られ、その半年ばかり後に戦線に復帰すると今度はドイツ軍の毒ガス攻撃に会って肺炎を起し、まだ抗生剤のようなものがない頃で危篤に陥ったのをどうにか命を取り留めて情報関係の仕事に廻された。そのソンム河の戦闘でドイツ軍が所謂ジイクフリイト線まで退却した時ルカスは敵が退却したことを確める為に単身で敵のもとの陣地まで匍匐前進して行き、どこにも敵がいないことを自分の眼で見てそのことを報告したことが第一次世界大戦の戦史に載っている。又肺炎で出血を止める方法がないと聞かされて雑嚢にその頃出たばかりのH・G・ウェルスの本があるのを読み掛けのままではどうにも死に切れないと思い、これを読みながら危篤の期間を過したという話もある。ルカスは後年これをウェルスが自分の年代のものにどれだけの意味を持つものだったかを示す為に自分よりも年下のものに語った。

これも人から聞いたことで、その最初にルカスにお茶に呼ばれた時にその話は出なかった。その代りに負傷して赤十字の舟で中立国のオランダの運河を運ばれて行くと上に青空が拡っているのが少したつと必ず橋の下を通るので遮られ、そこを過ぎると又青空が上に拡るのが何ともものどかな思いを人にさせたものだとルカスは言った。殊にヨオロッパで戦史が始って以来の凄じい砲撃にさらされて塹壕での日夜を送った後でそういう牧歌的な時間の流れを知ることになればそれはのどかというようなことを通り越したものだったに違いない。その砲撃は激戦痴呆（shell-shock）という一種の精神障碍の後遺症を生じるに足りてケンブリッジでシェイクスピア学の大家が「マクベス」に就て講義するのに通っていた時この学者が講義の途中で体中が震え出して口が利けなくなり、これが暫く続くと止んで又講義を始めることがよくあったのを覚えているが、それがその後遺症なのだと誰かが教えてくれた。

ヨオロッパでの戦争というのは交戦国の国民にとって言わばその軒下、眼の前で行われるもので一度敵が自分の方の防備を突破すれば忽ち文字通りに目前にその大軍が迫り、フランダアスの戦場での砲声が英国の南部で絶えず聞えていた。もし敵になる国があって武器を取ればこれに対して武器を取らざるを得ないのである。又それ故に戦争の悲惨は生活感情であり、反戦というような他所の写真を見て自分が進歩的であるのを誇る児戯と違って戦争は一切の終焉を覚悟せざるを得ない悲劇であってそれでもその悲劇に出演する以外にない場合があることが認められている。ルカスにとって第一次世界大戦も、そして又第二次世界大戦も自由を、それは自分の国で生活する自由を守る為の戦いだった。もし生活が一片の詩であるならば一片の詩の為に死を覚悟するというのはそういうことである。併しこれは戦闘での行動で表すことであってルカスがそういうことを言ったことは一度もなかった。

そのお茶の時にルカスの *Cécile* という歴史小説のアメリカ版が出た所だったのに署名して貰った。これがディッキンソンに本を貰った後だったことは確かでこれも焼いてしまった本の中で惜しいものの一つである。併しその内容をここで紹介すれば書評になる。ルカスはその当時既に幾冊かの著書があってその中ではアリストテレスの詩論を扱ったものが広く知られ、その学者としての業績ではエリザベス時代の劇界の鬼才だったウェッブスタアの著作の定本があり、これは今でも行われている。併しこの何巻かに亙るウェッブスタアの著作集に就てルカスは自分も馬鹿なことをしたものでウェッブスタアが好きならばその傑作、例えば「マルフィ公爵夫人」と「白魔」だけの定本を作ればいいのに著作の全部に就てそれをやることにしたので余計なことに大変な時間を取られたと言っていた。ルカスには詩人、或は文士と学者の両方の面があってその学界に対する寄与にも拘らず詩人や文士の仕事により多くの価値を認めていたようだった。実はその頃までまだこっちは学者になるか文士になるかどっちとも決め兼ねる気がすることがあって文士の方を結局選んだのに就てはルカスの影響が大きかったことに今になって思い当る。ルカスの最初の詩集である *Time and Memory* がその頃の前衛派だった Peter Quennell に認められたことをこの辺で書いて置いた方がいいかも知れない。

併しルカスの批評、或は所謂、文学上の立場が一九三〇年代の英国の文学界で反感を買ったことは殊に今になって見れば容易に理解出来る。当時はエリオットが全盛でF・R・リイヴィス夫婦やI・A・リチャアズがその一派に属し、こうしてこの人々を一括して考える大ざっぱな論法からすればこれは所謂、文学を恐しく真面目にであるよりは鹿爪らしく扱う態度に徹した一派だった。又これはエリオットが始めたことではなくて例のT・E・ヒュウムという奇妙な人間が文学を宗教と取り違えたことに端を発している。それがリチャアズに至って文学が科学になり、更に後にリイヴィスがエリオットを直訳すれば体制側ということで非難し出したことはここでは重要でない。併しルカスがこの一派の欺瞞、見方によっては自己欺瞞に苛立たずにいるにはその古典文学の知識が正確であり過ぎた。既に「荒地」が出た時に書評でこれを認めなかったのは先ずルカスだけだったのではないかと思う。又そのように機を見るのに敏であることを拒否した点でもルカスはエリオットの正反対だった。

ルカスにお茶に呼ばれたのでお返しの意味もあって下宿にお茶に来て貰ったことがあった。ケンブリッジという学生の町は学生がどんなに質素にでも又贅沢にも暮せるようになっているのがその公認された特色とも呼ぶべきものになっていて町を歩いていると日用品の安ものを売っている市場から一流の酒を揃えている酒屋、又高価な美術品の店まであり、凝った瀬戸物などを陳列している小さな店で組で作ったのでない紺碧の紅茶茶椀を一つ買って使っていたのをルカスは褒めてウェエルスの山麓の矢車草がそういう色をしていると言った。そういうそれぞれ違った紅茶茶椀を幾つか持っていてお茶をするのに使ったがルカスにそれと何を茶受けに出したかはやはり覚えていない。ルカスはそうして客になったり主人役をしたりする時に勉強の話は決してしなかった。併しその点では詩とか文学とかいうのは重宝なもので勉強というようなことと関係なしに話の材料になり、ルカス自身が本を読んだり詩を愛したりするのが何の勉強なのだという態度だった。

そのお茶に来てくれた時にこっちはどうも自分には良心というものがないと思うと言った。大概の若いものが考えたり言ったりすることであるが、それだけでは話にならないので寧ろ自分の基準は見事であるか醜いかというようなことにあると付け加えた所がルカスが椅子から体を乗り出した。或は乗り出したのよりもいきなり体を起した感じだった。そしてそれがギリシヤ人が標榜したことなのだと言ってその時 kalosk' agathos という言葉を始めて聞いた。日本の理想もそこにあるのだということを解ってくれたのかと思えば今でも嬉しい。又その当時のケンブリッジにもまだ残っていた何か清教徒風の道徳主義というのか宗教臭というのか、例えば日曜は安息日だというので芝居その他を興行するにはそうした点では大学と一体の市の特別な許可を得なければならないというような無意味な感じがする束縛から逃れるのに我々が先輩と、或は学生同士でこういう話をするのに一層の興味を持ったこともそのルカスとの話のことで久し振りに記憶に戻って来た。尤もオックスフォオド、ケンブリッジの両大学がもとは僧院だったのであり、神学が現在でも正課であって英国の国教である聖公会の僧侶の多くがどっちかの大学の出身であることもここで忘れてはならない。あの小さな町はヨオロッパの縮図だった。

ルカスはその頃ヴィクトリア時代の詩人達、例えばベドウスとかクラッブとかに就てとアリストテレスの詩論に就て講義していてアリストテレスの講義ではどこかでアリストテレスが唐突で信じ難いということの形容に一スタディオン、言わば一マイルもの長さの動物と言っているのを取り上げてアリストテレスにしては珍しく大胆な言い方だと評したのを覚えている。その位のことしか講義で聞いたことの中で記憶に残っていないのはルカスの本を既に読んでいたからで、これは大学で聞いた殆どの講義に就て感じたことであるが同じ内容が遥かに正確に書いてある本が読める時に講義を聞くというのは本の作者と顔を合せてその肉声に接することが出来るというだけのことに思われた。それでルカスに実際に教えられたのは個人的に会っている間と毎週ギッブスのルカスの部屋で行われる弟子達の集りでだった。ルカスは何れは廻って来る第一次卒業資格取得試験とでもTripos の第一部を訳すならばそのことを頭に入れながらその文学論、人生論を展開し、ルカスと議論するのは個人的に会っている時に行われた。ルカスも試験の出題者、又審査役の一人だったのであるからこの弟子達の集りは受験の準備を兼ねていた。

併しルカスがそういう時にする話は面白かった。それがどういうものだったかを例を挙げて示すよりもここで思い出すのはサミュエル・ジョンソンの Clear your mind of cant、合い言葉を信じるなという格言である。いつの時代にも流行を追ってこれに遅れることが何よりも気になるものがいて、これは今日の日本に限ったことではない。もしルカスに立場と言えるものがあったとすればそれは流行の符牒を顧みずに正常であることだった。これを常識に従うと言い換えるのは必ずしも当っていなくて常識というものが暫く失われて我々が自分の精神の正常な働き、その精神がどこかどうかしていない時の働きに頼る他ない状態に置かれることがある。或はそれが二十世紀前半では誰もが置かれた状態だったかも知れなくてそうした事情では流行が常識に代って流行することになる。又確かにそういう時に正常であることは斬新という印象を与える効果を収めることがあっても我々の注意はその斬新の方に行って正常は見逃される。例えばヴァレリイの「ドガ、ダンス、デッサン」は今日でも読まれているが、その中に絵画史の要約のようなものがあってヴァレリイの本が出た当時、殊にそこの所を取り上げてアンドレ・ロオトという、これは曾て日本にもいたことがある画家がN・R・F誌上に烈しい反論を書いた。その部分が当時の絵の世界での流行に正面から衝突するものだったからである。併し各種の主義や流派を離れて考えるならば絵の歴史というもの、或はヨオロッパでの絵の歴史はヴァレリイが書いた通りのものである他ない。

この正常であるということがルカスから受け取った最も貴重なものであることが漸くこの頃になって解った。別にそういう話をルカスがした訳ではなくて正常を英語で何と言うのか現在でも知らない。併しルカスの本の選択にもそれに対する批評にもそういう人間の精神の病的であることを斥けた働きが感じられてそれは本の世界全体に光が及んで行く感じだった。我々の精神が病んでいなければ特定の主義が読書の楽みまで左右するということがないからである。例えばもし所謂、文学なるものに少しでも意味があるならばそれは本を読む楽みから出発して常にこれに即し、そこに結局は戻って行くのでなければならない。ルカスが二週間置きの論文の題を出すのに就てその趣旨を説明するのに時間を取られるというようなことがない晩はよく我々に一種の遊戯をやらせて、それはルカスが前に用意して置いた詩や散文の断片を作者の名前を言わずに読み上げてそれが誰のものか我々に紙切れに書かせてその正解の点数を競わせるのだった。その遊びでこっちは文体というのが何であるかを知った。

英国の文学を通して文士の仕事の勉強をするのがどうにも不安になって帰国することに決めた時にルカスの所にもそのことを言いに行った。その部屋はその頃はギッブスでなくてもっとルカスの家に近いコレッジの一角にあって階段を登りながら右に曲って登り詰めると突き当りがルカスの部屋だった。実はルカスとは前からそういう話をしていて帰ることにしたと言っても別に驚かなかった。序でにここで付け加えると英国の大学というのはもともとが就職の機関ではないのであるから各種の理由から途中で止めるというのはそう珍しいことではなくて例えばシットウェル姉弟はオックスフォオドでギルバアトとサリヴァンの歌劇が流行したのに堪えられなくて止めている。もし文士というのが一つの職業ならば寧ろこっちの方が就職の理由で止めたことになる。そして何日かして又ルカスに会うと顔色がよくなったと言って喜んでくれた。その前からこっちがどうしたものか迷って本も読まなくなっていたのを心配してくれていたのである。

ディッキンソンと違ってルカスとの付き合いはこっちが日本に帰ることで実質的に終ったのでなくて或る意味では別な付き合いがその時から始った。その手紙で戦争になるまでの分は焼いてしまったが、それから戦争が終って漸くこっちも文士の仕事らしいものをやり出した。そして英国の文学に就ての一冊が出来上った時にそれに手紙を付けてルカスの住居がどこになっているか解らないのでキングスに宛てて送ると直ぐに返事が来てルカスはもとの家に住んでいた。或は寧ろそこに戻って来たと言うべきで今度の大戦が始った時に四十五歳になっていたルカスは戦争中は英国の外務省に設置された諜報機関に宿舎を宛てがわれて勤務し、それから大分たって又会った時にそれが自分の生涯で最も幸福な数年だったと言っていた。それともこれは最初に返事をくれた時に書いて来たことだっただろうか。今その手紙を改めて探し出して来て読む気がしない。ルカスは大戦が始る前からファシズムの脅威、というようなことを今日の日本で書いても何のことか解らないが要するにこれは実際にムソリニとヒットラアが起した運動であるファシズム、ナチズムの危険を警告することに挺身して当時はファシズム側だったエズラ・パウンドがルカスに罵言を加え、ゲッベルスはナチスが英国を降服させた暁に粛清すべき英国人の中にルカスの名を挙げた。従って大戦が始ったのはルカスの宿願が達せられたことで確かにそれまでの英国政府の態度には煮え切らないものがあった。それ程ヨオロッパで反戦ということはドイツやイタリイのような妙な国を除いて動かし難い輿論になっている。

もう一度ルカスに会えるとは思っていなかった。それは日本が大東亜戦争でおしまいになる気がしていたのと同じであるが余りこういう予測というものは当てにならなくて昭和二十八年の夏に二十二年振りに又英国の土を踏んだ。実際にそういう感じがしたのだから土を踏んだと書く他ない。その前から打ち合せがしてあって英国にいる間の或る日の朝ケンブリッジ行きの汽車に乗った。戦後の英国というものが一体に戦前と比べて段違いに明るくなっている感じを別にすればケンブリッジも昔と少しも違っていなかった。ルカスの家も同じで玄関に近づいて行くと右側の窓に人が動く気配がしたのでルカスがその書斎からこっちを見ていたことが解った。そこの玄関を入って直ぐ右側に小さな部屋があってそれが昔からルカスの書斎になっていた。そこに入ったことは遂にないが本棚の一つにルカスが対訳で出した *Pervigilium veneris* の立派な本があったことは知っている。ルカスも少しも変っていなかった。こういう再会をどう言うのだろうか。その何十年も前と余りに凡てが同じで自分だけが変っていれば自分の方を疑わないではいられない。それは時間が止ったのとも違っていてもし止ったのならば自分が変るということもなかった筈である。

ルカスは戦争中に結婚していて子供も二人あり、夫人や子供達にも引き合された。それで大きな部屋の方は昔のままの感じではなくて戦後の英国らしいとも言える明るい気分が漂い、夫人と子供達は初対面だったから今度はルカスと自分が時間に取り残されたように思われて来た。併し二十二年というのは長い月日であってそれまでに何度か手紙の往復はあったが、その程度のことで二十二年間に起ったことが言い尽せるものではない。ルカスにはこっちが戦後に出した本は凡て送ってあった。併しルカスに読めるのはその中に偶にある横文字の引用に限られていて、その上に自分がした仕事に就て口頭で説明することになった時にどれだけのことが言えるだろうか。一体に自分の仕事というのはそれがすめば自分にとってなくなったも同然になるものである。併しそれでルカスと話すことがなくなった訳ではなかった。寧ろそれは二十二年前に一度打ち切られたことがそのままそこから又始ったのに似ていた。

ルカスにそれから又十年して会った。その間にルカスがした仕事には目覚しいものがあってそのチエホフ、シング、イエイツ、及びピランデロを扱った劇文学論を送られた時は遂にここに大文章と呼べるものがあると思った。このことをルカスに会って言ったかどうか。その次に英国に行く二年前の一九六七年の夏に夫人から手紙が来てルカスが胸の古傷から急速に発達した肺癌で死んだことを知った。それまでにも親しかった人達をなくしていてもこの死だけは予期していなかった。

河上徹太郎

英国から帰って来て直ぐの頃に河上さんに会ったことは確かで河上さんにその初対面の時に、この間英国から帰っていらしたというのは貴方ですかと言われたのを覚えている。ここで書くのは可笑しいかも知れないが、それが若くて教養がある日本人が口を利くのを聞いた最初で河上さんは十も年上でそのことに今でも変りはない訳であっても重点はここでは若いということと教養があるということの両方に置いてある。これは必ずしも日本で生れてからそれまで所謂、車夫馬丁とばかり付き合っていたということにならなくてもこの車夫馬丁というのも意味の取りようであってこれをもし文字通りに人力車の車夫と馬の別当のことと解釈するならばそれだからどうしたことにもならないのに対して少くとも曾ての日本、更に正確には大正年間から昭和の初期に掛けての日本ではそう年取ってもいなくて学校に行ったこともあるのに車夫馬丁という言葉が与える感じが丁度当て嵌る人間が多かった。例えばそれが学校の先生、役人、軍人、会社の社員と挙げているうちに当時の日本の社会が車夫馬丁のものだったという気がして来て、それが実状とそう違ってもいなかった。

これは余談ではない。又逆説でもなくてその所以に就て説明することが河上さんに就て語ることにもなる。その頃既に教養という言葉があったかどうかも疑問に思えるのは明治から大正に入って教育とか学問とかの目的と見られるものが変って来たようだからで明治の人間にとって当然のことながら学問は知識を得ることであり、それが外国のだろうと何だろうとその通りに知識を得たからその程度に応じて教養を身に付けることになった。その頃の日本はまだ文明国だったのである。これが大正になってどう変ったかと言うと教育を受けるということがその上で何か他の目的を達する為の手段になり、その目的が就職だろうと学者として世間のものに崇められることだろうとそれに必要な程度の知識ということになればそれで身に付くものは多寡が知れている。これを知識と呼べるかどうかも疑しくてそれでも表面は教育を受けた人間であり、その中途半端で狡猾でも暗愚でもある印象に車夫馬丁、或は更に適切にはフランス語の canaille が相当した。

反俗ということはそういう時に意味を持つ。明治から大正に掛けて教育と学問に就ての一般の観念に変化があったのでも教育の施設には例えば今日見られるような基本の意識的な無視から来る能率の低下がまだ起きていなくて施設そのものの目標が知識の普及にあることはそれまでと変らず、これは学校に行くものがそこで勉強したということでそれが大正風の考えに従った処世術の手段としてかどうかは当人が決めることだった。その処世術の方を選ぶ世俗に慊《あきた》りなければ学校で教育を受けて知識を身に付けることに専念する人間が現れて、そう書くだけで明かになることであるがこの場合の知識が教養である。もし時代というものを問題にするならばそれが現在の時代である限りこれを顧みずにいることが人間らしい生き方をすることを目指すものが一般に示す反応であっても時代に逆行することの背景にもその時代があり、大正末期までには出世の方法でない知識の獲得、従ってそうして身に付けた知識を生きること、それは結局は教養の観念が一部には既に普及していたと考えられる。

その頃の一中、一高、帝大という今日では説明が必要な符牒も同様になったものに就て説明を改めて試みなくてもこの符牒が当て嵌る河上さんの学歴は大正風の出世の条件に適っていたから当時の日本で集中的に知識が得られるものでもあった。殊に一高の文科、帝大では経済学専攻だったことにそのことが強く感じられる。併し問題はそこに止らない。ここで言ったような立身出世と切り離しての知識とか、その知識を生きるというそれを身に付けることとの同義語から得られる教養の観念とかいうのは要するにそうした観念の域を出ないものであってそれに従って行動した所で教養が身に備わるに至るとは限らない。そのいい例を我々は今日の所謂、知識人に見ることが出来る。この観念を実地にその観念として手に載せて示せるようになるには何よりも精神の旺盛な活動の持続がなければならなくて大概のことがそうである通りこの場合も時代や時代に対する逆行はそうなれば全く役に立たない。河上さんがこの持続の上で学校に行く以外にどういうことをしたかは河上さん自身が控え目ながら既に書いていることであるからここで触れることはなさそうである。

この教養がある若い日本人ということがこっちにとっては清新なものに感じられた。それまでにも車夫馬丁の他に教養がある日本人とも付き合ってはいて又ことのなり行きでその全部が明治の人達だったのであっても教養というのが何であるかを知ったのはその人達によってであり、その点で時代とか年とかの違いに就て今日聞かされる種類のことが教養そのものの否定であることに就ては多くの言葉を費すまでもない。又世代というのがそのの読み方のみならずその原語が指す三十年の単位までが妙な具合になって十年に短縮されたのも別に根拠があることとは思えないが、そうした俗習を離れて言えば時代が大体の所は同じ人間との付き合いは経験したことも先ず似ていて過去と現在を区切る時間上の基準も一致しているという得点がある。これは結局は相手に自分を見出し易いということに帰してその相手がそれまで自分が会ったことがないような人間ならばその魅力に言葉で尽し難いものがあることになる。

河上さんの教養は円満なものでそれが生活に裏打ちされているのであるよりも生活に浸透してこれと一つになっていたから本を離れて言葉を、又何という画家のどういう作でなくて絵の世界を河上さんに求めることが出来た。もし本当にそういうものが好きならばこれはそうならざるを得ないが、それまで日本人ではそのような人間を知らなかった。そしてそれが河上さんに求められたのは既に書くことを河上さんがその仕事にしていたからだった。これには説明が必要で外国ならば、或はアメリカのことは知らないがヨオロッパならば教養と生活が一体をなすというのが寧ろ豊かな生活の定義であってその背後には既に少くとも数百年に上る伝統があるのに対して明治以後の日本では兎に角この伝統が表面は絶えたことを認めなければならない。それがその後の日本で何かしている人間と何もしていない人間を区別するものであってこの何かしているということが明治の先覚者達の仕事にも大正風の世間智にも繫り、それがないものが無為の境遇に甘んじることを強いられたのが国の状態がその点まで実利的な行動を凡てのものに求める他なかったのであることを思えばこれも止むを得ないことだった。

その必要がなくなってからも残ったのが大正年間の世態であると言える。それ故に文士は軽蔑された。併し書くという仕事にはそうした世俗を越えた得点、或は更にそれも通り越して人間の精神の本質に即したものがあって傍目にはどうだろうとこれによって精神はその活動の分野全体に亙って緻密であることを課されることになり、これは精神が精神になることであってそれが書くことの本来の目的なのであるから大正風の世間智からすればこれ以上に無為中の無為な行為はない。併し書くということをする能力がある人間が書けば活字になり、これが大正風の考え方に従っても何かしていることであるのはその辺にこうした考え方の限界がある。併し兎に角河上さんは既に書いていて若手のそうした書き手の中では知られ掛けていた。これを当時の言葉で言えば文士、今の言葉でどういうことになるのかは今日の世間智に任せて置けばいいことであるが、それは別として河上さんの言葉の世界での冒険は始っていた。

河上さんとの付き合いの上でも大事なのは昭和七年の秋にその最初の文芸評論集である「自然と純粋」が出たことである。その頃河上さんの家は目黒の海軍大学から電車通りを反対側に渡った所の奥にあって河上さんの為に増築されたものと思われるその家の西洋間に或る日行くとそこの隅の卓子にこの本が何冊も積んであったのを覚えている。その時家に持って帰った署名本は焼いてしまったが戦後に同じその本の初版を又手に入れることが出来て今久し振りにその箱から出して見て何かと記憶に戻って来ることがある。これは装釘がそう本に書いてはなくても青山二郎氏で確か本の表紙の模様は浴衣のものをそのまま取り、箱と表紙の題字は河上さんのではなくてこれも誰の字か書いてなくて今は誰のだったか思い出せない。その頃は日本の凝った装釘の本も幾つか見ていて本の装釘ということが気になるようになっていたが、この白地に浴衣の模様を淡い紺で刷った本の表紙は筆で書いた字の黒によく映って目を惹いた。

併しそれよりもこの本の内容は今でも当時と同じ気持で読めるのであるから当時これを

読んで全く新しいものに出会った思いをしたのが間違っていなかったことになる。併しこの新しいということを説明しなければならない。その頃幾ら若くても全く新しいもの、人間が地上に現れてから今まで曾てなかったというようなものが殊に人間と存在をともにして来た言葉の世界ではあり得ないこと位既に知っていた。併し或る国語を使ってそれまでその国語で出来なかった表現をするとか、或は世界的に言って非常に長い期間に亙って誰もが目を逸らせていたことに再び注意を惹くことを書くとかするということはあることも解っていて、それまで河上さんの文章に類するものを日本語で読んだことがないと考えたのがこっちの不勉強のせいでなかったことは今日になって一層明かである。本当を言えばこれは文学史上の一つの事件だった。それだけにこの本が出た時に一般には殆ど問題にされなかったこともこうした文章の通例に従っている。

併し、「自然と純粋」の中でも驚いたのは「羽左衛門の死と変貌」と題する対話篇だった。日本の現代文学を振り返って見るとその各時期にその所謂、主流をなしているのは一口に言えば、或は時がたって再びそこに眼を向ければ殆ど話にならない仕事をしている人達でこれとは別箇にこの文学の基礎を築くものであることで既にどこの何文学と考えることもない仕事をしているものがいる。「羽左衛門の死と変貌」がそういう仕事で、ここで語られている運動というものの性質、その運動が氷河の流れの形を取って放つ光芒、又心理と物質の交錯としての持続の分析、又認識の果てに人間の精神を待っている眩暈、或は要するにそうした事柄がこの文章で手で確められる感触を日本語によって得ていることはこれが日本語の歴史の上での事件であるとともにどこのものでもなくてどこのものでもある言葉の世界に対する寄与であることに就て疑いの余地を残さない。又「羽左衛門の死と変貌」が一冊の本に収められてそれなりになったとは今日でも既に言えない。いつだったか丸谷才一氏がこれを自分は読んで文章の仕事を志すことになったのだと語って、それにしても何故これが出た当時にもっと問題にならなかったのだろうと不思議がっていたことがあった。これに対してそれだから予言者は自分の国では駄目なのだと答えたような気がする。

併し或るものを書いた人間がその書いたものでないこともその頃既に知っていた。河上さんに会うと大概はむっつりしていて互に黙って向い合っているのがやり切れなくなるのが始終だった。併しそれが河上さんの方でお高く止っているからでも悪意からでもないことは酒になってからのその話し振りで解って、これは酒が入った為の饒舌でなくて素面でいる間は頭に浮ばなかったことが酒で血の廻りがよくなって引き出されて河上さんに口を割らせるのであることは明かだった。恐らく河上さんから最初に直接に教わったのは酒だった。それ以外にも鷗外を読むこと、ヴァレリイが詩人であるだけでなくて優れた散文家でもあること、金子光晴氏に「こがね虫」という詩集があることその他があるが、これは河上さんに教えられて多少そういうものを読む時期が早くなったに過ぎないとも見られるのに対して酒は河上さんを通して始めて酒というものがあることを知った。勿論酒は外国では生活の付きものであっても何故か酒を飲むと酔うという観念が頭にあって先輩や友達との食事に酒が出るとただ気味が悪いばかりだった。河上さんは既に本式の酒飲みだったから一緒に飲むことになって第一に酒を飲んで酔うというような酒落たことが出来るものでないことが解った。これは河上さんに就てもこっちにしてもその当時の話である。併し酔えはしなくても元気は出て、それで難しい話をするのは酒を飲みながらに限ることを知った。

河上さんは飲むと素面の時よりも口数が多くなっても饒舌になるのではなかった。我々が飽きずに続けたのは文学談であるよりも、或はこれもその類のことに属するならばそのうちでも精神が何か一つの抵抗に会って示す反応、書くということがそうした抵抗である時にその状況にあっての精神全般に亙っての詮索であってその性質上これは饒舌を封じ、ただ我々はその為の言葉を探すのに幾ら飲んでも足りなかった。又そういう話だったから具体的にどういうことを互に言ったかは書いても意味がなくて詳しく覚えている訳でもないが、そうした酒席での何年にも亙る付き合いで少くとも「羽左衛門の死と変貌」というものが作られた工房で行われていたことの一部は知ったのではないかと思う。それを歯が立たない性質のものと見て引き退ったのか、進んで自分でもそれを試みる気を起して失敗することで少しは教えられたのかは今になっても解らない。兎に角今になるまで「羽左衛門の死と変貌」に及ぶものは一度も書いたことがなくてこれからは一層書きそうにもないことだけは確かである。

併しそうした精神の集中は何よりも先ず精神の集中である他なくてもその持続には精神の世界に属することの一切に手掛り、足場、指針が求められることになってそれで前に言った河上さんの教養ということの印象が生きて来る。我々が書くというのは考えることであり、考えることがその名に価するものである所まで行けば記憶のような寧ろ肉体に属することまでこれに参加することを強いられるから我々の記憶にあることも身に付いたものになる。その頃新橋駅の近くに春さんという通称の主人がやっているよしの屋というおでん屋があってそこで新橋茶漬けというものを出していた。これは要するに鮪の茶漬けだったが確かに旨くて或る晩のこと我々が二人でそこで飲んでいると客が一人酔っていてこの茶漬けを何杯もお代りし、その何杯目かがなかなか出来て来ないというので茶漬け、茶漬けとがなり立てた。それを聞いていて河上さんが低い声で kenafa ya kenafa と言った。何のことなのか直ぐには解らなかったが、その kenafa というのはうどん粉を捏ねて焼いたものに蜜を掛けた一種のアラビアの菓子でマルドリュス訳の「千夜一夜」にこの菓子が如何に旨いかを歌った詩があるのを河上さんは思い出したのである。こういう風に詩句が記憶に戻って来るのでなければ詩というものを読んだことにならない。河上さんはそのよしの屋で春さん、蛸をくれえ、それも塩でくれえとも言った。これは井伏鱒二氏のその詩が優れていることであるとともにその詩を読んだものが一人いたことにもなる。

又河上さんはマラルメの「賽の一投げ」のことをあの楽譜のような本と言った。確かにマラルメの指定に従ったこの詩の造本は楽譜のようであるが、これが難解な詩だということで頭が塞っていれば楽譜の聯想は浮んで来ない。又これも河上さんがこの詩を読んだことになるので「賽の一投げ」で見開きの部分を一面として扱っている組みではその読み方が本よりも楽譜に近いものになり、楽譜が一行だけの巻きものになっていないのは便宜上の理由からに過ぎない。我々のものになっていることはそれと他のこととの結び付きも自由である筈である。このことに幾らでも衒学的な解説を付けることが出来て例えばロンサアルの詩に鉄のような眠りという言葉が出て来るのはウェルギリウスの somnus ferreus の記憶からであり、ロンサアルは深い眠りというものに就て言葉を探していてウェルギリウスの詩句を思い出してそれを使った。我が国の本歌取りの作詩法も同じ事情から生じていて本歌の方を知っていることを誇示したいものが本歌取りを始めたのではない。

これは教養というのが実用向きのものだということであって、もしそうでなければ好事癖に過ぎなくなる。もともとヨオロッパの各国語でその語源になっている cultura というラテン語は colere、耕すという動詞から来ていて寧ろこれは実用向きであるよりも生活上のことであってそれによって優雅である。河上さんは或る時こっちが着ているジャケツの色を見て、この kobold 奴と言った。これも直ぐには呑み込めなくて結局この場合は河上さんに説明を乞うことになったが、それで思い出したのがヴェルレエヌの詩に紺青の妖精が跳梁するのがあることだった。河上さんは民俗学事典や化学染料のコバルトの語源でなくてヴェルレエヌの詩で kobold の存在を知ったのだった。そしてこういうヨオロッパの妖精は我々にとっては、或は今日の日本での風潮に従えば民俗学の問題であっても現地では kobold も elfe も lutin も日用語であってその生活上の観念を伴い、それだからボオドレエルの succube verdâtre et le rose lutin も何万円かの懸賞での解答の材料でなくて詩なのである。今日では金の価値も下落している。

こうした戦前の付き合いは随分長い間続いた。その記憶があってこの頃の戦前と戦後の話を聞くと何を言っていると思うので、そこに幾分でももの違いがあるならばそれは確かに我々もその頃は今よりも若くて暇があったことであり、これは戦前と戦後でなくて人生上の普通の現象に過ぎない。その頃は昼間のうちから飲み始めて他の場所がまだ開いていないので先ずビヤホオルに行き、そこを出る頃には出雲橋際のはせ川でも尾張町の横丁に当時はあった岡田でも開いていてそこで時間を過した後に遅くまでやっていることが解っている銀座通りの反対側の、これは今でもある蕎麦屋のよし田か今日とは大分違ったものだったその辺の所謂バアに行き、そこも十一時を過ぎて閉店の時間が近くなると後はもう銀座で行ける所がないので浅草や山手線沿線の待合でおかみさんと懇意な所まで出掛けて眠がっている女中さんに大きなお盆一杯に銚子に移した酒とそれと同数位のビイルを運んで貰い、それを飲み尽す頃には座敷の欄間の所が明るくなり始めていた。

そのうちに戦争になってその三年目頃から酒も手に入り難くなり、そうした時勢だったから仕事も陸《ろく》に出来なくて河上さんとの付き合いも蕭条たる様相を呈して来た。それでその辺のことは飛ばして戦争中に我々が張った最後の酒宴のことに一言触れて置きたい。終戦の年の三月に遂に国民兵でしかなかったものの所にも召集令状が来て出征と決れば酒はやはり集った。それで河上さんの所に電話を掛けてその他に中村光夫さんも摑まえることが出来たので家で三人で燈火管制の暗い中で飲んだ。その時、或は少くとも我々が始めた時に畳の上に無造作に並べられていたのは家のもの達の疎開先から運んだ濁酒の一升壜が二本、清酒二本、それからサントリイが当時は宮中に納入用というので滅多に市中に出さなかった二十五年貯蔵のサントリイが一本、角壜が一本、その他にこれがその頃は一番の貴重品だったかも知れないビイルが何本かあった。我々がそれでも明け方に寝たのはその酒がなくなったからだった。併しこれはその時の思い過しで朝起きると清酒の壜の一本にまだ少し残っていたからそれで迎え酒をすることが出来た。今勘定して見るとその年に三十四歳になっていた。

この酒宴の後で河上さんと戦争が終った当時飲んだもののひどさに就て書くことはない。そのうちに我が国の経済状態も回復して来て文士の仕事も文士が飲む酒も大体もと通りになった。これがそうではなくて戦後は凡てが変り、それに就ては文士の仕事も例外でないという種類の説も聞くがこれはどうだろうか。今日の三十代、四十代の書き手が戦前に仕事をしていなかったのは当り前な話であってそれは戦前にはその人達が既に生れていてもまだ子供だったからであり、その経緯を昭和と年号が変ってからの時期全体に就て見るならば昭和の初期から戦争までの年数の方が終戦から今日までの年数よりも遥かに少いことを念頭に置かなければならない。更に世代の正確な意味での世代の交代も今日までに一度はあった筈であることを思うならば戦前と戦後の違いよりもそこにはただ時間の流れがあるばかりであることが感じられて来る。それで我々の仕事も戦前と比べて量の点でその何倍かに終戦から今日までの間になっている。

河上さんの仕事に就て「自然と純粋」を読んで以来頭にあったのは二十代で「羽左衛門の死と変貌」を書くような人間の仕事がその後はどういう径路を辿るかということだった。初めはそこに一人の既に充実した仕事をした人間を見てその人間が書いたものということでその後の仕事にも信頼していた。併しヴァレリイも二十代で「レオナルド・ダ・ヴィンチ方法論序説」を書いていて仕事と呼べる程のものは凡てその仕事として完成していてそれをしたものはそれでも更に成長するものであることがこっちも青年時代の客気を脱してから漸く解って来た。河上さんも型に嵌った仕事を、それが自分の型に嵌った仕事でも曾てしたことがない。その戦前の仕事からもう一つだけ例を挙げると河上さんは「芸術に於ける伝統について」という短い文章で伝統の問題を取り上げて伝統を保守と結び付けるのに重宝な符牒でなくて一つの生きものとして扱うことでこれが生きものであることを示し、その扱い方が徹底している点でエリオットがその中途半端な試みで当時の英国の文学界を驚かせた「伝統と個人的な才能」をその通りに中途半端な試みに思わせるものを書いている。又河上さんはエリオットを読んだことがないようであってこれは河上さんの教養の充足を語るものでその逆ではない。

その戦前の或る日河上さんがヴァレリイのボオドレエル論を褒めてヴァレリイはそこでボオドレエルが古典主義と浪漫主義の橋渡しをしたということ以外に何も言っていないと語ったことがある。この何も言っていないということがその時は余りよく解らなかったが、それがものを書く人間が目指すべき極意であるということの他に河上さんの仕事の性格もそこにあることが戦後も大分たってから漸く納得が行くようになった。例えばどこかの部屋にその部屋らしく色々と置いてあるものがあってただそれだけであると我々はそこに何もないという印象を受ける。これは書いてあることでも同じであり、もしそこで凡てがそうあるべき形をしていて我々にその通りであってそれ以外にありようはないと思わせるならばそれが普通の状態というものであるから我々はやはりそこで格別に何も言われていない気がすることになる。併しこれは現にあることをありのままに書くということなのであってその為にどれだけの精神の訓練と集中が必要であるかは実際にやって見なければ解らない。「羽左衛門の死と変貌」も根本の所ではそれ以外の何ものでもない。併しここでは普通に精神がそこにあると認めることをしない事柄が扱われているのでそこまで冴えた精神の方に注意が行くのに対して戦後の河上さんの仕事では誰でもが取り上げるようなことを扱って平凡に思われるまでに真実を語る性格が殊に目立って来ている。それが平凡ではなくて異様な印象を与えることもあるのは真実を語ることが戦後の所謂、風潮に含まれていないからに過ぎない。

そして平凡とか何も言っていないとかいう感じがする所まで書く仕事を進めるというこの別な特徴はそれが常に新鮮に受け取れることで又更にそれが新鮮であるのを越えて我々が見馴れた景色に対して持つのと同じ親みを覚えさせることにある。この何もなさは得難い。これはその親みを感じさせるもの自身がその精神の内外にある世界にそれを感じ、又それを感じるに至る程度にその世界に馴染むことを目指していることでこのことから河上さんというものを全面的に引き出すことも出来る筈である。併しこれは交遊録で人物論ではなかった。戦後は河上さんとの付き合いが昔と違って何かと他人の興行に二人とも巻き込まれての形を取ることが度重なり、それが少しも有難くないのでこれを避ける序でに自分だけでもそうした興行から遠ざかることになったのはこれは幸だった。戦後の文運隆盛とかいうのは多分にそうした興行に加ることから生じる錯覚であってそれがなければ昔通りに文士の生活を続けることが出来る。

それで河上さんと昔と余り変らない具合に時々会っては飲む。ただこれが全く昔通りと行かないのは飲む場所とかそこの空気とかが変ったからで、これは戦災とか戦後の日本の繁栄とかの錯覚ではない各種の実情を考えればどうにもなるものではない。例えば今は暖簾というのが店の前に掛けるものでなくて普通の住居の装飾品になり、それが店に掛っていても暖簾の感じがしない。併しこういうことは譲歩の余地がないことでは少しもなくてこの頃の所謂バアで止り木に向って飲んでいても飲みものの飲み方さえ解っていれば時間は昔と同じようにたって行く。もう十何年か前に一緒に英国の地方を旅行した時にはどこに着いても必ずそこのホテルのバアを探した。どこの国で飲んでも同じことであると書けばそれが当り前なことのように思えるが、それが河上さんと一緒であると直ぐにその気分になれるのが後に一人で外国を旅行することになってからの教訓になった。それでいてロンドンが曾ての支那の北京に似ていることを発見したのは河上さんである。

ものの違いが解る為には解るものはいつも同じでなければならない。併しそうして持続する状態が言って見れば無に等しいものであることも必要で、それが併し実際に無に等しければそれは状態と呼べるものでなくてそこの所が難しい。河上さんは曾て心貧しきものはというキリストの言葉を座右銘のようにしていたことがあって新約聖書のその一節は前から納得が行かないものだったので河上さんに就てもそのことを長い間不思議に思っていた。どうもその貧しい心というのが乾からびたものに感じられて地上にあるものから眼を背けていて何が幸福だと反駁したかったのである。併しもし地上にあるものに向けた眼がそこに映るものでそのまま心を豊かにする位その心が何もないのに近い状態にあればその心は貧しいとともにやはりその心も豊かなのであり、河上さんにとっての貧しい心というのはそういう意味に解されているに違いない。これは最近になって解ったことではなくて無に等しい状態というものに就て考えていて今解ったのである。

それで英国だけでなくてどこに旅行するのでも河上さんと一緒なのは楽しい。前はそれが所謂、講演旅行の形を取ることが多かったが今は講演のような余計なものもない。その上に東京を一度離れれば戦災や日本の経済事情に照して我慢しなければならないことも別になくて金沢の宿屋の犀川が見える座敷で飲んでいればその眺めは戦前でももっと前でもと変っているとは思えない。そういう時に河上さんといる感じを説明するのは難しくてそれを気兼ねしないでいられるという風に言えば嘘になり、そこにいることが余りに確実に解っている人間に気兼ねしないでいること、少くともそれをないも同然に扱うということはあり得ず、それでも気兼ねするというのは相手が何かの意味でこっちの気に障っていることでもある。例えば確実にそこにいるというのは床の間に自分の眼に映っている通りに花が生けてあることと同じで確実にそうしてその部屋にいるのが人間であって河上さんがそういう人間であるから親みが湧き、飲みましょうと言いたくなって飲むことになる。

河上さんと今までに飲んだ酒の量を計算すれば大変なものになるに違いない。昔そうして飲んだのは解るが、それを今でも河上さんとしているのはやはりこれは昔難しい話をするのに酒を飲んだのと理窟は同じなのに違いなくて酒を飲めば元気が出ることで何もしないでいる為の体力が補給されるからである。我々が何もしないでいるのに苦労はしない筈だと思ったりするのは始終何かしている人間の勘違いであって雑念を払って自分の周囲と調和を保っているにも注意を怠ることは許されない。河上さんといるとそれが事実何でもないことに思われて来るが、そうなればこれは解放であって酒で祝わなければならない。そうした喜びというものが酒を飲むというような一層の喜びを求めるものであってもいい筈である。併し確かにこの頃は河上さんも酔うのが早くなった。これは或は飲むことも何かしていることになった為かも知れない。

中村光夫

昭和初期の文学界はその当時付き合っていた範囲ではどっちを向いても年上の人達ばかりだった。いつだったたか新橋のよしの屋に或る晩行ってそこの二階で河上さんに佐藤正彰氏と大岡昇平氏に紹介された。そして佐藤正彰氏は勿論のこと、その頃京大で卒業論文を書いていたのか、或は書いたばかりだった大岡昇平氏もこっちよりは四つか五つ上だった。これは一例を挙げる為だけのことで別にその晩それからどうしたというようなことが言いたいのではないのであるから大岡氏の論文がジイドに就てであるのをその時聞いたこともここでは余談になる。その頃は引き合される人達が皆そういう具合に年上だった。誰かが一つ年上であればどれだけ努力し、勉強しても又何か大変な幸運に恵まれてもその一年の不足を埋めることは出来ないことに気が付いたのもその頃だった。従って一年早く生れたものに対してはその人間がその一年間に得た経験だけこっちは引け目があることになる。それで学校をわざわざ中退して来たのに当分はまだ学校にいるのと気持の上では変りがなかった。

更にこうした常識は当時付き合っていた人達の間で堅持されていて我々に共通の望みが何かあったとすればそれは年を取ることだったと言える。それで年上のものが追い越せる訳ではなくても自分を中心に考えて一つ年を取ればそれだけ経験を積み、見聞を広くしたことになるのは確実でそれで十代のものがもしいれば二十になること、二十代のものは三十になることを願って早く四十になるのが一種の夢だった。その頃の習慣で我々は大晦日の晩には前にも触れた出雲橋際のはせ川に集るのだったが、そこの一階の土間に向った入り口の所に柱時計が掛っていてこれが十二時を打ち出すと誰もこれで二十一になったとか二十四になったとかと思い、そういう大晦日の或る晩に井伏鱒二氏がこれで四十になったと言ったのが何とも羨しかったのを今でも覚えている。Le temps passe, l'eau coule et ——という所まではいいとして le cœur oublie というのは本当だろうか。やはり時間がたっても心は忘れないでいるようである。

そうした意味では中村光夫さんに会ったことで事情が変った訳ではなかった。中村さんにいつ最初に会ったのかは正確な所ではもう思い出せない。それが共同印刷の食堂でだったことは覚えているから古典の成立年代を推定するのに常用された方法の一つに従えばこれが「文学界」が文芸春秋社の経営に移って同社の他の出版物とともに共同印刷で印刷されることになってから後のことであるということは言える。その頃の「文学界」は経営は文芸春秋社でも編輯は河上さんその他編輯同人の仕事で手が足りなかったということもあり、同人や同人と親しいものが雑誌に何か書いた時は当人が共同印刷まで出掛けて行って自分で校正するという規則でないまでも習慣があった。中村さんはフロオベル論をその頃連載していた。こっちはどんなものを書いていたのか覚えていないが、この方はただ校正の手伝いに行っていたのかも知れない。兎に角当時は印刷会社に校正に行くと食券が出てそれで昼の食事をすることが出来た。

その食堂の薄くて皮ばかりだという定評があった豚カツを或る日食べに行くと中村さんがいて編輯部の人に紹介された。これは実はその着流しの眉目秀麗な青年の様子に打たれて誰なのか聞いた所がそれが中村さんだったのである。その頃の中村さんは痩せていてその容貌だったのみならず髪の毛が黒人のように一本一本縮れていたのでなお更人の注意を惹いたのである。前にも言った通り中村さんに会って年上の人間とばかり付き合っているのに例外が出来たのではなかった。この場合も中村さんの方が一つ年上で更にその二葉亭四迷論で当時は、「文学界」に載ったものを対象に授賞されていた池谷信三郎賞を既に受けていて連載中のフロオベル論も本格的なものだったから漸く同輩として扱える人間に出会ったことに少しもならなかった。併し河上さんに会ったのはまだ日本の文学界で誰が誰なのかも解らない頃だったので河上さんの仕事に接する前にその人を知ることになった訳で日本の著名の文士に引き合されて光栄と思ったのは中村さんが最初だった。

それでも一つ違いというのは年齢の差の上では先ず最小限の部類に属する。中村さんに会ったのを光栄と思ったのは事実であっても自分と一つしか違わない人間が既にそういう仕事をしていることは励みにもなった。そしてこれは当然であっても中村さんはそれまでの勉強が大変なものだったというような気障なことは少しも言わなかった。こういうことはその当時の状況に戻って考えなければならない。それから三十年はたっている今からすればそれまでの仕事よりも中村さんがその後にしたものの方が遥かに立派であることは説明するまでもないが何もまだ仕事らしいものをしていないものにとって既に二葉亭四迷論の著述があり、それをこっちも読んでいる時にその著者は自分と同列に扱えない人間であることになるのを免れず、その人間がこっちを仲間の積りでいる態度でいればそこに親みが生じる。そういうことがあって日本に帰って来て二番目には中村さんと友達になった。

中村さんに会った時のことで思い出したのであるが、その頃こっちは同じ「文学界」にフランス文学の月報のようなものを書いていて中村さんがそのことを取り上げてくれたのでその辺から話の種が殖えて行き、その日の校正が終えてから銀座に出て二人で飲んだ。やはり当時の出張校正の仕来りで校正がすむと印刷会社の方で車を出してくれてこれに乗ってどこへでも行くことが出来た。尤も食券で会社の食堂で食事をするのも後で車を出して貰えるのも共同印刷だけのことだったのかも知れなくて大きな印刷会社と言えばその頃は小石川の共同印刷だった。そして銀座で飲んでいるうちに中村さんがこっちと同じ帝都電鉄沿線の下北沢の方面に住んでいることが解ったのでその晩は一緒に円タクを拾って帰った。少くともそういう風に覚えている。その時、或はその時と思われる際に話したことは一つしか記憶に残っていないが、それは何かのきっかけに外国語、従って結局は外国の所謂、文学の勉強をすることが出てこれは若いうちにして置くことであり、それを年取ってからしても付け焼き刃で終るとこっちが言った所が中村さんがそれに賛成したことだった。このことを覚えているのもやっと何か中村さんに賛成して貰えることが言えたという感じがしてこれが甚だ嬉しかったからに過ぎない。その頃はそういう同好の士と話をしていてこっちが言ったことに相手に賛成して貰えるということが滅多になかった。

併しそれは兎に角その同好の士で自分と一つしか年が違わないのに会えたということはその当時大きなことだったと思う。殆ど記憶が遡れる限り自分よりも年上の人間とばかり付き合って来たのであってもそれで凡てこと足りるというものではなくて第一にそれでは自分と他人の比較のしようがない。どうせ相手は何でも知っているのが前提になっていることは自分を何も知らないものの立場に常に置くのに近くてそれが励みになることもあればそうでないこともある。中村さんが一つしか年上でなかったことは具体的な例を挙げて言えば中村さんがそれまでに読んでいた本の数がこっちが読んだのとそれ程違っていなかったことで原文で読める外国語の数も先ず匹敵していた。そういうことが問題になる所にも若いものの偏窟、或は若いものが持たざるを得ない野心というものの偏窟な性格が見られてその頃は自分が読んでいる本に知らない外国語の引用があってもそれが自分には読めなくてその勉強をこれからしなければならないと思って気に病んだものだった。併し中村さんの知識が大体こっちのと同じであると安心出来ることで中村さんが読んでいてこっちが知らない本に面白いのがあると聞けばただそれが読んで見たくなった。

そういう本で中村さんが面白いと言ったのか、それともまだ読んでいなくて面白そうだと言ったのかそこの所はもう覚えていないが、そのうちに中村さんとヴィヨンの輪講を始めた。これは今でも中村さんを知ったことで有難く思っていることの一つである。それを言い出したのも原文の適当な版を探して来てくれたのも中村さんだったのであるからまだヴィヨンを全部読んでいたのでなくてもヴィヨンに就て或る程度は既に知っていたことになる。こっちはスティヴンソンの雑文集でヴィヨンに就ての一篇を読んでいただけだった。その頃こっちは下北沢の駅の傍に住んでいて中村さんはその一つ先の駅に近い所にいたから二人の家を往復するのは何でもないことだった。確か我々は Petit Testament を先ず片付けてそれから Grand Testament に掛り、これをどの辺まで読んだかもう覚えていないが二人のうちのどっちか、或は両方ともが他所に移ることになって行き来が前程は簡単でなくなった為にこの輪講は中止になった。

併しその間に読んだ分だけでもヴィヨンの詩は記憶に残り、その後に何度か読み返したのもある。我々が読んだものでそうして記憶に残った句には必ずしも引用に適していないのがあるがヴィヨンの Testament と呼ばれているものには広く知られている幾篇かの単独の詩も含まれていてヴィヨンが母親に代って作ったという詩も去年の雪のも昔は美しかった女の詩も中村さんと読んだ。

Femme je suis, povrette et ancienne……

それで恐怖というフランス語をその当時は paour と綴ったことを知った。又これは Petit Testament に出て来るものと思うが十五世紀のフランスでの冬の厳しさを語って狼が風を餌食に生きる季節と言っている一行にも打たれた。要するに中村さんのお蔭で一人の大詩人に廻り会うことが出来たのである。その Foulet 校訂のヴィヨン詩集を長い間大事に持っていてこれを戦争中に焼いてしまったのは惜しいことをした。序でながらそうして焼いた本の中には中村さんの二葉亭四迷論で初版の署名本もあった筈である。

我々が下北沢と今は名前が思い出せないそのもう一つ先になる駅の間を往復したのはその輪講の為だけではなかったが、そのことで今になって不思議に思うのは二人が町で会えばどうかすると痛飲したのにどっちの家でも飲んだ記憶がないことである。これはどっちも自分の家に酒を置いたりすれば勉強の邪魔になるとでも考えていたのだろうか。それでひたむきという言葉が頭に浮んで別にそれ程でもなかった感じがする。併しこれは陰翳の問題であって我々は確かに何かに憑かれていた。ここで河上さんとのことの所で触れたことに戻るならば大正というのは普通の人間の生活が学校を出て一つの職業に従事して一家を構えることに殆ど限られていた時代でそれが誰でもがすることだったから比較的に易しかった代りにその埒外に出るのが一般には先ず社会道徳に反するのに近いことに見られていて、それが昭和の初期になってもそうした事情に大して変りはなかった。そしてものを書くのを自分の仕事に選ぶというのも社会の埒外に出ることのうちに入っていた。その頃中村さんがそういうことをするのは少し大袈裟な考え方をすれば一種の悲劇なのだと言ったのを覚えている。これは大袈裟だったかも知れなくて文士になるのが悲劇ではなかったにしても兎に角それは今日の作家というような言葉が一般に与えている印象と正反対のことを意味していた。

それだから是が非でも成功しなければならないと言ったこれも大正風の考えは既にそこになかった。そう考えたくてもその頃何か書いていてそんな風に成功するには小説家にでもなる他なくて書くことが小説を書くことであるという大正までの観念とも我々はもう縁が切れていた。一口に言って文学という言葉を持ち出してこれを小説と呼ばれているもののことと解釈したり詩人を星だの山の向うだのを眺めて喜ぶ陸でもない人種と受け取ったりするのも大正までのことだったようでこれが大正から昭和に移る辺りから日本の現代文学史の上でも言葉をただ言葉として扱う仕事に変っていることは中原中也とか小林秀雄とか河上徹太郎とかの名前を思い浮べてその人達がいつ頃から仕事を始めたか調べて見ることで明かになる筈である。併しこれは本質的にはそうだったということで一般の考えに従えば我々は小説も書かなくてそれまでの文士の観念にさえも当て嵌らないものだった。

我々自身にも書くというのが何をすることなのか解っていたのではなかった。それだからその仕事に取り憑かれたのでどうすれば書けるかは解っていなくても書く仕事に成功した結果がどのような文章になるものかは明確だったのであるよりもそれが明確であることから書く仕事を選んだのであるからこれはただ一つの方角に光を認めて暗中を手探りで進むようなものだった。我々はその頃厳密な意味では本を読むということをしなかった。我々が本を読むのはそこに書くことの手掛りを得る為だったのであり、それ故に無数の古典に囲まれていてその僅かな一部しか読んでいないのは残りの本の山に隠されている書く上での手掛り、その秘密をまだ知らないでいることだったから地団太が踏みたくなった。そういう状態でいてよくそれでも文章の良否が識別出来たものである。それは少くとも見事な言葉に出会って打たれるとともにそれを自分が書いたのでないのを口惜しがるという読み方だった。

併しこれは或は話を余りに一方的に進めていることになるかも知れない。中村さんは一つ年上であるのみならず性格的にももっと大人だったようで下北沢の家に縁側があり、それが南向きなのに何故そこで日向ぼっこをしないのかと中村さんにその頃言われたことがある。それからもう一つ妙に記憶に残っていることがある。もっと前は散歩をするのが好きだったのに既にそんなことをするのは時間の費えだと思って止めていて中村さんに一度その散歩に連れ出されたことがあった。それは冬で下北沢の辺をどこをどう通ったのか解らなかったが、そのうちに公園にしては荒れ過ぎていてそれでも夏は涼みに来るものもあるかと思われる若干の木立ちが池を取り巻いている所に来た。もう池は枯れた葦が水から頭を出しているだけで夏はというのはその岸に茶店としもた屋を兼ねたような建物があって人が住んでいる気配がしたからだった。我々がそこの店先に腰掛けていると人が出て来て中村さんが黒ビイルを頼み、それを我々は一本ずつだか飲んで又そこから歩いて帰った。ただそれだけのことなのであるが、その場所の蕭条たる有様がその時も心を動かし、それが書くというようなこととその頃の状況では何の関係もないこととしか思われないのをどう扱ったものなのか戸惑いする感じだったのを覚えている。今ならばそんな固苦しい気持で生きている訳がない。併しここでは当時の話をしているのである。

ここまで書いて来て思い出したのであるがヴィヨンの輪講が中途で終ったのは我々が離れて住むことになった為ではなかった。中村さんが鎌倉に移ったのはもっと後で下北沢の近くにまだいるうちにフランスに留学することになったのである。何かフランス政府が出している奨学金によるものでそれに就て受けなければならない試験の結果がどうなったかと思っていると或る日渋谷の帝都電鉄の駅でそこの階段を登りかけた時に中村さんが上から降りて来て合格したことを知った。こっちは英国にいることに見切りを付けて帰国したのだったが最後の年の冬休みをパリで過してからまだそう何年もたっていなくて羨しくなかったとは言えない。兎に角その晩は二人で試験の結果を盛大に祝うことに決めて一先ず別れてから銘々金を持ち寄ったのか、それとも中村さんが一人で工面して来たのか兎に角当時の金で二十円あったことも又その頃でも二十円では酒池肉林とまで行かなかったことも覚えている。我々は道玄坂の入り口にあった松竹梅の酒蔵で銅壺の中で煮えくり返っている酒が揃い出されて銚子に注がれるのを何本か飲み、それからどうしたのか一応は無事にその晩家に帰ったような気がする。

中村さんのフランス留学は「戦争まで」と題するその紀行に詳しくてこっちもこの名篇から何度か引用しているからここで改めて書くことはない。ただ一つだけここで文学史家の為に報告を兼ねて意見を述べて置くならば中村さんはフランスの事情に就て「文学界」に寄稿することになっていたのが、これは誰でも海外に旅行するものが経験することであるが中村さんの原稿が捗らず、その穴埋めに中村さんから小林秀雄氏に宛てた通信の一部が「文学界」にそのままの形で掲載されたのが記憶する限りでは中村さんの所謂あります体で書かれて公表された文章の最初である。その後も中村さんはである体で書いている。併し「戦争まで」は全くあります体で書いてあり、その中でも例えばシュノンソオの城を訪ねる辺りの名文を書くことで中村さんも発明する所があったのではないだろうか。勿論ここで言文一致というようなことを言うのは意味をなさない。どういう積りでそういうことを言い出すものがあったのか解らないが話す通りに書くというのはいつの時代にもどこの国でも、その言文一致が提唱された時代の日本でさえも曾て行われたことがないことで話している際の不正確と不用意を完璧を目指す散文の形で補うのでなくて書くということ自体が話すことの重複に過ぎなくなる。併し何々であると書く代りにありますと書くのは文章の柔軟を増すのでなくてそれを増す工夫をすることを強いる効果があり、これはあります体を採用した後の中村さんの文章に顕著である。

このフランス留学は第二次世界大戦の勃発で中断されて中村さんも帰還船でフランスからパナマ経由で帰って来た。それでスペイン語系統の国を通ることになるので中村さんはスペイン語を習い、その一つの収穫が後に中村さんが「批評」に寄せたラサリイリヨ・デ・トルメスに就ての論文であることになる。確か昭和十四年から曲りなりにも戦争が終るまで何人かのものが集ってこの「批評」というその題が示す通りの批評中心の雑誌を出していて中村さんもその同人の一人だった。それでその為にも中村さんが帰国してから何度も会っていた筈なのであるが、その辺のことがはっきりしなくてこれは当時の付き合いというもの全般に就て言えることである。確かに「批評」という雑誌を出す仕事はこっちも手伝っていた。併し全くそれだけで漸く何か書き始めた所で戦争になり、これは一般の例の戦争中は暗い思いをしたとかいう伝説、或は迷信と違って戦局が進展するに連れて我が国が勝っては困ることになるのが眼に見えていて負ければどういうことになるのか解らない状態にあってその意味では実際に暗いと同時に妙に澄んでもいる日々が続き、そのことの方に主に気を取られていてその間にしたことが記憶に余り残らなかったのではないかとここではただ考える他ない。これだけ説明した後ならばあの時代は暗かったと言える。

この状態に終止符を打ったのが海軍にこっちが応召することになったことだった。その間際に河上さんと中村さんと三人で盛宴を張ったことに就ては河上さんの所で既に書いた。又海軍での生活は交遊録と関係がないことで、ただここで誤解されないように応召したのが終戦の年でこうして帝国海軍の最期に立ち会えたのを今でも光栄に思っているということだけ書いて置く。併し海軍に入ったことで中村さんにその間ただ一度会っただけだったが、それでこれまでの何年かになかったように中村さんに親密になった。その頃中村さんは既に鎌倉に越していた。昭和二十年五月の二十一日かに東京に何度目かの大空襲があって横須賀で当時属していた隊の隊員に東京に家があり、その家が焼けたと思われるものにこれを確めに帰郷する許可が出てその条件はもし家が無事ならば即日隊に戻り、それが焼けていれば後始末に三日間の休暇が取れるというのだったと記憶している。

東京に戻って見ると家はもうなくてその足で柏の牧野さんを訪ねたことはこれも前に触れた。それでもまだ隊の外で過せる時間がもう一日残っていたので帰りの横須賀線の電車を鎌倉で降りてその頃は稲村ケ崎にあった中村さんの家に行った。中村さんは暫くするとどこかに出掛けて又戻って来たように覚えている。こっちは牧野さんの所で二晩を過してもまだ懐しさが失せない畳というものの上に体を投げ出す快感に浸っていた。そういうことがあってから大分たって知ったのであるが空襲があって休暇が取れるというのは異例のことに属し、中村さんはこっちが海軍での生活の辛さに堪え切れなくて脱走して来たのだと早合点してそこを何とか匿まう手筈を考えていた。これは当時としてはその覚悟を決めたということに等しい。そのことに更に何か付け加えることがあるとすればそれは我々が人間らしく振舞う人間であることは一種の常識であっていつもそうである積りでいるが、それを示す機会は実際には思い掛けない時に来るものでその上でどうするかは直接に道徳とか人倫とかの問題に掛って来るということである。

それでも話をしているうちに中村さんもこっちが正規の手続きを踏んで隊を出て来たことを納得したものと推定される。そろそろ本音を吐いたらどうだというようなことを一度も言わなくてその翌朝立つ際には帰隊の時刻に遅れないように何かと気を揉んでくれたからである。殆どその翌朝まで畳と蒲団の上でその夜を語り明した。ここで海軍では床が船の甲板と同じ板で夜は吊り床というものに寝るという説明を加えて置いた方がいいかも知れない。それならば楽な思いをして一晩ぐっすり寝たらばと考えるものがあっても海軍の兵舎というのは必ずしも教養があって人間らしい人間ばかりが集る所ではなくて殊にその海軍での所謂、下士官と兵の社会では何かと身分の問題もあり、その中村さんの家で久し振りに話というものをするのが畳の上に横になっていることにも増して新鮮な感じがするものだった。それから丁度三月目に戦争が終って、これはその戦争に負けてだったが日本が精神的以外にはどこの属国にもならないですんだことは誰もが知っている通りである。

それからが所謂、戦後であることになって昭和の初期に仕事を始めたものは先ず例外なしに戦争が終ってからその主な仕事の大部分をしているようであり、これは仕事を始めた途端に戦争の前触れに続いて戦争になったのであるから当然のことに思われるだけにその戦後になって頻りに戦後とか戦前とか言い出したのを滑稽に感じたのを覚えている。併し仕事の話をする為にこの交遊録を書いているのではない。例えば「批評」は前は厳密な意味での同人雑誌だったのが戦争が終って間もない頃に創元社の経営で何号か出し、更にそれから大分たって丸善から「声」という雑誌を出すことになってこれも暫く続き、その両方とも中村さんと編輯の仕事に当ったのだったが仕事は仕事であって付き合いのうちに入らない。その頃のことで付き合いの部類に属するかも知れないことに話を持って行くと「声」の編輯をやっている間は丸善の地下室に今でもあるピイコックという西洋料理店をよく使っていて丸善に顔を出す前に或る日そこに入って行くと中村さんが「二葉亭四迷伝」の寄贈本に署名していた。そのことを書くのはこういう大部であることが内容の質を少しも越えることがない本を中村さんが書いたのがその時羨しかったからである。

この羨しく思ったというのは中村さんとの付き合いと直接に関係して来ることである。

一体に年が余り違わないと付き合いよりも仕事の方が先に立つものらしくて相手がしたことを羨んだり自分がしたことに就て相手は相手として今度は自分も何かしたと思ったりする。全く他愛もない話であってそういうことではまだ仕事らしい仕事をすることが出来る域に達したとは言えない。又そういうのが付き合いというものかどうかも解らなくて人を競争相手に仕立てて置いてこれを友達と見ることもするのでは少くともその辺の事情がかなり気忙しいことになる。併しそういうものであるだけにこうした状態は長続きするものでなくて、或は年月がたつうちにそこから抜け出ることになるものでその上での付き合いならば中村さんとのもそう昔からのことではない。ここから一転して話をもっと広い範囲に亙るものにするならばこの頃はどういうことでもが、例えば朝目を覚してそのことを認めるのもそう昔からのことでない気がする。

　そして中村さんが書いたものを読んで既にその出来栄えを験すのでなしにそこから中村さんという友達の声が聞えて来るのを知るのも本というものの読み方に就て教えられることになるものである。それが本というものの読み方なのでその本を書いたものの肉声では得られない声に接することに始めてその本を読んだことになるのであり、この頃は中村さんの本を読むのが楽しい。これは一般には認められていないことのようであるが中村さんがその書いたものでしんねりむっつり理窟を並べている印象をもし与えるならばそれは実際にはその対象に就て素朴に言葉を探しているのであり、そうすることで説得している相手は自分自身であってこれは人間が何か考えるということを素朴にしていることに他ならず、この場合に言葉の探し方は人によって違っていても探し得た言葉が文章をなす時にそれが散文であって当然そこからはその人間の声が聞えて来る。

念の為に説明するならば何もこれは例えば中村さんが「文学界」に文芸時評を書いていた頃からそうだったというのではない。併しそういう初期のものを読んでも、それも殊に中村さんが今日書くものを知っていればそういう初期のものでも中村さんが目指していることは明かでここでもし更に註釈することが必要ならば中村さんが目指していることがその初期のものでは目指すのに止り、それが部分的には「戦争まで」辺りから漸く体をなすに至っているのは散文というものを廻る一般の問題は別として素朴に考えるというただそれだけのことをする為に言葉を探すというのは日本の所謂、現代文学に極く最近まで見られなかったことで無駄な気取りや修飾を取りのけて自分自身が使える現代の日本語をものを書くものが銘々で鍛え直さなければならなかったのである。それならばものを書くものは皆これをした筈だと思ってはならない。そこには挫折というものもあり、中途半端な成功で満足するということもあってこれ以上このことに就て書けば誰かを傷けることになる。

又中村さんとの付き合いでこういうことを書くのは無駄だと思うこともない。中村さんの場合その文章が中村さんという人間の延長だからであって先ず自分と同時代と見ることが許される人間でそういうことが言えるのがどの位いるか探してその数が少いのに驚く。そしてここではそういう中村さんの文章でなくてそれを書く中村さんという人間に重点を置いているのだということを言ってそれがもし誤解されるならばそれも仕方ないことである。我々は文学というような名称を余り気にすることはない。そしてものを書くのが仕事の人間ならば書けなくてはならないが、もし書けるならばその文章もその人間である訳であってその文章の為にその人間を捨てるならばものの順序が逆になる。もっと一般的に言って人間と人間が書くものとどっちが大事なのか。もし人間が書いたものに何かの意味で多少の歩があるならばそれは書いたものの方が長持ちするということに過ぎない。それならばなお更人間の方が大事である。

ここで言ったようなことはものを書くことが仕事で今まで付き合って来た人間の凡てに当て嵌ることである。併しそこで再び年というものが問題になってそれが自分と大して違わない人間が既に未熟と未熟の付きものである野心の域を脱し、又これが自分と同じ書くことが仕事の人間である時は話がし易い。併しこれも誤解されそうな言い方であって話がし易い相手は誰にでも幾らでもあると思うものがあるかも知れないがそれが実際にはそうではないので幾らでもある積りでいるものは相手に対して失礼であるのを顧みないでいるに過ぎない。それ故に誰に対してでも話がし易いということには限度がある。併しそれでもう少し説明するならば中村さんに向っていると自分と同じ川を渡り、山を越えて時には狼の群を追い払ったりして来た人間がそういうこともあったかという顔をするのでなくて全くそういうこともあったかという気で自分の前にいる。その点も自分と同じかどうか、これはつまりこっちもその点で中村さんと同じかどうかは別問題である。或は今はそれも問題にならない。今こそ中村さんにならば英国の何という町のどういう店でどんなものが旨いか少しの気掛りもなしに教えることが出来る。この間はフランスの或る町で出す小海老のスウプのことを中村さんから聞いた。これを人生の終着駅と思うことはない。或は一生の目標だった意味でこれが終着駅である。

横光利一

中村さんが共同印刷の食堂にいるのを見付けたのよりも後に横光さんに始めて会ったのだと思うが、その前にも横光さんが銀座通りを歩いているのに出会ったことが何度かあった。初めはそれが横光さんとは知らなかった。当時の銀座はコロンバンがパリ風のカフェに作った店を出していたり紀伊国屋の洋書部があったりしたことでも解るように今日では想像も付かない静かでどことなく洒落た所がある町で、その辺をぶらつく気を起すものの中に他の人間に混じって文士もいたことは、これは昭和の初期まで待たなくても明治の末から大正中もそうした風俗史に見えている。併し特色がある顔に同じく一度見れば覚える藍が勝った紬と思われるものを着た横光さんが銀座の通りをゆっくり歩いて行くのに何度も出会ったことが横光さんの場合は銀座に対して特別な関心があったことを示している。昭和の初期は明治以後の日本が始めて明治以後の日本らしい或る開花に際会した時期であって、そのことはこうした交遊録でなくて文明史の領分に属するが、この動きの中心を場所に求めるならばそれが東京の銀座だった。

　これに就てはその日本に認められる或る一貫した影響があるとすればそれがヨオロッパのもので洋風の制度とか設備とかでなくて生活の場所が少しずつ日本で出来上って行ったのが港町の外国人が住む区域を除いては多分に偶然に東京の銀座だったということがある。確かに銀座通りが日本で最初に、そしてそれ以来見ない位に本式に鋪装されたのは洋風の設備のうちに入るかも知れない。併しそれが銀座で行われたのは銀座で始っていた少くともそれまでと比べれば洋風の生活がそれを必要としたからで、このことをもっと簡単に言うならば銀座では洋風であることが外国を感じさせるものでなくてこの町で自然だったのであり、凝った舶来品を売る店や板に付いた気分の西洋料理屋が数える程であっても銀座にあったことがそのことを示し、これを物質的なことというので斥けるならば日本の所謂、近代詩とか近代文学とかいうものもそうした物質的なことから発してそれに育てられている。ここで詩や文学と呼ばれるものが人間の生活の一部をなすものであることは改めて指摘するまでもない。今から思えばその銀座、或はそこでの生活に横光さんは惹かれていた。

　横光さんをその頃盛名を馳せていた直木三十五と間違えているうちに本ものの直木三十五が銀座を歩いているのを誰かに教えて貰ったこともある。横光さんはこっちと擦れ違うと眼が会うのを避けた。その横光さんをどうして知るようになったのかは実は覚えていない。河上さんと一緒の時にそういうことになったのではないかとも思うが、それがどこだったかも記憶にない。横光さんはその頃のまだ大正年間に建ったままだった資生堂が好きで横光さんを知ることになる前からよくそこに横光さんが来ているのを見た。兎も角そのうちに一緒に資生堂に行くようになった。その特徴がある声も魅力があった笑顔も思い出せる。併し弟子入りをしたというのでもないのにそれから昭和二十二年に横光さんが死ぬまでの付き合いがどうして続いたのかはこっちの一方的な気持だけで説明出来るものではない。もし先方にとって煩さくなればこの付き合いはいつでも打ち切れた筈である。

こっちの気持からすれば何の曖昧なものもなくて、そう言えばその頃は兎に角初めのうちは小説を書く積りでいて横光さんを当時の日本の文学界で唯一の小説家と決めていたのはその書くもの、殊に短篇の「機械」と長篇の「寝園」から受けた印象によるものだった。そのうちに横光さんの小説よりも例えば「書方草紙」、或は「欧洲紀行」に収められているような文章に興味を持つことになったのがこっちが小説から批評に仕事の上で転じたのとどの程度に関係があることなのか解らないが横光さんはそれで魅力を失うような人間でなくて、そのことに就てここで直ぐに一つの結論を出すならば横光さんは小説家であるとか批評家であるとかいうことで一つの型に嵌らない、そういう意味では恐らく鷗外以来の日本の文士だった。そして鷗外と違っている点でここで重要なのは横光さんが近代の文士だったことである。その近代に就てもここでは説明していられない。併し話を進める上で簡単に言えば横光さんも我々と同様にジイド、ヴァレリイに興味を覚え、河上さんの「自然と純粋」を最初に発見した一人である。近代というのでは話が面倒になるならば日本の昭和の文士だった。その所謂、随筆を中心に横光論を書くことを今でも時々考えることがある。或はその「書方草紙」に詞華という部に入っている「海」という題の、

此のしののめの海にて林檎を磨く
海底の魚介七色の祭典峻烈にして
おもむろに靡く海の草。海の花。

というような詩は例えば鷗外の褐色の根府川石の詩と比べるならば近代と近代でないものの区別を明かに示していて、それが詩の価値そのものと少しも関係がないことであるのはこれも改めて言うまでもない。

横光さんが若いものに関心があったことは事実である。それは横光さんに就て貪婪な好奇心というように当時言われていたことの一部をなすものでこれは好奇心であるよりも生きることに掛けて充実することを求めて世界に対して見開かれた眼であり、この眼が働けばこの頃の若いものは何を考えているかでなくて若いもの自体がその対象になる。又その若いものは現在を次の時代に延長、或は発展させるものでもある。横光さんの家は下北沢

にあって当時の中村さんの家と同様にそこまで歩いて一足だった。今はどうなっているのか。その頃は門から玄関まで両側が植え込みの細い石畳みの道が続いていてその先の左側に玄関があった。それは飛び石を置いた道だったかも知れない。そういうことは年とともに忘れるものらしいが、そこを入って横光さんが在宅の時は案内されるその居間が玄関の左側にある階段を上って二階の八畳だったことは今でも確実に覚えている。その部屋は南向きで東側に切った窓の前に横光さんの仕事机があり、その部屋まで行くと横光さんが机を離れて入り口の方に向き直って坐っていた。そういう時の気持を今になって思い出して見るとこっちが何か書くという考えに取り憑かれていて横光さんの前に出るとそこにその書くということをした人間がいる訳であって暫くは自分のことを忘れて安心したということになりそうである。それが一冊の古典でなくて生きた人間であるから既に完成したものに対して歯噛みする代りに自分にも望みが必ずしもなくはないことになる。併し仕事らしい仕事をしたことがないものが仕事をした人間に向えば望みがあるかも知れないという程度にも実際には自分のことは頭に浮ばないものである。

横光さんの若いものに対する関心のことを言ったが、その部屋にはそういう年下のものが何人か既に来ていることがよくあった。その中での年長者は中山義秀氏で他は今は顔は覚えていても名前は忘れたのが多い。併しそのうちで取り巻きと呼べるようなのはいなかった。もし弟子入りという言葉を再び用いるならばそれが当て嵌るものも中山氏一人で、そうすると後はただ横光さんを知る機会を得て横光さんというものに惹かれて集って来たと考える他ない。それが皆書くことを志していたというのでもなくて画家も編輯者も別に職業と言える程のものがないものもいた。そのうちの誰が横光さんの何という小説の材料になったという噂を聞いたこともあって或は実際にそういうことがあったのかも知れないが小説家の場合その材料はどこにでもある筈であり、やはり横光さんは自分の廻りに集るものの銘々の生き方や人間に関心があったようで偶にその一人に就て語ることがある時にもそういうことが話題になった。

従って本式に関心があるのが既に大人であって一人前の仕事をしている人達だったのは当然である。それが例えば文学界では小林秀雄氏であり、河上さんであり、永井龍男氏や青山二郎氏だったので、これはそれ程確かでないが清水崑氏の画才を発見したのも横光さんだったと記憶している。横光さんにとって銀座はそういう人達が集る場所という意味もあった。それでここまで来て漸く思い当ったのであるが、その頃の銀座は今日の日本でも、或は今日になって一層何か偏った形で誤解されている頽廃という言葉を正確に用いることが出来た場所だったのでその頽廃と近代は同義語をなし、そこで精神はそれ自体の他に一切の支えも望みも奪われてそれ自体の働きに生き、この近代の豪奢と暗黒は銀座にもあった。或はそこに集る我々が知ったのはその豪奢と暗黒であり、それを知るのに止らなくて横光さんはそれを身に受けるとともに見詰めていた感じがする。その頃はまだ日本語でも小説の用語と認められた特殊なものがあってそれを壊すことにも力を入れなければならなかった横光さんがそれをしながら書く文章で自分が見詰めている銀座、又そこで聞く小林氏その他の議論、又その何れにもある精神の或る状態を言葉に移そうとしたということを考えることでその文章はそれが一般に今日与えているらしい印象と別なものになって来る。横光さんは出雲橋のはせ川や銀座の裏のバアで行われる議論に殆ど加らなかった。併し批評というものには期待を掛けていて、そこに小説というその頃までの日本では凡そ特殊なものだった世界から日本語を脱出させる仕事が横光さんに課した苦労の一端を察しなければならない。

そういう意味ではここで大ざっぱに近代と呼んでいるものに我々の中で最も悩まされたのは横光さんだったということになるかも知れない。今日では近代詩とか近代文学とかいう言葉が気軽に使われているが、その近代というのが人間の精神を幾重もの壁で囲んだ世界史的に言って一つの特異な時代だったことを身近に感じたことがなければ近代詩も何もないのであって時代の変遷とともに近代がどういう時代だったかも忘れられた後は近代詩の中で優れたものが単に優れた詩ということで残ることになる。この近代がそれに相当する時代に日本で親しく受け入れられたのは一つにはそれが世界史的な現象だったからであり、又一つには近代というものに見られる多くの性格が東洋では既に久しい以前からその歴史の一部をなすに至っていた為である。併し近代という名称を与えられた時代が始ったのはヨオロッパだったので昭和十年か十一年だったかに横光さんがヨオロッパに旅行した目的はそのヨオロッパの近代を自分の眼で見るということに尽きたと言える。

近代文学という言葉を使った序でに付け加えるならば日本の小説家で最初に近代に正確に自分の現実を認めたのは荷風でもなければ芥川龍之介でもなくて横光さんだった。もし一つの時代を自分が書くものの装飾と心得るならばそれは趣味に過ぎない。併し横光さんは自分の眼の前に、又どこを見ても近代があった。それで当時の日本の文学界での横光さんというものの受け取り方が解るが、そういうことはどうでもいいとして横光さんがヨオロッパに、殊にフランスに渡って知ったのはそのヨオロッパそのものが近代であることだった。それを見る眼は既に鍛えられていてそれ故にその紀行は光っている。この時にヨオロッパは近代にあったのであるからその近代を見ることはヨオロッパを見ることであり、その「欧洲紀行」は一時代前の鷗外の「独逸日記」とともにヨオロッパを日本人が語った群を抜いて正確な文章である。併しそのヨオロッパを見たことで横光さんにとって近代は一層避け難い一つの問題になった。近代に就て書かないと言いながら何かと書くことになるのを免れなかったが、それならば同じく説明不充分のことをもう一つ付け足すならば近代というのはいてても立ってもいられない状態を人間の精神に強いることがあるもので横光さんがパリの建物の黒さが身の除けようもなく心に染み渡って来ることに就て書いた一節は戦後になって既に幾度か引用されている。

「欧洲紀行」が出て殆ど不問に付される扱いを受けたのは日本も近代にあったというように或る一国が或る時代にあってもその時代がその国を蔽うことにならないという解り切ったことの一つの証拠になる。一般には横光さんはただヨオロッパまで行って帰って来ただけのことだった。その後に始めて横光さんが銀座のはせ川に寄って誰かにただ太ったなと言われたという話を横光さんから聞いたこともある。そしてそれで思い出すのが横光さんのヨオロッパの経験を理解した極く少数のものの一人が河上さんだったことで「欧洲紀行」、或はその一部がそれ以前にパリ通信の形で「文芸春秋」に連載された際にも河上さんはそれに就て卓抜な批評を書いていた。河上さんをヨオロッパに行く必要がない、これも極く少数の日本人の一人と思い始めたのもその頃からかも知れない。これは戦後に一緒にヨオロッパに行った時に更に強く感じたことでその言動から河上さんがヨオロッパのことを読んだり聞いたりすればそこにヨオロッパがあるのだということが解った。そういう人間もいるのである。

それで横光さんが河上さんと一層親しくなったかどうかは知らない。又記憶を今辿って見ても横光さんが欧洲に旅行する前とその後で外見どこか変ったことがあったかどうか思い出せない。やはり昔と同じ和服姿で銀座にでもどこにでも現れ、その家を訪ねればそれまでと別に変らない調子で会ってくれた。一つだけ覚えているのは、これはどこか他所でも書いたことであるが或る年の大晦日にその頃の習慣で銀座に多勢で集って夜明しをして飲んだ後で横光さんの家の傍なので一緒に円タクを拾って帰った時、横光さんの家の近くにあった何聯隊だったかの兵営の手前で夜間演習が終って戻る兵隊を一杯載せたトラックを追い越し、横光さんが片手を上げて Front Populaire! と叫んだことである。横光さんがパリにいたのは人民戦線が結成されてブルム内閣が組織された当時だった。横光さんは日本の軍隊に対して人民戦線と叫んだのではない。日本の陸軍の兵士を人民戦線と見てそう呼んだのである。これはその後の横光さんとのやり取りで直ぐに解った。実はこっちもその時始めてそのことに気が付いたのである。

今日のそうしたことに就ての通説がどうだろうとこれは横光さんが近代、又そこから派生するヨオロッパと東洋、又近代からの脱出の問題に就てその後も考え続けていたことを示している。横光さんがそういう問題に就てその解決を得ていたというのではない。もし得ていたならば考えることもなかったので横光さんは考える手掛りにヨオロッパでしたように、或は初めから常にそうしていた通りに自分の眼に映ることを正確に見る努力にその精神を集中していてそれが横光さんに例えば日本の軍隊が国民軍であることを教えた。その点は後に日本軍に勝ったアメリカ軍と同じでこの国民軍というのは一つだけ定義を下せば民衆に発砲したりすることがあり得ない軍隊という意味である。この辺のことから更に横光さんというものを離れて近代の袋小路という世界的な現象が消滅したのがこの前の大戦という世界的な事件によるものであること、その大戦にあれだけの強敵を向うに廻して日本があの期間堪えられたのもその軍隊が国民軍であり、日本の国民の目標が解放という言葉がまだその意味を失っていない時にアジアの解放にあった為であること、更に又日本も近代の袋小路に置かれたのであっても近代という状態にあることによる精神の洗練は既に日本の歴史のうちにあって従ってヴァレリイの「精神の危機」は日本で書かれる必要がなかったというようなことが考えられる。

併しそれは今となってはであって横光さんがそこまで考えていた訳がない。例えば戦争のようなものは軍人以外に誰にも予期することが許されないものである。その上に横光さんには小説の用語を崩してこれを一般の文章の域まで持って行くという仕事があり、もし言葉がなければ考えもないということは横光さん自身そのことを廻って悪闘を重ねていた為に意識しては却って思いも及ばないでいたに違いない。例えば批評や伝記を書くように小説が書ける所まで日本語が来ていたならばということを言って見てもそこまで日本語を持って行く為に献身した一人が横光さんなのである。併し横光さんは眼に映るものは正確に見る努力をして正確に見た。これを誠実というようなことに取っても大して得る所はなくて世は誠実な盲に満ち、そういうものである為に努力する必要もない。併し正確にものを見る努力をしていれば人間に誠実以外のものである余裕は与えられなくて、これはその人間に嘘は許されないということでもある。

その意味で横光さんは誠実そのものだった。既に何度か触れた横光さんの魅力ということも結局はそこに原因を求める他なくて人間が感じさせる魅力は人間的なものでなければならず、もし一人の人間が一切の嘘を去ってその人間であるならば人を惹かないではいない。これは誰に就ても言えることのように聞えて又その通りこのことに間違いはないのであるが、それが横光さんの場合は人に直接に与える印象になっていた。その為にこれを温いとも峻厳とも受け取れてその何れも本当だったから心安立てに近寄ることを許さず、それでいて横光さんは人を惹き付けて離さなかった。この近寄れないというのは横光さんが自分自身に対して感じていたことに違いない。これは息苦しいことであって横光さんにとってその救い、或は息抜きになったものを幾つか思い出して見ると息苦しさとその救いが相反する性質のものでなくて一致しているのがその精神の状態を摑む手掛りになる。

例えば横光さんからパリでテュイルリイ公園の入り口にある建物の壁にモネが書いた睡蓮の絵をよく見に行ったということを聞いたことがある。このモネの絵は有名であるが、その建物の少し先にあるルウヴル博物館に並んでいる名画でなくてこの絵を横光さんが度々見に行ったことに就て考えるならばモネの絵は池の水面に幾つも浮ぶ睡蓮の花から受ける印象を絵に移し尽して眼に映るものである点では絵と実際を区別する必要がないと言った性質のものであり、それでいてそこまで絵を仕上げることに画家が傾けた力がこれが絵であることを保証している。横光さんはただ見ればよかった。そのように世界を見ることを横光さんは願ったのである時に少くともここにはその世界の一部をなす水面に浮ぶ睡蓮が絵になっていた。例えば台上に飢えた蟻の眼にも月の明るさは月の明るさであってそれがそう受け取れるのであるならば飢えるだけの価値がある。或は横光さんは誰だったかの木人夜穿靴去という句を愛した。それからもう一つ思い出したことがある。

これも誰のものだったか聞かなかったが、或は忘れてしまったが横光さんの部屋の壁に柿一つの後にもう一つもっと淡く柿が書いてあってそれが枝の積りなのか一本の筋で繋いである絵の複写が掛っていて横光さんはその前景の柿が実際の世界、その後のが観念、或は理想を表していてこの二つが繋っていることを筋を引いて示してある所が面白いのだと言った。我々が置かれている実際の世界と我々の精神が遊ぶ観念の世界の間に関係があることは明かであるが、それが明かであることに比例してその関係の性質を詳かにすることは困難でそれでも絵でそのことに形が与えたければ柿でも二つ書いてその間に筋を引く他ない。誰もが思い付きそうなことであってもその結果が絵になり、世界と観念の世界が無縁でないことをその絵が語る為には先ずその二つの関係に眼を凝し、これを絵で表すのに技術の限りを尽してそこで表されたものが紛れもなくこの隠微な事情であることを絵という言葉の一歩手前の状態にあるものに語らせるのでなければならない。併しそれに成功すれば人間の眼に映る限りのことに形が与えられている点ではモネの睡蓮の絵と変ることはなくて絵を見て得られる満足も同じである。

木人夜穿靴去。石女暁冠帽帰だっただろうか。横光さんは魚遊而似魚という句も好きだった。何れもこれは言葉を使って言葉で言い得ることの限度まで言葉を持って行ったものでその使い方が的確であることを認めた後は同じことを別な風に言えないという種類のことは問題にならない。それで横光さんに就てここで示した意味での誠実ということの他に素朴ということを挙げることが必要になる。例えば禅僧が書いた詩のようなものはひねくれていると一般に考えられている。併しこれは正確にものを見る努力をしている人間に嘘の余地がないのと同じであって精神がただ精神として働く他ない程摑まえ難いことに精神が取り組んでいる時にそれがひねくれたりするのは仕事の邪魔にしかならない。そのことを示してここでヴァレリイを引き合いに出すのは少しも唐突でなくてヴァレリイもそうした仕事と取り組んだから横光さんと同じ扱いを受けた。併し例えば「ダ・ヴィンチ方法論序説」のどこがひねくれていて難解なのか。ヴァレリイにとって難しかったのは自分が取り上げた問題だったのでそれを解いた結果がその論文だった。

横光さんも「機械」が雑誌に出た時に何か面倒なことを持って廻った言い方で書く人間と考えられた。併し「機械」を読むにはこれを読むだけで足りて横光さんは明治以来の日本の小説がその作者の頭だけにしかない一種の境地とでも呼ぶ他ないもので登場人物らしいものが作者の空想に従って何かするのを慊らなく思い、或る状況を設定してそこに数人の人間を置いた時にそれが人間であることからどういう反応を呈するか見極めることを試み、ただ試みるのに止らなくてそこで見たことを書くことに成功した。これは「機械」で我々の前に開けて行く既に状況ではなくて人間の世界を眺めることで解る。その点でこれと長篇の「寝園」とどう違っているのか。同じ頃に小林秀雄氏が書いた「おふえりや遺文」も少しも難解ではない。併し「機械」でも「おふえりや遺文」でも精神の洗練が我々の精神にも響き、もし精神を用いることがその洗練の方向に働くものならば精神の洗練にとっての究極の目的は凡てがありのままにその場所にある素朴の状態に少しでも近づくことにある。

それで戦争中の横光さんのことが当然頭に浮んで来る。始めて横光さんに会った時から戦争になるまでに何年かがあった訳でその期間を通してここまで書いて来たようなことしか横光さんとの付き合いの上でなかったのは、或は今は記憶に残っていないのはいつも横光さんに会っているとその印象そのものが鮮明でその言動もこの印象の一部をなすものとして受け取られていた為のようである。そして戦争になってもそういう横光さんは少しも変らなかった。これは横光さんに限ったことではないが戦争中のことは戦後に誰というのでなくて誰もが寄ってたかって何か別なものにすり替えようとした感じでこの作業によって横光さんというものも歪められるのを免れなかった。併し横光さんだけでなくて当時の我々は冷静に戦争を迎えて戦局の進展に一喜一憂し、やがて戦局の不利よりも国内での戦争の行われ方から日本が勝つことが日本の破滅であることを覚えることになった。併しそこまで来ると前にも一度書いたように先輩や友達との付き合いは二の次になり、そうなるまで横光さんはそれまでと別に変らなかったのであるからその変らなかった記憶がこっちにとっての戦争中の横光さんである。恐らく横光さんは自分を苦めていた多くの問題がこの戦争で解決されて行くのを感じていたに違いない。併し何かいつも考えているのはその時に始ったことでなくて又考えていることの性質から横光さんはそれに就て人に話すことが殆どなかった。

我が国にとって情勢が確実に不利になった昭和十九年、二十年の頃横光さんがどうしていたか知らない。併し「旅愁」は中断された形でこれが戦時中の統制と言ったこととは別に横光さんに書き難くなっていることは察せられた。あの戦争は多くの問題を解決したのであっても解決というのはそれに就ての予想と大概は違っていてそれが実際の解決であればある程それまでは思いも寄らなかった形を取ることになり勝ちである。そしてこの戦争で解決した問題が一つや二つに止らなかったことは戦争で何かが片付いたというのでなくて初めから出直す気持に我々をしないでいなくて、そういうことになる以前に書き始められた「旅愁」はもと通りの構想で続けられるものではなかった。その第一篇が戦前に出た時にそのマルセイユでの人物の言動が新鮮なのに打たれたのを覚えている。併し「旅愁」で行われているのは日本を中心に世界の運命を占うということでその日本の運命が或る方向を取ることが決定した後は占うということも別な形でするものにならざるを得ず、それならば「旅愁」は初めから未完で終ることを約束された小説だったことになる。

横光さんが我々と同様に、又恐らくは他の我々以上に素朴に、素直に今度の戦争を生きたことは戦後に書かれた「夜の靴」を見れば余りにも明かである。その題は木人夜穿靴去から取ったものに違いなくてその禅僧の句と「夜の靴」の文章を比べることは精神の洗練ということに就て改めて考える材料を提供する。今度の戦争のようにその間生きていた筈のものまでが協力して歪められて伝えられたものはない。先ずそれは何々主義という幾つかの符牒と結び付けられて次にその符牒の作用で戦争中は日本に人間が一人もいなかったのに似た印象が造り上げられた結果は虚心に現在この戦争に就て書かれているものを読めばそこに嘘があるのが他のことを蔽って言葉を掻き消す。併し戦争中も日本にいたのは凡て人間だった。今こそ自分達の天下だと思った所謂、軍部までが人間の劣情に踊らされていたのである。併しあの戦争がなかったならば中共は、支那の統一は、又インドの独立はどうなっていたのか。これはこと志と違ってこの成果が得られたのでなくてことが予想とは別な形で志を実現したのである。そうした所謂、天下国家のことを我々が考えていたとして少しも不思議ではない。それは天下国家のことで我々は我々の生活を不自由ながら続けていた。どういう風にかと言うとそれが「夜の靴」に殆ど詩の境地に達して書いてある。これが詩に近いのは凡てが控え目に語られているからであり、そのように控え目であるのは窮乏と隣合って暮している時に人間の生活は控え目に、それは全くただ人間の生活であるだけのものにならざるを得ないからである。横光さんがその通りに生きていたことを「夜の靴」が我々に教える。

戦後になって又横光さんに会った。こっちはその頃鎌倉に住んでいて横光さんは疎開先から結局は焼けずにすんだ下北沢の家に帰って来ていた。当時は用事でもなければ人の家に出掛けて行くというようなことが考えられなかった状態だったので横光さんに久し振りに会いに行ったのも何かそういう用事があったのだろうと思う。横光さんは少しも変っていなかった。これは前にもここで横光さんに就て書いたことのようである。ただ横光さんの家にそういう部屋があることをそれまで知らなかった洋風の応接間に通されてそこで横光さんと向い合っているのが何だか妙な感じがした。これは一つは戦災に何度か会ったりして前に横光さんの所に来ていた頃と余りに違った自分であることも手伝っていたのかも知れない。確かに無一物になるというのは人間に不思議な影響を及ぼすものである。併し横光さんは昔と同じでその方を見ていれば御無沙汰していた間の年月が消えた。

その時の用事というのは「批評」で桔梗五郎氏の追悼号を出すことに就てではなかったかと思う。桔梗君は雑誌の「文芸」が改造社から出ていた頃の有能な編輯者でいつも横光さんの所に来ている一人だった。又「批評」の同人でもあったが、そのうちに満洲事変が始って応召し、一度戻って来て大東亜戦争になると陸軍の報道関係の仕事でフィリッピンに行き、そのままその地に残って終戦の頃にフィリッピンの山中で死んだことが後になって解った。これをこういう場合には戦死と言っていいのではないかと思う。桔梗さんも当然この交遊録に入っていい一人であるが、こうした経緯で付き合いが余りにも短かった。それでも満洲から戻って来た時に昼間のはせ川で一緒に飲んで軍装の桔梗さんの短剣を抜いてはせ川の机に二人の名前を刻み付けたこともある。その桔梗君の死が解って復刊した「批評」で追悼号を出すことになり、これには横光さんも書き、又清水崑氏が一聯の漫画とともに追懐談も書いてくれた。その桔梗さんのことを思い出すことで又横光さんのことが改めて記憶に戻って来る。これは言葉は書くものと決めていた人だった。それだから無口で普通は謹厳実直ということになる型だったかも知れない。併し何よりも記憶に残るのはその温顔である。それが冷くもあったからこの温顔は信頼出来るものだったのである。

福原麟太郎

いつ福原さんに最初にということもその記憶が恐しく不確かである。併しそれが戦後だったことに就てはこっちの経歴に即して間違いない証拠があって福原さんの英国の文学を廻っての、又英国の文学史上の業績は誰もが知っていることであるのに対してこっちは英国から帰って来て今度の戦争が終るまで英国の文学に興味をなくしていてその方での付き合いというものがなかった。こういう交遊録のようなものを書いているとどうしても或る程度は自分に就て語ることになる。それで何故それならば英国の文学というのが戦前から戦争中に掛けて余り有難いものでなくなっていたかに就ては今から考えて見ると丁度その西暦では一九三〇年代が英国では一種の全般的な沈滞期だったという理由が挙げられるように思われる。従って例えば新しい詩人が現れて英国の詩の伝統に再び生命を与えるということもなかった。又これに対して二十世紀の最初の三十年間はフランスではその文学史上でも稀に見る豊饒な一時期で新刊の本が日本に送られて来るのが待ち遠しかった。

戦後に英国の文学に再び惹かれることになった直接の原因は河上さんにある。或る時河上さんがその頃気付いたこととしてキイツの詩の方がボオドレエルのよりも遥かに詩であると言ったのが頭に残った。キイツというのは随分長い間聞かないでいた名前だった。この時に、それはキイツとともにということでなくて河上さんのその言葉で近代がこっちにとっては終ったと言える。それから先は所謂、文学論になってここでは用がないことであるが要するに詩は浪漫主義の次に象徴主義が来てというように類型に拘泥するのを止めて詩を詩として見るという立場に戻れば英国の文学の饗宴と呼んでもいいものがそこから始まることになる。どうも英国の文学に本当に親んだのもそれからのことだったという気がする。それで又読むようになって読んだことに就て書きもした。エリオットとかエンプソンとか言った人達のものを始めて読んだのもその頃のことである。そういうことがあって福原さんにも会うことが出来たのだと思う。

それが正確にいつのことなのだろうと記憶に残っている一番古い出来事は福原さんと何かの集りの帰りに一緒に車に乗っていて福原さんがエリオットにはどこか信用し切れないものがあると言ったことである。これはこっちも丁度エリオットの批評を幾つか読んで朧げに感じていたか、或はそこに向おうとしていてそれが言葉にならないのをもどかしく思っていたことに動かせない言葉の形を与えたもので、それは従ってこっちには啓蒙の言葉だった。そしてこれは後に「四つの四重奏」に続けてホップキンスの「ドイッチュラント号の難破」を読んで決定的なものになったが福原さんにとってエリオットが信用出来ないということは発見でも何でもなかったかも知れない。それを聞かされた時にはこっちは虚を衝かれた形で答えられず、その後で話はそのまま他のことに移った。こういう場合に人間の見識とか経験とかいうものの重みが感じられてそれは一人の人間を感じるということでもある。

文学というのも戦後に無差別に唱えられ、振り廻されて今では殆どその意味を失った言葉の一つである。併しその代りになる適当なのがないままにこれを用いるならば福原さんは英国の文学というものが具体的にグレイの詩とかラムの散文とかであることで英文学者というこれも奇妙な名称が与える観念から食み出た今日の日本で少数の人間に属する。併し福原さんは学者である。こう書くとこの学者という言葉がその本来の意味を取り戻してこの頃のようにその上に更に字を加えて何学者という人種が目立ち、それと同じ現象で書くということが満足に出来ないものが文章の仕事をしていることで通る時に学者であって文章家であることはもともと学問が文章の道であるという今は忘れられていて実際には今も昔と少しも変っていないことを改めて思い出させてくれる。福原さんは学者であって文章家である。この結合は現在では直ぐに頭に浮ばないものでも曾ては普通であり、現在でも当然であってそれがもし古風であるならば人間というのが古風なものなのである。

福原さんからは初めからこの印象を受けた。それが福原さんが書くものを知るようになる前からだったことも確かであって一般には高名な何学者と言ったことだけで紹介される人間にその場で一人の人間がそこにいるのを感じるということは滅多にない。これは文章が先か人間が先かの問題にもなるが少くとも文章の道で工夫を重ねた人間が一層その人間になって行くことは文章の道に達することが一切の無駄を去ることでもあることで説明出来る。これは言葉を用いてする学問に就ても同じであって福原さんの学問上の業績は日本では余り知られていない程のものである。又これを奇妙な言い方とも別に思わない。ドナルド・キイン氏から聞いた話では日本人が外国語で書いたものでその専門のものにとって必読の書になっているのは二つしかなくてその一つは矢代幸雄氏のボティチェリ研究、もう一つが福原さんのグレイの詩に就ての書誌学上の研究だということだった。

グレイの詩の研究はこの詩人のもので最も知られた「田園墓畔哀歌」の成立をその幾つかの原稿に即して検討したもので分類すればこれも書誌学ということになるのだろうが、それを読んでいて思い出したのは曾てこっちが立たされた岐路、或はその時その一方を選んだ理由だった。それは文章か学問かの問題でこの二つは不可分の関係にあるとともにそれ故にその何れに就ても或る所まで行けばそのうちのどれを主にするかということに突き当る。その両方に全力を注ぐことは出来ないからでどれに決めるかは結局は体質というようなものの問題であり、こっちも自分がより多く親める方ということで選択した。それが丁度例えば所謂シェイクスピア学でならばＦ１とかＱ４とかいう符牒に悩まされていた時期のことで福原さんのグレイ研究で学者がその仕事をするのに必要な努力、根気、細心と言ったことが記憶に戻って来た。併しこのことは更に説明しなければ誤解を招くことになる。

例えば学問の方を選んでもそれで文章のことと縁が切れるのではない。これは丁度その学問に必要な根気や細心が文章を書く上でも欠かせないのと同じ性質のもので学問の仕事を進めるのが文章の工夫を重ねることにもならざるを得ないからであり、又文章の工夫を重ねることでそこに学問の世界も開けて行くのでこの辺のことを簡単に説明するには今日の科学という学問であるかどうかに就て疑いの余地を残すものを除けば学問も言葉を用いての仕事であることを指摘すれば足りる。そしてその仕事に徹することで文章の達人になったものがあってそれが日本では例えば折口信夫であり、又福原さんもその一人である。併し福原さんに呈される讃辞では多くの場合そこの所が甚だ曖昧になっている。これはそれを呈するものが学問と文章を全く違ったものと見ている為でそれでは福原さんが優れた学者であることが優れた文章家である理由にならず、その二つを結び付けるのに無理をすることになる。或は初めからそれをすることを放棄して掛らなければならない。

併しグレイ研究やラム伝、或はジョンソン伝が優れた業績であることはそれが名文であることでなければならない筈であってそこで扱われている事柄やそれに就ての考察は名文でなくては伝えられない性質のものであり、これを逆にそうした微妙な性質のことを的確に伝える文章を名文と呼ぶと言ってもいい。それ故に我々はグレイ研究やラム伝をそれが学問の仕事であるというようなことを念頭に置かずに読むこと、又読んで楽むことが出来てその点で福原さんの随筆と呼ばれたりしているものと少しも変らないことを或は強調する必要があるかも知れない。福原さんが片方では一所懸命になっていて片方では力を抜いているという見方も行われているからである。併しものを書くのに適当な言葉が思い当らなければ工夫を重ね、もしその言葉があればそれを書くので学問の仕事と随筆、或はその他の形をしたものでこのことに少しでも違いがある訳がない。又それ故に我々もジョンソン伝と同じ具合に「野方閑居の記」や「本棚の前の椅子」が読める。それがもっと気楽にという考えが頭に浮ぶならばジョンソン伝の読み方が可笑しいのである。

それで又福原さんという人間の印象に戻ることになる。初めは多くは英国とか英国人とかと関係がある集りで福原さんに会っていた。そのことに就てここで触れて置いてもいいのは日本では英語が上手であるという先ず無意味な言い方が今日でも行われていることで何故それが英語に限ってのことであるかも不明であるが、その上手というのが何を指すかも少しもはっきりしていない。大体の所は立て続けに喋るということのようであってそれならばそれは上手の反対であり、もし本当に何か外国語を身に付けるならばそれを話すのに立て続けにでも吃りながらでもなくて自分の国の言葉と同じ調子で話す筈であって福原さんは英語もゆっくり話し、それを聞いていてやはり福原さんが何か言っているのである。ただ相手に日本語が解らないから英語で話すのに違いない。そのことにも少しも飾り気がなくてそういう福原さんが立っているのをどこかの集りに出掛けて行って見付ければ嬉しかった。

福原さんと一緒に英国に旅行したことがある。漸く日本の占領が終った翌々年でその年に英国女王の戴冠式があり、それとどういう関係があることなのか解らなかったが福原さんの他に河上さんと池島信平氏の四人で英国の外務省か何かの招待で英国で所謂、視察その他に一ケ月を過すことになり、福原さんが団長格だった。これは貫禄の点から言ってもそうである他ないことだったが、その時のことを今から思えば福原さんが後の我々三人を率いる形だったのがどれだけ旅行の成功に寄与したことか解らない。それは別に言葉の不自由というような点でなくて福原さんが我々の中心にいるということだけで我々は安定を得て又福原さんもそうしてただ我々に囲まれていることで一層生きて感じられた。これは福原さんがそんな風にしていながら実際には日程の実行その他に粗漏がないように我々が考える以上に心を砕いていたことを示すものであるに違いない。エディンバラでその公式の日程が終ってロンドン行きの夜汽車に乗り込んだ時福原さんは始めて我々にその心事の一端を明して視察が滞りなく終ったことに就て祝盃を挙げることを提案した。

この旅行はこっちも英国は二度と見られない積りでいて思い掛けなく実現したものなので英国にいる間中どうも少し異常な興奮状態にあったことが記憶に残っている。併し福原さんも第一次世界大戦が終った頃に英国に留学した時のことが頭にあって我々の一行に団長格で加ることを承知したのだとも考えられてロンドンで過した数日は日程が許す限り旧知の場所を訪ねるのに余念がない様子だった。そのことに就て直接に何も言えないのはこっちはこっちでそうした場所を廻っていたからであるが河上さんが福原さんのお供をすることがあってその話を聞かされた。こういう点は確かに今の人間の方が幸福かも知れなくて昔は外国に留学するということが外国と日本の時間の問題も入れての距離と留学して日本に帰って来てからの事情で先ずその一回切りの外国を意味し、それが自分が見た外国を不思議に鮮かに印象に刻み付けもすれば凡てが夢の中での出来事だったような気にもさせた。鷗外もドイツには二度と行っていない。福原さんはロンドン大学の傍の公園でそこが昔通りであるのを懐しく思っているうちに公園の腰掛けで眠ってしまって風邪を引いたのが暫く抜けなかった。

そうして見るとこの英国留学は福原さんの精神の形成にかなり大きな役割を果したものに違いない。その当時のことを書いたものを見ても少くとも福原さんが英国での何年間かを心底から楽んだことは明かでそのことに即して二度目に英国に来ての感慨も解る気がする。又そうした懐旧の念に駆られるのにヨオロッパ、殊に英国は適していて変化する必要がない所の変化は緩慢であるからそこでその頃の自分に再会する思いさえする。ただそれが福原さんに就てはどういう風に作用したかがここまで来て考えて見たくなった。こっちがその昭和二十八年に福原さん達と英国に行った時はまだ仕事らしい仕事を殆どしていなくてそれがしたい気持だけが昔と変らず、その中途半端な自分が仕事をこれからする積りで立った英国に戻って来たのだった。併し福原さんの場合にそういうことはなかった筈である。それは合せる顔があるということで別な言い方をすれば自分の一生の或る時期を過した場所に時間とともに成長して又戻って来たのであってそれが英国ならば場所よりも人間の方が早く変ることを場所が教えてくれる。

併しそれだけではない。その場所がロンドンでも一九三〇年代と一九五〇年代でそこに変化がないことはない訳で我々が行った時もこれは戴冠式の為の大掃除があったのか所謂、福祉国家の制度が成功したことによるのか英国全体がその何十年か前に比べて見違えるように明るい感じになっていた。そしてそれでもロンドンはロンドンであって田舎に出れば前に来た時もあった筈の大木が道に沿って並木を作っていた。これは人間が変ってもそこにやはりその一人の人間がいるということも場所が教えてくれることでこの持続の印象があって始めて天地、或は世界の観念が生れる。福原さんがロンドンの公園の腰掛けで眠ってしまったのは解る。その日は天気もよかったに違いない。福原さんは又昔行ったロンドン大学の食堂で食事もしている。それは懐旧ではなくて確認であり、更に人間の営みが月日とともに続けられて行くことの実証であってその営みを自分に即して知っているものならば悔いはそこになくて陶酔さえあっていい。

この旅行を我々がしたのが日本の占領が終って間もない頃だったことも事実である。併し日本で変化を追う現象が敗戦と占領で始ったのでないことは指摘するまでもないことでそれで終った戦争もその戦争に向って行った事態も又しても日本が経験しなければならなかった変化だった。この現象にはそれなりの原因もその原因に就ての解釈の仕方もある。併しそれが仮に百年続いたのであっても変化が普通であるという考えからこれを求めるのは異例のことに属していて凡て異例のことは人間が常在するのに適していない。これは極めて簡単にもしそのように変化が主になってこれを追うことになればそれは嘘だということである。そして嘘が百年も続く訳がないならば仮にそれが日本で百年も続いたとしてそれとは別な日本がその間あったことになり、その方の日本に実際には今日の我々も生きている。ここで頭に浮ぶのはそうでない方の日本に眼もくれないで生きて来た人間の一人に福原さんがいるということである。

これは福原さんから最初に受けた飾り気がないという印象に一致している。我々が変化を受け入れるのはそれが必要になる時であってその限りでは福原さんも幾らでも変化を経験し、これに対処して来たに違いない。併しそれは常住の場所を願い、又これを守る為だったので実際にはこれはその場所を少しも離れずにいてそこを一層その場所にして行く営みと同じことになる。英国での福原さんのことを思うとそういう福原さんというものが鮮かに浮び上る。エディンバラの市長に市役所に招待された時に市長が録音して後で放送したいからと言って福原さんに訪英の挨拶の言葉を求めた。福原さんは儀礼的にこれは受けなければならないという全くそれだけの態度で立ち上って手短に戦後の英国の復興に就ての自分の感想を述べてそれは我々と話をしている福原さんと変らず、ただ日本語でなくて英語を使っているだけだった。それまで福原さんを無口の人と思っていた英国の外務省の随行員が感嘆したのを覚えている。

恐らく福原さんにはその故郷である瀬戸内海の沿岸も現住所である東京の中野区の野方町も曾て留学したロンドンも再訪の機会の多寡は別とすれば同じ長い一生で知ったそれだけの場所なのではないかという気がする。その野方町が刻々変って行くことは福原さん自身が書いているが、それを福原さんが書いているのであるから野方町も変ったとは思えない。この一人の人間がそこに閑居している限りでは変らないのでそれと同じ意味で閑居する人間が多いからロンドンにヒルトン・ホテルが出来てもシェルの不恰好な建物がテエムス河の河岸に聳えてもロンドンに変りはないのである。新宿に新しいホテルが出来たというのでそこに行って見なければ気がすまないのは構わないが、その責めを現代というような今日の日本で作られた観念に帰してはならない。その現代というのは今日のことで今日というのは差し当り二十世紀後半のここ十年間のことでテエムス河の、或は賀茂川の流れからすれば一瞬に満たない期間である。

福原さんは教師でもある。もし学者の仕事が学問にあるならばそれを後進に、又同好のものに伝えることを望むのは当然であってそこにやはり自然に師弟の関係も生じる。併しこの頃の日本で大学と呼ばれているものの内情を少しでも知れば師弟というのが幾つかの全く別なものを指すことでそれ自体が意味を失っていることも明かになり、これを強いて用いるには寺子屋式のという風に限定する必要さえ感じる。一口に言えばこれは敬愛の念の欠如ということになるだろうか。恐らく学問自体が敬愛の念の対象でなくなったのである。併しいつだったか確か外山滋比古氏の「修辞的残像」の出版記念会に出席したことがあった。この会は外山氏自身の望みよりも福原さんの提唱で行われたものと思われて集ったのも外山氏の他に福原さんの弟子に属する系統の人達だった。ここでは弟子という言葉が正当に使える。それはその会の空気で何か思い出すことがあるのを感じてそのうちに記憶に戻って来たのがこっちが大学で過した日々だったからである。

或る漢学者から聞いた話では三尺去って師の影を踏まないというようなのは日本の道学者流が考え出した妄言だということであって、これはそうでなくてはならないと思う。そういう形式に縛られていて学問の仕事が進む筈がないからであるが、別にどっちに足を向けて寝ないという風なことをしなくても学問の道に携るものならば先輩は確実に先輩であってましで自分が親しく教えを受けたものにそのことに対する恩があり、もしそれが相手を敬愛する理由にならないならばその人間にとって学問というのが意味を持たないものなのである。外山氏の会で感じたのはそれが氏の本の出版を祝う為に福原さんを中心にその弟子に当る人達が集ったのであることが歴然としていることであって、それでその学士会館だったかの神田の建物とはかなり違った石の建物や芝生や夕闇がそれを包んでいるのが何十年振りかに頭に浮んだ。恐らくそれはこっちが先生の話を聞きに出掛けて行く時刻のその場所だった。

　こうした関係は規則や形式に強いられて生じるものではない。先ず教える方に人に教えるだけのものがあり、それがあることを認める力が教えを受ける方にあるのでなければならなくてこれが揃えば師弟の関係は親子の情愛のようなもので単にそこにあることで足りるものに人が後から名前を付ける。併しそれがあるとないの違いは動かせず、これは生死の区別位に見分け易い。福原さんには方々の集りで会って来た訳で英国での旅行は除けばそうした集りでの付き合いが主になって今日に至っている訳であるが、そのお弟子さん達だけのは外山氏の時の他になくてそれで福原さんのその方面でのこれは文字通りの業績というものを一層強く感じた。或は業績というのも実状を伝えるものでなくて、これは寧ろ優れた人間がその教えを何かの意味で受けたものに取り巻かれているのを見るのは人に勇気を出させるものであると言う方が当っている。

　それでそこに何か凜としたものでもあるというのだろうか。そのような窮屈なこと、或は吝なことではない。支那のものを読んでいると大賢は大愚の如くであるとか言って見掛けは全くどこもどうということはなくて優れた精神の持主である人間がよく出て来る。その背後にはもし人間が本当に優れていればその通りに少しも人目を惹くものがない筈だという考えがあるに違いないが今までに会った人達の中でそれに当て嵌るのは牧野さんと福原さんの二人しかいない。併し牧野さんも極く稀にどうにも近寄れない顔付きになったことがあって福原さんも折に触れては恐いだろうと思う。尤もこれも誤解されそうでここで恐いというのは相手と自分の差が余りに甚しいので自分の存在が危まれる時の感覚を言うのであり、それを相手が知っていて威しに掛っているのではない。そうした威しは少しでも大人になった人間に対しては利かないものである。併し放心の状態にあるものには隙がなくてその放心していることよりも隙が全くないことを人に感じさせるという場合も生じる。

尤もそういうことを言うならば今まで付き合っていた人達の中でここで書いている意味でこっちに恐怖を覚えさせたことがないものは一人もいない。そして付き合う以上は相手に親めなければならないのであるからこの恐怖の感情は親密の情と紙一重であるとも見られる。例えば一篇の詩がそうであってそれが我々に親しく語り掛ける働きを下手に受けるならばそこに深淵が覗いている思いをして戦慄することにもなり、もし神経衰弱にでも掛っていればその通りに戦慄する。併しそれで恐いというようなことを余り言うものでなくて恐いのと親むのが同じ一つのことであるならば親みを覚えた方が恐いのよりも遥かに実り多いことであって従って正常であることを我々は成長するとともに知る筈であり、それ故に我々は大地に親みを覚えて地震のことは思わない。ここでは大地のような人間が本当の人間であり、又その人間に自分をしたものなのだということが言いたいのである。

併し福原さんに就てこの感じを伝えるのは言葉数が殖えるばかりで目的が達せられないもどかしさに付き纏われる。別な話を紹介するならば福原さんは何だったのか療法が反対の二つの病気が重なって長い間入院していたことがあった。そして福原さんの家にはそれまで散歩に毎日連れて歩いていた一頭の老犬がいた。福原さんは退院した日に又その老犬に会えばどんなに喜ぶだろうと思っていた所が犬は家の椅子に納った福原さんの方に寄って来て少しばかり嗅いだだけでそれ切りだったということである。確かに老犬にとって福原さんはただそこにいればいい人間だったに違いない。我々も大地に降り立ってそれが大地であるかどうか確めに叩いて見たりはしない。そこに降りた時の足の感じでそれが大地であることは明かだからである。その老犬も安心したことだろうと思う。我々は人間以外の動物の精神がどう働くか正確に知る術がないが我々に解っている限りでは人間以外の動物の方が精神上の無駄が遥かに少いようである。

或は福原さんのこの感じを最もよく伝えているのは福原さんが書くものの中で随筆と呼ばれているものかも知れない。そこには福原さんがこう言っているというのでその見本のようにして人々に話せる種類の言葉は余り出て来ない。例のビュッフォンの文は人なりとかマルクスだったかレエニンだったかの宗教は民衆の阿片であるとかいう風なことに属するものである。併しこれはビュッフォンでもマルクスその他でもがそれよりも大分増しなことを他所で書いていてそれ故にそれが観念の代用の符牒に人が使うのにそれ程手頃でないということでその意味では、ここでもし誤解を恐れずに言うならばモンテエニュの方がラ・ロシュフウコオよりも遥かに読みでがある。福原さんもただ野方町の家とか本棚の前の椅子とかに就て語っているだけで箴言や警句を寧ろ心して遠ざけている感じがするが、それを読みながら我々は何かに就て語るには語り手が必要なのだということに気付かずにいる。併しもし本当にいなければ福原さんが我々に語り掛けているということもなくて我々は福原さんが語ることに耳を澄ましてそれを語っているのが福原さんであるのを忘れているか或は考えさえもしないでいるのである。こういうのを文章の極意と言う。

併しそれ故に文章の達人が書くものは凡てこの特色を備えていて再び危険な比喩を試みるならば福原さんの文体はニイチェよりもデカルトのに近い。デカルトの文章を読んでいれば例のコギトもそこに出て来る三語に過ぎないことは自明であり、それだけが取り上げられたのが哲学の変遷と言ったこととの点では理由があることかも知れなくても文章というものとそれを読む人間にとってはそれはどうだろうと構わないことである。福原さんの言葉に我々が耳を傾けるのはそれが福原さんの言葉だからであり、その言葉に我々が惹かれるのは我々の精神にとって必要なのが何よりもその正常な働きを保証するものであってその働きに徹した一人の人間の言葉もその保証になるからである。それが一切のことに対しての正常な働きであることは言うまでもない。併し正常な精神は精神の深淵に対してもその働きに狂いはなくて従ってパスカルと違ってそこに深淵というものは存在せず、深淵が覗いている思いをしたりするのは児戯に等しいことでなくても神経衰弱に掛っているものならば誰でもやることである。

それ故にここで言っていることは福原さんの所謂、随筆に限ったことではない。例えば福原さんは野方町の家に就てと同じ態度でラムの仕事と生涯に就ても書いていて、ただそれにはその仕事と生涯に野方町の福原さんの家と変らないまでに親まなければならず、その為にどれだけの学識と思索と考究が必要だったかは福原さんの文章には現れていない。福原さんが文章の達人であることは既に言った。併しこのことは福原さんが生活の達人でもあるということに我々を当然導いてそれは文章の道に達するという精神の作業が生活にも及ばずにはいないからである。ここで福原さんの家の中を老犬が首輪に付いた鎖を引き摺ったまま歩き廻っていたのを思い出す。そうして鎖を引き摺っているのが犬が不意に外に出ようとしたりする時に他に止めようがないからであることは直ぐに解った。あの犬は自分の家で自分の主人を飼っている積りでいたのに違いないと思う。そこまで行かなければ犬を飼っているとは言えない。又一家の主人であるとも言えない。

それは何のお祝いだったのか福原さんが主賓になって盛大な会が催されたことがあった。それが福原さんが望んだこととは考えられない。併しそれを望むものが多勢いれば福原さんがそれに出ることを承知するというのもそうする他ないことである。そしてその会に呼ばれて行って或る異様な感じに打たれたのを今でも覚えている。その理由を考えて見ると福原さんはそういう所でもいつもの福原さんと少しも変らなくてそれがその時の派手な空気に凡そ不似合いであり、又一方ではそこに集った何百人かのものが恐らくはそのように何百人も集った為にどこか浮かれていていつもの福原さんとそこの空気の対照を一層甚しくしたのだと思う。それだけの人数で掛っても福原さんには勝てなかった。そのことに間違いはないが、そういう風に人間というものの力が発揮されるのを見たことはそれまでにもその後にもない。これが議場だったならばその人はそこに君臨する。

それだから福原さんは今でもただそこにいるということになる。その議場に君臨するというようなことはもしそれが出来るならば後はそれをするかしないか自分の好みで決めることであって福原さんは学者であり、文章家であって自分である道を選んだ。併しそれ以外の活動でも人間に要求される精神の働かせ方、持ち方が福原さんのと別のものでないことは言って置きたい。余りに文学とか政治とかの分類に執着するから一人の人間に、或は人間というものに出来ることが幾種類もの人間の専門になるのでそれで専門になったことが得をするのでなくて人間が分割されることになるのである。確かに学問や文章の道はそうした分割を最も嫌って実質的にはそれと対立するものであり、その為に福原さんがその道を選んだことはその結果から見て先ず間違いないことである。その世界では人間が人間でなくなることが許されない。或はそれが許されると思うから学者の代りに専門家が作られて行くのである。

これは福原さんの著作集が完結した時の会のことであるのを覚えているが、その席上での挨拶で福原さんは自分は階段を降りるように年を取って行くと言った。それは福原さんにとってはその場での思い付きだったかも知れない。併しそれは又年月とともに福原さんのうちに用意されて行ったものでもあると考える他なくてそのようにそれが耳に残った。

石川淳

戦前か戦争中にも石川さんを一度見たことがあって出雲橋際のはせ川に或る日入って行くと窓の脇の腰掛けに窓の方を向いている人がいてそれが石川淳だと教えられた。併しその時はそれだけで終ったのでこれが石川さんに会った最初だとは言えない。その最初が戦後のいつだったかその手掛りになりそうなものさえもないのはこれは福原麟太郎さんの場合と同じでそれが終戦から暫く続いた闇雲に生活する時代のことだった為にその間に起った出来事の順序が解らなくなっているのだと思う。その頃は仕事をすることよりも本を読むことよりも何よりも公定を遥かに越えた値段で食べものを買う金があることが第一だった。それで本を読んでいて一つの世界が拡るのを覚えてもそれが金を作る為の算段で途切れて、そのような日々では算段と算段の間でどういうことが先に、或は後にあったか記憶していられるものではない。それがどうかすると昔通りに食べものや飲みものがあるのが当り前であるような集りに出ることになって昔通りの味覚を取り戻し、これが毎日の自分の生活でならば大変な御馳走である筈のものを旨くもないと思ったりすることもあるのだからなお更である。

併し石川さんの「夷斎清言」が昭和二十九年四月に発行されていてこれを得た時に既に石川さんを知っていたのだから最初に会ったのが少くともそれ以前であることになる。仮にその一、二年前からだったとしてもサン・フランシスコの媾和条約が結ばれた頃の日本はまだ多分に闇取り引きとアメリカ中心の時代だった。そういう銀座を石川さんに連れられて歩いた。その頃のことなので店が賑っているのは主に裏通りでそれも外から見てはどこも戸を締めていてその中が店であることも直ぐには解らなかった。そこへどういう風にして入るのかは忘れたが石川さんと琉球料理の店に二度は確かに行ったのを覚えている。そこをやっているのも琉球の人だったかも知れなくて料理を運んで来るものがその服装をしていた。それがどういう料理だったかということよりもそういう所で飲む感じが記憶に戻って来る。これは特権でも金力でもなくて例えば閲歴とか知人関係とか、要するに何かの弾みで出入りすることが出来ることになったものしか人を連れて行ったりすることが許されない表向きはやっていない筈の場所で従ってそこにそういう訳で連れて行かれても気に入って今度は自分で来るというようなことは考えられない。それでこっちもその積りになって夢を見ている思いで飲んでいるうちに酔って来て外に出れば入る前と同じ寂びれた町の裏通りである。

これはそうした一晩を過してもその何時間かを自分の生活に繰り入れるのに困難を感じるということでその生活そのものがその日暮しの乱雑なものだったのと同様にその頃は外で誰かの御馳走になるというのもそれが或は最後になるかも知れないという条件が付いていて飲んでいる間もそのことを忘れることが出来なかった。石川さんの琉球の店で飲んだ泡盛の古酒は旨かったが、もっとひどい場所でガソリンを茹でて一応はメチルを去ったものを飲んで死んだり盲になったりしたものもいた。別にそういうことが自分の生活の外にあったということにもならない訳であるからその頃は生活全体が乱雑だったので繰り入れるというような言い方をするならば或る朝からその晩までの一日を取ってもそれは常識からすれば収拾が付かないものだった。我々は火事場で暮していたのだろうか。その頃を振り返って見て何かそれに近い感じがする。又それで気が付くのは石川さんが当時書いていたものがそうした乱雑を反映していないということである。

言もと清濁なし。志高ければすなわち清む。ただ才に庸雋あり。……

「夷斎清言」の序はそういう風に始っている。これならば自分の生活に繰り入れることが出来たとここに書くことでその当時も生活はあってその乱雑は表向きだけのことだったことが明かにされる。「夷斎清言」は何というのか兎に角小説の部類に入らない散文で石川さんの当時の小説を読めばと考えたくてもその小説でも乱雑と無軌道は表向きのことに止っている。恐らくはこのただ一つのことで初めは石川さんに惹かれたのだと思う。その頃ではなくて今日になって無頼という言葉を時々聞かされて石川さんが殆ど決って引き合いに出される。例の無頼の文学というのであるが、この無頼ということ自体がただ天邪鬼が駄々を捏ねている位の意味しか現在は持たないならば石川さんとその無頼の文学を結び付けるのは見当違いも甚しいという言い方の標本になる。その無頼をそのもとの意味に戻してもこれは要するに精神的な食いはぐれということではないか。更に言い直せば不具であってこれに対して石川さんに当て嵌る言葉は端正である。

そうすると石川さんに会うのと石川さんが書いたものを読むのとどっちが先だったかが問題になる。そのことは当時の生活の乱雑が記憶から消しているが、これはやはり読む方が先だったのだろうと思う。兎に角且つ会い、且つ読んで会えば大概は飲んで、もっと正確には御馳走になって今日に及んでいる。その琉球料理の店はまだ東京に焼け跡が残っている頃のことでそのうちに店というのが道に向って戸を開き、或は少くとも雨戸を閉さず、もうやっていれば暖簾を出すのが普通である常態に復した。その頃は戦争中に所謂、強制疎開をさせられたはせ川がもとの場所に新築中だったということもあって石川さんとは焼けずに残った銀座の西側の裏通りにある蕎麦屋のよし田か焼けて松屋の裏に越したはち巻岡田でよく飲んだ。この二軒も今でもあるが何れもその後改築して鉄筋の建物になったので丁度その両方がまだ木造だった間が石川さんとこの二軒で飲んだ時期に相当することになる。

もと木造だった店が鉄筋その他になった所で店そのものに変りはない筈である。又この頃の事情では町中に木造の家を建てるのは難しい場合が多いに違いないが、それでも石川さんと行っていた頃の岡田やよし田を懐しく思い出す。その両方に久保田万太郎氏もよく来ていたのは偶然ではなくて二軒とも銀座では歴史が古い店であって十五代目羽左衛門が入谷の田圃の段で舞台で食べる蕎麦はよし田から取り寄せるのだという話を聞いたこともある。どっちも入ると暗くて木の机と腰掛けが幾つか置いてあるのは昔のそういう店の作りのままだった。岡田は店の奥の机で二階の座敷に行く階段の脇、よし田は入って直ぐ右側の窓の前に三角形になった場所があるのが畳になっていてこの二つが岡田とよし田で空いていれば選ぶ席だったが、そこへ先に石川さんが来ていることが度々あった。それを思えば石川さんとの付き合いも随分古いことになる。

どこの国でも文士が集る店というものがある。それは文士で名が知られたものはそこへ行かなければならないというようなことでなくて知られていてもいなくても文士ならば何か惹かれるものがあって一人や二人は大概来ているというそういう店であって、これはこの頃どこかの出版社という風なものの主催で開かれる種類の会合に文学界に属するものが挙って集って来るのと凡そ趣が違い、そういう場所では人が演説するのを聞いて序でに通り掛りの写真家に写真を取られる位のことで終るのに対して銀座裏の小さな店でならば飲むことも話をすることも出来る。どうも石川さんに最初に会ったのも当時はそういう店だった岡田かよし田だったのではないかという気がする。その時に引き合せの役をしたのは河上さんか久保田万太郎氏だったかも知れない。既に記憶に残っていないことであるが、この三人とはそのどっちの店でもよく一緒になった。

ドナルド・キインさんと岡田に行くと石川さんが来てキインさんが石川さんに伊勢物語は難しいのでコロンビア大学では講義しないと言ったのを後から来た久保田氏に石川さんが披露してキインさんの見識を褒めるというようなこともあった。その時に久保田氏はキインさんに古い東京というものが紹介したいから確かどこかから隅田川を舟で行って向島の百花園を見てそれから次にはという風に道順を説明し、これには石川さんも賛成してこの話が纏ったお蔭でこっちも面白い思いをすることが出来る積りでいたのだったが実現しないうちに久保田氏が亡くなった。久保田万太郎氏に就てももっと書くべきかも知れない。併し氏は大先輩であって何かとお世話になったのであっても親友と言える程付き合う機会があったのではなくて今でも傑出した文士ということに止って記憶に残っている。それと同じ意味でならば折口信夫も日夏耿之介もまだその他にも恐らくいつまでも記憶にある人がいる。併しこれは交遊録である。

久保田氏は文士という言葉を嫌った。これはそれなりに理由があったことに違いないのでそれを聞いたこともなかったが、もし文士をそのもとの意味に従ってものを書くのが仕事でもあり性向でもある人間のことに解するならばそこから石川さんのことに戻って来られる。それは石川さんのように文士、文人の観念がそのまま当て嵌る人間は珍しいからで既に河上さんや横光さんのことを書いた後でこのことは説明する必要がある。イィヴリン・ウォオは英国の教育に就て日本ならば中学校、高等学校に相当するもので行われるのをこれが古典の知識に即した教養ということに一切を集中している点でもしこれがそのまま役立つものがあるとすれば文士の職業しか考えられないとどこかで言っている。曾ては東洋でも教育というものがそうだったので、それでなければ支那の官吏登用の試験が偏に文章の力に対するものだった訳がない。又余計な技術の知識が必要でさえなければ、或はそれが必要であってさえも優れた教養を身に付けているものならば官吏になるのに適している筈である。

併し明治以後の日本では古典に対して文学の観念が持って来られた。その文学というのが何なのか今日でも確かなことは言えない状態であるが、それが教養とか文章とかいうことと大して縁がないものであることは過去の例に照して明かで強いてそれが結び付くものを探せばそれが活字というものであることになるらしい。従って我々は文学と呼ばれているものの中から文章であるものを探し出すその眼を先ず鍛えることを求められて次にはその眼で文章と解ったものに親むことを積み重ねて行く他なかった。これを文章軌範とか唐宋八家文とか、或は唐詩選とかが初歩的な教科書に用いられた教育というものと比較するならば我々が浪費することを強いられた時間の量にその浪費ということの意味を嚙み締めることになるのを免れない。横光さんにした所でそうだった。そしてこれに対して石川さんが言わば正規の教育を受けた人間であることは余りにも明かである。それは石川さんが自分で自分に課したものかも知れない。併し教育というのは誰に受けたかでなくてそれを受け留めたか受け損ったかに凡てが掛っている。

石川さんが先年ヨオロッパに旅行してパリに殊に長く滞在してから何も別になかった顔をして帰って来たことがある。鷗外がドイツに着いて始めて余解徳国語。来此。得免聾啞之病と日記に書いているのを思い出す。曾てはドイツ語を勉強すればそれで読み、書き、話し、従って聞くことが出来るようになり、それがフランス語ならばフランス語でそれが出来た。又昔の日本人は支那語は知らなくても日本に来た支那の文人と自在に筆談した。こういうのは語学が出来るのでなくて教養があるということなのである。そしてそれはそのまま文章の仕事に繫る。何故ならばその仕事では古典の死語を扱うのでもそれを生きた言葉としてである他なくて専門の為の専門である為に形骸と化した知識にこの仕事は用がないからである。又そのことで教養ということの定義をし直すならばそれは知識や学問が生きた人間の一部になっている状態を指す。河上さんの所でと同様にここでも教養に就て書かなければならないのもこれが生きものであることを示している。

その教養があるから石川さん、或は河上さんがどうなるというものでもない。そのことに就ては何れももし大学教授にでもなったりしたならば困るだろうとさえ言い切れる。それは壇に立って今日の学生と称するものに向って喋るのに必要なのは教養や知識でなくて何か或る一つの専攻だからで両氏にそのようなものがあるとしてもまだその片鱗も見たことがない。一体に専攻して得た知識と言ったものは強いられてでなければ隠して置くものでその点でも教養と違っている。確かに教養というのも自分の為のものでその性質からしてそれを人に示すというようなことは考えられない。併しそれとともにこれは人柄とそういうことに掛けては同じでそれは人に示すものでなくてただそこにあるものであり、何れも例えば笑顔になれば笑顔になったことが人に解るのと変ることはない。又文章はそれを書いた人間を現し、それで教養もと考えたい所であるが本当のことを言えば教養がなくて文章を書くことを望むのが既に無理である。もっと本当のことを言えば教養というのは過去に誰かが用いた言葉の堆積であってこれを通して我々は言葉を知る。

それで石川さんの正規の教養を一層感じることになるというのか、石川さんが普通の人間であることが益々解って来るというのか何れにしてもこの二つは同じ一つのことである。併し今日では普通の人間の観念が薄れているとも思われてこれだけではその人間と正規の教養の結び付きを指摘しただけに止ることになる。この普通の人間というのは人間である人間、それが誰でもであるよりも誰もがそれを目指すことが一応は期待されているものであってそれで教育、教養、又成長ということが意味を持ち、これは普通でもなければ並外れているのでもない全くの人間というものの観念を自分のうちに培ってこれと化した結果である。それを普通は人間と呼んでいるからこれが普通の人間であり、又それ以上でも以下でも人間とは別な名称を用いなければならないことからしてもこれが普通の人間であるが、それだけにこれは一つの平均であるよりも価値の基準であって別な言葉を使えばこれが士である。これをシと読んでサムライではなくて何れも日本語であってもその語源が違っている。

それで士たるものとも言う。又文士という言葉がそこから生じる。又この士に相当する言葉は凡ての時代を通してどこの文明にもある筈であって文明というのが人間というものの価値に基いて成立するものである以上これは一つの文明の鍵になる言葉でもあるが、それは鍵になるのに止らずその観念があってその文明が体をなし、それに支えられもすれば彩られもしてこれが全般のことに及ぶから教養の材料もこの観念がその中心をなして教養を身に付けることがその観念に習熟することであることにもなる。石川さんのことを語れば自然に話がこういう方向を取るのは止むを得ないが、それが石川さんの場合に何故ここで書いた通りのことになったかということは解らない。或る時、それが銀座の裏通りでも当時の新橋、有楽町の闇市でも石川さんに最初に会うとそこにそういう人間がいた。それだけは確かである。又世界が文明に達したのでなくても文明の観念が普及し掛けている今の時代には個別的に文明の人間であるに至る径路は幾通りもあるのでなければならなくてその詮索よりも結果が大事である。

石川さんには色々なことを随分教わった。淮南子という本があることを知ったのも石川さんによるので実はそれを手に入れてから既に何年かになる今日までにその最初の原道訓を読んだだけであるが、それでも次の淑真訓が有始者。有未始有有始者で書き起しているその先を読む積りで夏はこの本を持って歩き、そこの山の中でも読めないのは雑事がそこまで追って来る為である。又随筆というものの由来を聞いたのも石川さんからでそれで例えば清の袁枚の随園詩話が随筆であることが解った。併しそれならばそれは殊に今日の日本で言う随筆と違っていて強いてその類を求めるならば石川さん自身の「夷斎清言」を挙げること位しか出来ない。石川さんは日本風の随筆を書かない。或は書いたことがあるのかも知れなくても目に触れたことがなくてその全集にも入っていない。それよりも石川さんという人を知る上でも石川さんが書くものを何と呼ぶべきかということは忽《ゆるが》せに出来ないことでその多くは一般にエッセイと呼ばれている。

又してもいつまで続くか解らない片仮名の言葉を使うことを強いられるのは厄介なことである。明治の初めには巡査のことをポリスマンと言ったという記事を何かで読んだことがあった。今日のエッセイは文章という言葉が使いたくない為の窮策なのだろうか。明治以後の日本に比べれば文章の観念が発達しているヨオロッパでエッセイと言えば文章を指すのであるから石川さんは文章を書くということにしてもよさそうなものである。尤も石川さんは普通は小説家であることになっている。それが現に連載中の「狂風記」のようなものに即してであるならばこの「狂風記」は石川さんが書く他の文章と同じ性質のものが小説の形を取っている意味で石川さんの小説と認めて少しも可笑しくないが、その多くの小説をそれ以外のものと並べて見る時に単に力の入れ方からも他の文章の方が読むに価する感じがして少くとも今までのうちに石川さんがただ世俗に倣って小説を書いたこともあると考えないではいられない。それにはロレンスの前例がある。又漱石のことは石川さん自身から聞いた。

文章家というのは文章が書ける人間のことを言うのでその文章家が小説を書くのは奇妙なことにも思える。どうして自分の考えに言葉の形を取らせるのに苦労して架空の人物や事件を案出した上でこれに託してそれをしなければならないのか。そういう遊びも許されるということの他に文章が書けないものにも小説は書けるということがある。少くとも今日では文章が書けないものにも書けるのが小説であることになっていてそういうものが持て囃されるのはこれこそ奇妙な話であるが、それが書けるのは言葉の使い方を殆ど知らなくても何かと事件を作り上げてその筋を語ることは出来るということに帰着する。それならば文章家は小説を書くのに何をするかと言うと人物と事件を作るのに文章の技術を楽み、そうするだけでも小説で今日通っているものよりも小説であることを知っている。併しどうかすると人物と作者の呼吸が合い、その行動を語ることがその世界に作者自身が遊ぶのが文章の世界で常に起ることと同じになる場合も生じ、その時に文章家は小説家でもある。

併し重要なのは石川さんが小説を書くということもする文章家であって従って例えば「狂風記」を「諸国畸人伝」、或は「西遊日録」、或は石川さんの号を冠した幾つかの文集と同列に置けるということである。これは小説の方を読んでいてやはり石川さんの声に接している思いをすることであるが、それならば更に「諸国畸人伝」と「西遊日録」が同列に置けるということを考えてもいい。こういうことが今日の日本では少しも当り前なことでないから再び文章家、或は文士、又は文人としての石川さんの印象が鮮かになるので今日の日本では伝記と紀行を同じ文章で書けるものがいない。それだから伝記と紀行が殆ど職業上の区別を生じることにさえなるのでこうして書くものの種類に縛られることは自分の文体を持たないことを意味する。併しそれならば次には文体の背後にあるもの、文体というものを持つことになるその経緯が問題になる。

この頃は恐らくは個性というような言葉を使うに違いない。凡てもの真似で行こうという時流の中では個性ということも言いたくなるのだろうが、そうすると個性があることが目的になってそのようなものがあることを望んでそれが得られるものではない。それはせいぜい他のものが青い車に乗っている際に自分は赤い車を選ぶ程度のことに止り、勿論それは個性でさえもない。別な言い方をすれば個性のようなものがなくても誰も困りはしないのである。併し人間でなくては困る。又人間ならばそのことに早くから目覚めている筈でそこに努力と研鑽があって一箇の人間が現れる結果になり、二人と同じ人間はいないのであるからその人間にも個性があることを免れない。併しそれならば個性が自分の体の特徴と選ぶことはないことも明かであって同じようにその人間が書くものに文体があることにもなる。ただそれが文体である場合はそれだけで話がすまない。

個性と同じことで誰も自分の文体を望んでそれが得られるものではない。又それを得た時に文体も問題でなくなるのでこの際にも目指されるのは、又必ず目指さなければならないのは書くということをする限り自在にどういうことに就てでも書く技術、或は力を身に付けることである。そして又これは人間であることに直接に繋ることなので我々が生きて行くことの大半は言葉を使うことに時間が費されて殊に言葉を使うことを自分の仕事に選んだものは自分の成長が同時に言葉の使い方の習得になり、この二つは切り離せず、それは精神の成長がそれが形を取る上では言葉の領域でなされるからに他ならない。簡単に言って人間は言葉を得ることで成長する。それで話を石川さんに戻すならば、尤もこれは今まで話が他所に逸れていたことなのではないが石川さんが書くのは生きることであり、これは書くことに一生を賭けるというような偏執を指すのでなくて書く時にもそれまでと息遣いが違うのでないことを意味する。

それでそこに一人の人間がいることになる。この印象が石川さんに就ては先ず頭に浮ぶものでそれだけで既に今の時代に対する摘発にもなり、又それに対するこれが解答でもある。恐らく十八世紀のフランス、或は文化、文政の江戸では多少とも石川さんである人間がその辺を行き来していて石川さんの印象を薄めたに違いなくてそれで却って石川さんというものが生彩を放つことになったことも想像される。併しそれで間違ってはならないので石川さんは別にそのあるべき時代を離れて我々の間にいる感じがしなくて又それを感じては嘘になる。如何に石川さんといてその人間が生きていることが迫って来るかは手短に書けない。今のような時代ではどうしても贋ものが殖えるのでなくても少くともそれに接する度数が多くなり、その方から顔を背けるのが常習的になっている時に石川さんは注意を惹く。それが目立つということの正反対であってもっと地道にこっちの意識を領するものであることも簡単には書けない。

石川さんのような洒落ものは余り見掛けない。それが上衣一枚からしてそうであってこれも眼を惹くのでなくて暫くするうちにその方に眼が行くことになるのである。石川さんに限らず洒落とか粋とかいうのがそういうものであることは言うまでもない。又それは一分の隙もないこととも違っていてそれでは見ている方で窮屈になる。一般にお洒落というのが主に身なりのことを指すのはそれが一番目に付き易いからであると思われてそのことを念頭に置いた上で身なりを構わないでもいられる。併しそれにも限度があり、これが極端になればやはり他人との問題が生じてこの自分と他人の関係は身なりやお洒落のことに止らない。そのことを律するのに自分も人間である点で他人と変らないこと、従って自分を他人と見立てて過たないということがあって洒落ものは先ず鏡に向って礼節を守る。それ以外にお洒落をすることに意味はない筈で恐らく石川さんの家に行けば身なりにあるものが家にも見られるに違いない。それは庭を掃いた後で更に木を揺すぶって葉を少し落す類のことだろうか。これは乙に納っているのでなくてそうしなければ心地が悪いからであり、それをほうって置けば自分が承知しない。

凡ては生きる智慧である時にその智慧はい心地をよくすることに尽きる。それで今はない闇市でも石川さんとならばこういうのを闇市と呼ぶというだけの気持で歩くことが出来たのでそこで妙なものを飲んで盲になったりすることを免れたのは石川さんの同じ智慧によることだった。併しこれがこっちの錯覚であることも考えられてその頃のことを扱った石川さんの小説を読んでいるとそこでの出来事に自分も付き合っている感じになり、それとその頃の記憶が一緒になれば実際にあったことと読んだことのけじめが不確かになる。やはり石川さんに最初に会ったのはまだ木造だった岡田かよし田かだったとしてここで闇市のことを言ったのは石川さんがどこのどんな所にでも気取りも乱れもしないで同行出来る決してそう多くない人達の一人であることが示したかったからである。これは石川さんが書くものと変らなくてそれが紀行ならば紀行、石川さんが言う支那風の随筆ならば随筆になる要領で石川さんに連れて行かれるのが十何階かの建物の頂上に近い西洋料理屋の店ならばそこがそういう場所の感じがして来る。もし青いシャルトルウズを飲むならばなるべく窓から通りが見降せる二階の店で雨が降っている午後がよくてそれも三杯までだということも石川さんから聞いた。

それで今更ながら気が付くことに型に嵌った人間はつまらないということがある。これは一つでなくても幾つかの型で言い表せる人間ということでもあり、又これは型というものが大体何の意味もないものであることを示す。石川さんにしてもがこれは所謂、江戸の人間であって和漢の学がその素養をなし、ヨオロッパの文学に明るくてその昔金に困っていた頃に小遣い稼ぎに翻訳をする位のことは何でもなかった。その一つ一つを取ればそのどれにも或る型が用意されていてその型の人間ということで幾つかのことを聯想するのが当っている場合も少くない。併し石川さんはその一つ一つが石川さんであることに止ることでそうした型を壊し、その型に嵌ったものを自分からとともに我々からも遠ざけてくれる。いつだったか岡田の二階で久保田万太郎氏が江戸っ子だというのが間違いなのだと石川さんが久保田氏に力説したことがあった。確かに久保田氏を江戸っ子と考えた所で氏が書いたもの、或は氏の人物が解る訳ではなくて久保田氏もそうした型に嵌った人間でなかったから江戸っ子ということで氏はただ傷けられた。その温情だとか親分肌だとか凡てそうである。

これと同じことを別な面から言うならば石川さんの親友に坂口安吾と三好達治がいた。これは類は類を呼ばないということの雛形のようなものであって坂口安吾という人には会ったことがないが、この三人が書いたものを並べて見ても違った人間が同じものを書くことはあり得ないということは別として言葉の領域でこれ以上違ったものはあり得ないと考えられる三種類の言葉がそこにある。坂口安吾を無頼の徒に仕立ててそのお付き合いで石川さんが書くものも無頼の言葉に擬するというようなことは問題にならない。併し全く違ったものの間でどういうことも交換する余地はないことに即してこの三人に共通のものを求めるならばそれは何れも一箇の人間であることに掛けて不足する所がないということである。その他に人間と人間が付き合うのに必要なことがあるだろうか。それが必要であると一部のものの間で考えられていることからその顔付きまでが型に嵌ったものに変って来る。

そしてこれだけ書いた後で最後に石川さんというものが残る。漸く探し出した石川さんによるジイドの「背徳者」の訳は昭和二十六年になっていてその時は既に石川さんを知っていたのであるからこれは付き合いが二十年も続いたことになる。一方では終戦から今日までの期間が恐しく短いものに思えるのに石川さんとの付き合いのことになると二十年が二十年以上のものに感じられるのはそれだけそこから得たものが多かったことを示すものかも知れない。併しそれならば何を得たか。一体にどういうことをするにも何かを求めてそれで付き合うのにもなるべく益友を探したりするのは、それが君子はすることかも知れなくても人間が潔しとすることではない。我々は何かを求めて本を読みはしない。ただ読んだ後でそれが本と呼ぶに価するものならば或ることに出会った感じがする。併しそういうことを推し進めて行けばこの交遊録を書く必要もなくなる。一口に言えば石川さんというのは今まで会った人達の中でも或る特異な位置を占めていて石川さんを通して江戸の文明というのが実在し、それが日本の伝統の一部をなして現にあることを始めて知った。これも誤解を招きそうなことでもそれに就て時代錯誤という言葉だけは使わない方がいい。

ドナルド・キイン

これも戦後に会った人達の一人であるが、その前にキインさんのことはその本の一冊で知っていた。*Japanese Literature* と題するものでそれをＩ・Ｉ・モリス氏がこういう本もあるのだということでくれたのではなかったかと思う。それが百十数ページのそれも日本で言うならば袖珍本に類する小さなものでこの本がそのように小さなものであることで読んだ後で改めて驚いた。もしそれを読んだことがキインさんに出会ったことになるならば先ずその本のことから始めなければならない。これはその題が示す通り日本の文章というものを事実扱っていてその日本の文章に就て読んだものの中では日本の所謂、近代批評に属する各種の著述を除いてはキインさんのこの本だけが語ることによって表すということをしているのを感じた。そしてそこで表されているものが他の国のでなくて日本の文章という支那は別として世界のどこの国よりも長い歴史と豊かな内容を持ったものなのである。或はもっと正確に言えば日本の近代批評にはそれに特有の観点がある時に自分で直接に読んで知ったこと以外に日本の文章というものに対して眼を開かれた思いをしたのはキインさんの本が始めてだった。そしてそれがそういう文字通りの小冊子なのである。今でもその時の驚きが忘れられない。

このことに就てはもう少し書く必要があってそれがキインさん自身に就て語ることにもなる。日本は支那と比べて文章の歴史が千年は短いが、その日本で書かれて読まれて来たものは支那以外の国と比べるならば千年も古い昔に遡るもので支那の場合と同様にこれはその書かれて来たもの、読まれて来たものの優秀と複雑を示し、これを一貫して扱うことは殊に今日の風潮では誰もが避けることであって歴史学、国史学に就ても見られるようにその代りに或る一時期の或る特定のことに就ての専門家が続出してこれが論証し、詮索することはそれ自体が文章をなすに至らなくて我々に日本の歴史に就ても文章に就ても何も教えてくれない。これを群雄割拠と呼びたくても寧ろこれは蟻が土埃を運んで右往左往している図だろうか。これを集めて見た所で土くれであって更にそれは日本の歴史、文章をその程度のものと考えていることを示す。併しそれで多大の労力が省けることも事実である。

何故ならばそうしない時に日本の文章を愛してこれを文章と見做して扱わなければならないからである。尤もそれ以外に文章の扱い方はなくてそれ故に日本の専門家が手を触れるものは土に変るのであり、キインさんはその日本の文章を愛することから始めてこれを貫いている。この愛という言葉も今日では殆どその意味を失っているが、それは活字の上でのことであってその愛がなくて人間に何が出来るものでもない。そのことがキインさんが書いた「日本の文学」という一種の奇蹟を説明するものでもある。差し当り今日ならば愛の代りに知性とか博識とか明察とかいう言葉をこういう場合に使うのだろうが、それは単にそういうものがなくて又そういうものを生じない愛というものはないということに帰する。確かにキインさんの前に日本の文章というものを一小冊子で表すことは考えられなかったのでもキインさんのその文章に対する態度に即してこれが人間業を越えるものでなかったことをこの小冊子が語っている。

そのことから amateur ということが意味を持つ。これがアマチュアという日本の一部で用いられている言葉の一種にも見做されるものの原語なのだそうであるが、そのアマチュアが日本で片仮名で書かれることの通例に従って殆ど何を指すものか解らないのに対して amateur がやはりフランス語の amant と語源が同じであるのは我々に多くのことを教える筈である。そのことが示すように恋人は愛し、日本のと違って本当の意味での専門家も愛する。それが好きこそものの上手なれであってこれを今日風に、或はこれも今日では廃れた言い方をして情熱で置き換えても根本的な事情に変りはない。それに情熱では何かが無暗に燃えているようで愛情はもっと静かなものである筈である。既に本当の意味での専門家ということを言った。それならば本当の意味での学者もこのことに対する例外でなくて学者の根本をなすものも amateur、愛するものの精神と態度である。これだけ書いて後はキインさんの本を直接に読んで貰う他ない。もっと詳しくは Donald Keene: *Japanese Literature*, London, John Murray, 1953 である。

その初版を示す年がキインさんに最初に顔を合せた時期を考える上での或る程度の手掛りになって本を読んで暫くしてからキインさんに会ったのであるからそれが一九五三年、昭和二十八年以前ではなかったことが解る。併しどの位たってから会ったのか記憶にないのでこれはそう助けになることでもない。ただ昭和二十八年と言えば戦後の鎌倉での仮住いから東京に戻って来た翌年で付き合いよりも稼ぐのに追われていた頃なのでそれから少くとも二、三年はたってキインさんに会ったのではないかと思う。併し会った時のことは覚えていて歌舞伎の研究家で従ってやはり一種の日本学者であるフォオビオン・バワアスという人が日本に来ていてその家でそこに丁度い合せたキインさんに紹介された。それが本から受けたのとは全く違った印象だったとは言わない。一体に学者だとか専門家だとかいう感じがする人間が実際にその名に価する学者や専門家であることは滅多にないからでキインさんには、これは勿論今でもそうであるが本を書いたりする人間を思わせるような所が全くなかった。

又これはそうでなければならないことでもある。誰でも勉強したり本を書いたりしている時にそれをしているのでそれ以外でもやはりそのような感じを人に与えるならばそれは仕事をしている間のその仕方が足りないからで褒めたことではない。併しそれで陸な仕事をしない代りに如何にも仕事に打ち込んでいる風に見えるものが多い中にキインさんにはそういう所が徹底して全くない。キインさんならばホテルの受付で部屋の鍵を渡してくれてもそういうホテルでの集りでこれが国務省の誰ということで紹介されてもそのまま通ることと思われる。併し何れの場合も、或は他のどういう場合でもキインさんの人間としての魅力に打たれずにいるものがいることは想像し難い。これはそれ以外に呼びようがないものであって例えば曇りの天気が続いた後で日が差し始めれば胸が開ける思いをしないではいられないのに似ている。それが巧まずしてそうであるのも日が人を喜ばせる積りで差しているのでないのと同じである。

キインさんと付き合っているうちにこれが生粋のニュウ・ヨオクの人間であることを知ってそれから次にニュウ・ヨオクの町を自分で知った。この町にとって不利なのはその名と結び付けて摩天楼とか繁華とか、或は犯罪とか顔役とか政治の腐敗とかいうことを聞かされるからでそういうものがニュウ・ヨオクにも事実あるとしてもそれがニュウ・ヨオクではない。これは静かな所である。或は色々なニュウ・ヨオクがあるのでもポオが「大鴉」を書き、ヘンリイ・ミラアが今でもどうかすると飲みに来る一番ニュウ・ヨオクらしいこの町の部分は静かでそれがどの位かと言うと車の往来が疎らなので道を横切るのに交通信号を無視するのが普通のことになっている程である。それがワシントンの記念碑が建っているその名を冠した公園を中心にした辺りでそこが五番街の起点、或はそれが終る所でもあるが赤煉瓦の二階建て、三階建ての家並が木の緑を引き立てているその眺めは英国のどこかのそういう町を思わせる。そこを教えてくれたのもキインさんだった。

もし本を愛するならばそれは町を愛し、又その空を眺めてその日の天候を判断するようにでなければならない。キインさんが伊勢物語や今昔、或は新古今、宗祇、或は五山の詩文、蕪村、或は荷風に執着するのは Greenwich Village や Thompson street の名からそこのことを思い浮べるのと同じ具合にであることが想像される。或ることに親みを覚えるのはそれが或る一つのものになることであって親みを覚える限りのものが凡てそういうそれぞれのものになる他ない時にキインさんが少しも日本学者というような感じを与えないのも当然のことと納得される。これはキインさんの日本に対する関心がその目に触れるその世界に対する関心の一部をなすものでそれ以上ではないということで自分の専門に打ち込むと言ってもそれが人間というものを、又人生を、又人間の歴史や人間を取り巻く自然を忘れさせるに至るならばその専門は呪縛に過ぎない。キインさんは日本とオランダの交渉に就て知る為にオランダ語を勉強しにオランダに行ったことがあるが、その旅行好きはそうした目的に限られていなくてマダガスカル島からも西インド諸島からもフランスからも便りを貰ったことがある。

キインさんに最初に会った頃は京都がその日本での本拠だったようでいつもキインさん

が京都から出て来るとどこかで飲んだものだった。キインさんはコロンビア大学で日本文学をやった後にケンブリッジ大学に近松の国姓爺合戦を扱った博士論文を提出して博士になり、それから暫くケンブリッジで講師をしていた筈である。その次に日本に留学することを認めるという条件付きでコロンビアに戻った。キインさんは戦争中は海軍にいてその関係で終戦後に日本に一度来たことがあるという話も聞いたが二度目に自由の身になって京都に滞在することになった時のキインさんの気持は想像出来る。この頃は皆が偉そうに文学というようなことを言うことになっていてそれでその文学というのは何なのかという感じがするものも少くない訳であっても文学は言葉であり、もし或る国のその文学に就て知るのが目的ならばその国に行くのに越したことはない。それは言葉というのがただそれだけのものでなくてそれが生じた場所の風土や人間やその人間の歴史と切り離せないものだからで日本語は同時に京都の町でもあり、そこで人が話す言葉でもあり、又日本海の色、又大和の柿の秋に入っての朱色でもある。それをキインさんは知って又それを知る為の用意がキインさんには既にあった。

　そういう状況にあって学者は本ものになる。それは知識を刻々の生活の営みと区別する必要がなくなることで従って学者はただ一箇の人間である形で自分を意識し、それが知るのは生きることの延長であることに止る。キインさんから学者や専門家の感じを受けないのは恐らくキインさん自身がそういうものと無縁の境地にあるからで古今集に親むことがニュウ・ヨオクの秋の爽涼に浸ることを妨げず、又ラシイヌの悲劇の台詞に酔い、アメリカ南部の鄙びた風俗に興じるのが何れも或ることに惹かれることである時に学識は生活の手ごたえであって専門がその人間を傷けることはない。キインさんのように友達が多くてそれが各方面に亙っている人間を知らない。これはキインさんには交遊録が書けないということになるので、もし書けばそれはその生活の刻々の記録、又世界の到る所が対象の旅行記になる他ない訳である。又キインさんにして見ればそういうことは書くよりも生きることでなければならない。

このことは更に次のようなことに発展する。もし意識が及ぶ限りのことに親みを覚えるという意識というものの性質からして厳密には誰でもがそうあるべき状態に人間が達するならばその人間にとって凡ては意識の対象である点で同等であることになる。それは我々が何かに親みを覚えるその親しさに程度の差はないからでここでもその親みを愛情で置き換えて構わない。我が国では愛馬とか愛機とか愛妾とか字に愛の字を冠して用いる習慣があるにも拘らず例えば一台の飛行機と一人の人間では何か格の上での差があるとする俗習があってそれが俗習であることは少し考えて見れば明かである。或はそれは考えて見るまでもない。仮に我々が一台の飛行機を始終使っていてそれが我々にとって親しいものであるならばそれは我々が無関心である人間よりも遥かに親しい存在なのであり、これと変らず我々が愛するものはそれが一つの器でも一人の女でも、或は一頭の犬でも凡て我々にとって同じである。或はそのそれぞれ違ったものに対する我々の態度は同じである他ない。

これは一見逆のことに思われて仏教で言う解脱の境地に酷似して来る。併しここではそこまで考える必要がなくてただキインさんの世界というのがそういう種類の親密を予想させるものであることを示すことが出来れば足りるのでそれを離れてキインさんの仕事や生活、或はもっと直接にキインさんという人間の感じを説明するのは難しい。それは殆ど自然児という言葉を使いたくさせる。併し自然児は洗練と結び付かなくてその辺でこのことは止めて置いて話を進めるならばキインさんは京都に親み、日本を旅行してそれから次には日本にいる間は東京に住むことになった。その詳しい事情は知らないが、それに就て思い当るのは新幹線の工事で掘り上げた土砂をキインさんが借りていた京都の家の前にある谷に投げ込んだ為に谷の眺めが台なしになったということをキインさんから聞いたことである。その頃から既にそういうことが行われていた。これは参考の為に書いて置く。

兎に角キインさんが京都から東京に移って来ると聞いて京都の美に代って東京の知を紹介するというようなことを書き送ったのを覚えている。その知とか美とかいうのは何のことか解らないが、その舌足らずの言い方で東京に来たならば東京にいる色々な人に引き合せるということが伝えたかったのだと思う。これはキインさんならば引き合せ甲斐があるからでもあって随分多くの人に会わせた結果はその大部分とキインさんが忽ち友達になった。それを変なのには会わせなかったことの傍証でもあると考えたい。まだ木造だった頃のはち巻岡田で石川さんが久保田万太郎氏にキインさんの見識を称揚したことは既に書いた。その他に河上さんにも確か三好達治氏にも紹介し、中村光夫さんや永井道雄氏には自分で会ったのだと思う。その辺の細かなことはどうだろうと東京に来てから暫くするとこっちが紹介したのよりもキインさんが自分でどこかで会って友達になった人達の方が遥かに多くなった。

併しキインさんという人間を扱っている以上キインさん自身とも関係があることで誰も触れたがらないのか、それとも実際にまだ気付きもしないでいることに就て書いて置きたい。キインさんは高等学校時代から東洋というものに或る程度の興味を持っていたようであるが本格的に日本語の勉強を始めたのはこの前の戦争が起ってからのことで、そうすることになったのはアメリカ海軍が日本語の修得と士官に仕官することを結び付けた有利な条件で研究生を募集したのがまだコロンビアに在学中だったキインさんの東洋に対する関心に誘いを掛けた為だった。その海軍の施設での学習は猛烈なものだったらしくてそこで得た知識に基いて戦後に再びコロンビア大学で東洋学を専攻することになった。所でこうした経歴はキインさんに限ったことでない。例えば同じく日本学者であるI・I・モリス氏やエドワアド・サイデンステッカア氏もこの径路を辿って日本を知ることになった筈であり、もし英国のロナルド・ドア氏のような日本の研究から出発した優れた社会学者がそれには若過ぎたならばドア氏がロンドン大学の東洋語学校で日本に来る前にあれだけの日本の知識を身に付けることになったのは明かに戦後に世界的に生じた日本熱に刺戟されてだった。言わばキインさん側にとっては第二次世界大戦の一部をなすもので我々が直接に携っていた限りでは大東亜戦争であるものの性質に就ては前に書いた。併し現在なされている各種の説にも拘らず今日の日本が世界で占めている位置の精神的な原因をなすものも我々があの戦争を四年間続けたことにある。又それではもう一度あのような戦争をというのならば生憎のことにあのような戦争はもう起りそうにもない。

それでその後の日本に戻って夏の間に時々行く山奥の家にどうかするとキインさんが来ることがある。キインさんもそこの少し下の所に仕事をしに来る場所があってそのもっと下に向って大分行った所に夏場は有名な軽井沢の町があるが我々がいる所程この町から離れていて県も違えばその騒音にも熱気にも悩まされる心配がない。この昔と全く変らない上州、信州に特有の高原地帯の片田舎にいてキインさんと聯絡を取ることが出来ると大概は秋が近くなって日が暮れるのが早くなった頃にキインさんが厚いジャケツか何かを着込んで三十年はたっている唐松の林の間を縫っている小道の向うに現れる。そういう所であるから何も御馳走することは出来なくて又その為に来て貰うのでもない。これは全く身勝手な話であるがキインさんと一晩を過すのが楽しいから呼ぶのでキインさんの方も兎に角来てくれるのから見ると考えただけでいやになる訳でもないらしい。これを更に身勝手に同好の士と解釈することにしている。

場所柄そこからかなり離れた村で買えるのはビイルかウイスキイでそれでも山の冷たい水で冷やしたビイルやその水で割ったウイスキイは高原地帯で空気が乾いていることも手伝って飲み難いという程のものでもない。どうかすると肴に山魚がある。キインさんがお客の時に助かるのは何でも食べてくれることで又お客のし甲斐があるのは旨いものは旨いと言って楽んでくれるからである。併しそういうことはキインさんと現に飲んでいることに比べれば殆ど問題にならない。それ程これは魅力がある飲み友達であり、話上手でもあり、そしてこれは同じことであるのである筈で必ずしもそうでないがキインさんの場合は聞き上手でもある。その話題が豊富であることはその生活の仕方から納得出来ることでそれだけの経験があるのはそういう経験を求めてそれを楽む質だからであり、それを楽んだからその話をするその語り口も当を得ていて躍如たるものがある。又大概のものが例えば世界的に名を知られた人間のことを言う時には得意そうになるのでなければ少くとも気障に思われまいと用心するのが感じられるがキインさんにはそういう人達も古典の作者や昔の画家と同様に自分が親しく迎え入れたものなのでそれがバアトランド・ラッセルでもグレタ・ガルボでもシェイクスピアとかワットオとか、或はロッシニとかパレストリナとかいうのと違って聞えず、その何れもがキインさんの話の世界に登場する面白い人物、又それが人間らしい人間に思えて来る。

又キインさんがそういう人間であるからその話がいつもその種類のことばかりでなくて

これは寧ろその逆で例えばモスクワの空港で帰国する支那の留学生とこれを送って来た残留組の留学生が毛沢東語録を誦し合うのを税関のソ聯の役人が苦り切って聞いている光景とか、或は戦争中にハワイに在勤していて魚が水面で跳ねるような音が時々するので何かと思っているとそれが常夏の島で退屈し切った島民が欠伸をしているのだったとかいう話に挟ってバアトランド・ラッセルがキインさんに或る日こう言ったとかグレタ・ガルボが年取ってもその美しさが通り掛りのものを立ち止らせるとかいうことが同じ一晩のうちに語られる。キインさんは他の国語の場合でもそうなのだろうが日本語と英語と変らない程度に自由に使うのでその時にい合せたものによってそのどっちでも、或はその両方を話し、それでその話し方に違いが生じる訳でもない。序でに言うならば誰でも自分の国の言葉とは別に外国語も使う積りならばそこまで行くのが本当であって明治の日本人は皆そのように外国語を使った。

　キインさんがそういう人間なのでどうしても考えることになるのはアメリカ人とは何かということである。これは考えようによっては、或は一般論としては愚問であってそのアメリカ人というものとか日本人というものとか女、或は男というものとかいうのは殆どそうした一種の言い方なのでこれがそうだと示せるものは実在しない。その類のことは先ずかなり不確かな観念と見るべきだろうか。例えば女というものと言っても我々が実際に接するのは何子さんにかに江さん、マルグリットにカトリイヌにケエトであり、それが女であることに間違いはなくてもマルグリットが女であることを認めるのはこれと交渉するのにその髪が黒いとか赤いとかいうこと以上に我々を助けるものでなくて結局その交渉を通して我々が確たる手ごたえで摑むのは一箇の人間というそれが千変万化であるとともに或る一定の限度を越えないことが明かであることによって普遍的な一つの観念であり、これはそういうその性質に即して我々を欺くことがない。

併し多くの女であることは間違いないものとの何かの形による接触で我々は女というものに就て或る種の例えばどこまではそう考えて差し支えないという程度の観念は得ることになり、これは日本人というものその他に就ても同じでそうした一つの項目に属するものの数が少いのに従ってその観念の不確かな所も減じてそれが文化人というものならば我々はそれを言うことでそれそのものが表せる。それが日本人というものになると当て推量の余地が多分に拡るのを免れない。併しそれでも半ばは習慣から我々はそれが何かを指す積りでいてどうかすると日本人であることから生じる一つの結果をそれで摑むこともある。ここまで書いて来て話をもとに戻すとキインさんに就てアメリカ人というものをどう受け取るべきかを考えるのはキインさんが明かにキインさんという一箇の人間であることから逆にキインさんと同じ国籍であることになるアメリカ人一般というものに注意を向ける時にそこに日本人というもの程も印象に残るもの、或は印象に残るのに似た感じを与えるものが見出せないからである。それに就ての理由は歴史がまだ短いからとか人種の系統が多過ぎるからとか理由は幾つか考えられる。併しそれならばアメリカ人というのは全く実体がない観念なのだろうか。

ルネッサンスのヨオロッパには古代のロオマ人という極めて明確な観念があってこの民族が絶滅して千年はたった今日では我々もロオマ人というものに就て当て推量の域を脱した幾つかのことを認めている。その意味では日本人というのも英国人、フランス人というのも実体がない観念ではなくてアメリカ人というのもそれが実体がない観念である訳がない。ただ今の所はその実体がまだ摑み難い状況にあるのでそれでも既にそのアメリカ人に就て二、三のことは指摘出来る。前に触れたニュウ・ヨオクの一角にイタリイ料理の店があってその歴史はイタリイ系の親子二代、五十年間に亙り、そこの従業員の多くもイタリイ系の人間で今の女主人もその人達とイタリイ語で話をするのであるが、その女主人がヨオロッパに旅行した際のことを色々聞かせてくれてその態度からこの人がイタリイに行ってもそこを自分の祖国と思わず、自分をアメリカ人と考えていることが明かであるのに打たれた。これはその時にこの人に一人のアメリカ人を認めたということである。

もう一つ、これは従軍してから戦後に日本に来たアメリカの新聞社の特派員から占領中に聞いた話である。これが所属の隊がマニラまで攻め上った時に我が国の降伏が報ぜられてマニラのアメリカ軍は大混乱に陥った。恐らくはその男も含めてだったのだろうと思うが兵士が自分達は祖国の急を救うのが目的で従軍したので既に敵が降伏した現在ではもう兵役に服して軍律に縛られる理由がないというので一切の命令に従うことを拒否したのである。又上部もその通りにその理由がないことを認めた。併しそれではどうにもならないので全員の帰国と除隊が少しでも早く行われる為にも軍隊がその組織と機能を保つことが必要であるという声明がなされて漸く騒ぎが納った。これも驚くに価することでそれを聞いてアメリカの軍隊が独立戦争以来の伝統を守って市民の軍隊であることを知った。又このことに即して考えるならば例えばヴェトナム派兵に対する本国と前線での動きが反戦というような生易しいことで片付けられるものでないことが解る。

こうしてアメリカ人というものの輪廓が出来つつあることを我々に感じさせることのもう一つがキインさん自身である。前にニュウ・ヨオクの町を歩いていてこういう場所にこういう人達が住んでいるからアメリカは国なのだと思ったことがあった。その町を背景にキインさんのことを考えるとキインさんがその町に住む人間でアメリカ人であるのを感じるのでアメリカ人というものに対してキインさんが例外なのではない。実はただそれだけのことが言いたかったのであるとともにこれは言う必要があることなのでキインさんを一般にアメリカ人と呼ばれているものに対する何かの意味での例外、一般のアメリカ人の輪廓が摑み難いのに対してキインさんのは鮮明であるからこれは例外であると見るのではキインさんというものもアメリカ人というものも誤解することになる。併し繰り返してこれがただそれだけのことなのであると言いたい。バアトランド・ラッセルが英国人でロッシニがイタリイ人だったように、それ以上でも以下でもなくてキインさんはアメリカ人なのである。

これがその程度のことに止るものであることはキインさんと付き合って見れば解る。尤もその話を聞いているとキインさんと付き合うものにそのことが必ずしも解っているとは限らないようである。その為にキインさんは日本語が上手だということになったりするらしい。それは何のことなのか。前に明治の日本人のことを引き合いに出したが外国語を習うならばその国の人間と少くとも同じ程度に、もし出来ることならばそれ以上に使えるようにならなければならないので外国語も含めて何かをものにするというのはそういうことなのである。それを自分は中途半端な所で終らせてその無智と怠慢には頬被りをして他国の人間が自分の国の言葉を使うのが上手だと言って褒めたりする。併しこれは見方によってはまだいい方なのかも知れなくてキインさんに俳句には日本人でなければ解らないものがあると言った人間がいるということも聞いた。恐らくは幾ら日本語が上手でもということが仄めかしたい所なのに違いない。併し日本語が上手であるというのは日本語を理解することでその理解するというのは日本語という言葉で表されたことが自分の言葉になって響くことであって日本語を理解するかしないかは日本人であるかないかということと語呂合せの程度の関係しかない。

そのことさえも呑み込めない幼稚が日本文学が世界文学の仲間入りをするにはという風

な外見は反対のことに思えても全く同じ性質の幼稚に人を閉じ込めて置くことにもなる。もし日本文学、日本の詩文が詩文でないならばそれは日本でもそのようなものでない筈であり、それが詩文であれば他の詩文と同列に扱えるというのは言うだけ野暮になる。併しこうして日本の国内で日本語と日本の詩文が如何にも奇妙に不当な扱いを受けていることがキインさんその他の日本人でなくて日本人の偏見に煩されない日本学者の仕事に期待を掛けさせるのでウェイレイの源氏物語の名訳に始ってI・I・モリス氏の同じ源氏物語に就ての卓抜な考証に至るその今日までの実績は期待が既にその域を脱していることを示している。そこでは日本語が日本人にしか解らないものでもなければその日本語で書かれた文章が極めて特殊な性質のものでノオベル賞でも受けなければ自信が持てないものなのでもない。我が国の詩文とその伝統がどれだけのものであるか我々には明かであっても公然とそのことを説く文章に接すればそれが横文字のものでも縦に書いてあっても何か悪夢から覚めた思いをする。

キインさんは記紀万葉から現在に至る日本の文学史を今書いている。既に「日本の文学」で言わば象徴的に実現して見せたことを詳述の形で再現する仕事をしている訳である。これが完成した時に日本でどういう扱いを受けるかは凡その想像が付いて今日の日本の所謂、国文学者はウェイレイの名訳に就てもその誤訳を指摘することしか出来なかった。その上に日本の文章の通史を書くということが既にそうした専門家には許せないことに違いない。併しそれでその種類の専門家でなしにキインさんがその通史を書くことを思い立ったのは天佑だった。「日本の文学」でもその文学がその形をしてそこにある。これが通史になれば日本の言葉がどのような光沢を帯びて我々の前に現れるか、そのことで明治以後に行われた日本の発見が凡て外国人によるものであることを改めて想起する。それともそれは外国人だけによるものではなかったのだろうか。それならば少くともそういう日本人は日本語は日本人にしか解らないものというようなことは考えなかった。そしてこの場合も日本人とそうでないものを区別する必要がない。日本の鎖国時代は終ったのだそうである。確かに今日では既にキインさんがいる。

木暮保五郎

今まで書いて来た人達の大部分が学者、或は自分がしている仕事に本腰ならば学者の親類筋に当る文士だったことに気が付く。併しこれは始めて会った順序からそうなったのでこっちと職業が同じものとばかり付き合うということ、例えば軍人ならば軍人とばかり付き合い、或はもっと今風には医者は医者と、電車の車掌は電車の車掌と、又政治家は政治家とばかり付き合うというのは職業を人間の上に置くことであり、それだけでなくてこれにはもっと不都合なことがある。我々が人と付き合うのは何かの拍子に誰かと顔を合せるのから相手と友達になることにまで及び、そのどの段階にも共通であることの一つに相手が人間であることに掛けて自分と変りはないことを認めるということが挙げられる。そして自分と同業のものとばかり付き合う場合の付き合いは親しくすることの意味に用いられているが、そうして親しくすることも付き合いの一般的な形に背くものであってはならないからそれを一つの職業に限定することはそれ以外の職業の人間、又延ては自分自身も自分が親しくしている人間もそれを見る眼に歪みを生じてのことになる。もしそういう人間が医者で鮨屋に入ったとするならばその人間は鮨屋の主人とどうすれば付き合えるのか。

そうした態度が野蛮に属することであるのは言うまでもない。従って人間であるということは誰とでも、或は少くともどういう仕事をしている人間とでも付き合えることを意味し、それならば友達にもその職業の上で制限がある訳がない。実は文士は文士とばかりという誤解が誤解であることを示すのにこれだけの前置きが必要だったのもこれからここで書く木暮保五郎さんが今日では日本酒を醸造する技術の面での恐らくは第一人者と呼んでいい人だからである。併し同じく前置きで示した通りに友達の職業が問題なのではないから木暮さんの醸造の技術にここで触れることはない。確かに色々な人間に付き合っていることは色々な知識を身に付けることでもあるが、それがその人達の専門が自分のものになる所まで行かないのは当り前であって、これは木暮さんの専門にここで触れなくてよくて幸だったということでもあるとともにこの場合も人間がその専門の上にあることに変りはない。又それ故に我々が我々の友達から得るものもその専門であるよりはその人間そのものなのである。

併しこういうことがあって専門や職業がそれを身に付けた人間に影響するのでなくてそれを身に付けるということが既に人間の方でその為に積極的に努力を重ねることを意味し、その限りではその職業や専門が間違いなくその人間のものになる。これはその職業や専門を所有することであり、又それ故に醸造業とか文士稼業とか言ってもそれはそういう一つの職業に従事することによってその型の人間が出来るということとは逆にそれに打ち込むのがその人間なのであるから当然その人間の個性もそのことに参加してそのことがこの個性、或はその人間というものの形成に役立つことにもなる。それが一つのことに打ち込むということなのであることをここで忘れてはならない。又従ってこれは単に或る職業が自分のものであることになっているのと甚だ話が違ってそれがもしただそれだけのことであるならば仕事の方が兎に角それが曲りなりにもこなせる人間を作り上げることになり、それで例えば曾ての所謂、職業軍人には皆どこか似た所があった。併し何もそういう昔の例を挙げることはなくて今日の所謂、知識人とか政治家とか、その他の所謂どういうものに就ても同じことが言える。

又それが一つの典型がそこに見られることでないのは説明するまでもない。例えば軍人の典型だとか知識人の典型だとかいうことに何の意味があるのか。それを求めるにも一つの職業にそのようなものがある訳がない。寧ろその反対でなければならなくて又事実そうなので一つの技を身に付けることはそこから脱することでもあり、そのことに就て序でに考えるならばこれが凡て技というものに就て言えることである時にその点に関する限り凡ての職業は同じである。このことに間違いはなくてもしそれに就て或る種の専門、技、或は職業の方が或る別なものよりもこれを身に付ける為に極めるべきことが多かったり複雑だったり人間を遠くまで連れて行ったりすると思うならばそれは或ることを極めるということを自分でしたことがないからなので奥儀は人間のどういう種類の仕事にもあり、それを極めて達するのはいつも或る一つの境地である他ない。そこまで来て人間は自由に仕事をし、それ故にその顔付きからその仕事がどういう性質のものか察することが出来ない。

木暮さんの場合も福原さんや石川さんと同様に始めて会ったのが戦後であるということ以外にそれがいつだったか正確には思い出せなくなっている。併しそれが兎に角福原さんや石川さんの後だったのではないかと考える根拠として木暮さんが神戸の灘に住んで灘で仕事をして来た人だということがある。それが一つの手掛りになる理由は実に簡単で終戦から何年かの間は関東から関西まで行く旅費を作るというようなことは思いも寄らなかった。併しそのうちにその自由も或る程度利くようになっていつだったか、これは別の所で改めて触れることになる当時は「甘辛」の編輯をしていた水野多津子さんの手引きで灘の菊正宗の工場に見学に行くことになった。ただ旨い酒が飲めるということだけが頭にあったのは覚えている。一体に酒も菊正宗の程度のものになるとそれでなくて他の何という銘柄のを取るというのは全く人によっての好みの問題になる訳であるが、この菊正宗は戦前から飲んでいたもので岡田やよし田では戦後も引き続いてこの酒を出して今日に及んでいる。

この見学の際に始めて木暮さんに会った。今日でも同じ建物であるが菊正宗の本社というのは灘のその頃はまだ酒の香りが道にまで漂っていた辺りの真中にある一見昔の銀行のようながっしりしたもので建物内の木材も磨きが利いた岩乗なのが使ってあれば天井もそれが真ぐには目に付かない程高くてそこの一室に通されて暫くしてから入って来た何人かの人達のうちに木暮さんもいた。当時は木暮さんが技師長だったのである。併しその瞬間はただそのことを知っただけで殊にそれからのことが大変だった為に暫くはその方に気を取られていた。この菊正宗の本社から少し行った所に工場があって見学の目的はそこにあった。その工場というのも酒の香りがそこにも漂っているのを除けば化学製品でも作っているどこかの大工場としか思えず、そうした幾棟もの建物の隅から隅まで列になって並んでいる見上げるようなタンクがどれも醸造中の酒で満されていると聞いただけで、これをどう形容したらばいいのか何か心細くなった。そのタンクの多くは七十石入りのものだということで人間一人が一生掛ってもそれだけ飲むのは難しい。

併しそこを見て廻ってから更に利き酒をすることになった。これは酒を注いだ白い湯呑みのようなものの底に紺で蛇の目が書いてあるのが何十と机に並べてあるのを取ってその一杯毎に中の酒に就てその味その他を験すのである。ここで日本酒というのが昔ならば樽、今はタンクによってどれもその味その他が違っていてそれを上手に混ぜて或る一定のものにするのが醸造の技術の一部をなしていることを説明して置く必要があるかも知れない。それで辛いのだとか甘いのだとか香りがどうだとかいうのが机に並んでいる訳で利き酒となれば何か解ったようなことを言ってから口に含んだのを吐き捨てて次の湯呑みに移るのが定石なのであるが、そこが生憎のことに出来立ての酒をその場で飲めば辛いの甘いのを越えてそのどれもこれも例外なしに旨い。それを吐き出すというようなことは考えられない一方、新酒というのはこれに更に加工して燗をして飲めるものに直したのよりも遥かに強いから一口二口飲むうちにどれがどれよりも甘いも辛いもなくなってただ自分が手に持っている湯呑みの酒が甘露に思えて来る。そんなことで湯呑みの二、三杯分は飲んだ。

これを何合何勺と計算してどの位になるものか解らないがその時飲んだだけでも利き酒とは別な意味で利いていて、それから暫くはその工場で立っているのがやっとだった。所がそれですまなかった。そこの見学がすむと今度は車に乗せられて更にどこかに案内されることになった。つまり神戸の賑かな所に一席設けてあったので着くとそこでは古酒が出た。もし日本酒のことをよく知っていると誤解されるのを承知で更に説明するならば利き酒に使う新酒は出来立てのものでまだ中の酵母が生きているから貯蔵に向かず、これを殺菌して更に熟させる為に早春に出来たのに夏を越させたのが所謂、秋映えの酒でこれを人肌に燗をしたのが最も酒らしい酒であってこうして新酒が出来る頃に飲む前の年の酒が古酒である。それだからその神戸の賑かな所で出たのは僅かに燗がしてある点でも体を損わなくて口当りも更に柔い前の年に作って取ってあったこの古酒だった。又それまでには利き酒の酔いも少しは覚めていた。

併しここに献酬ということがある。これは説明の必要がないことであるが、その時はこっちが一人であるのに対して主催者が十何人、或は少くともそのように見えた。その上にそのどれもが醸造中は刻々に変る酒の味を調べる為に出社すればお茶の代りに茶椀酒を毎日飲んでいる剛のものばかりで返盃が間に合わないでいるうちにこっちの席の前に気が付いて見ると盃が幾つか数えられない位並んでいた。実はもし数えたりすればその途端に酔いが一時に発するのが恐かったのである。その時の気持は今でも覚えている。それは関東から出て来て如何に相手が剛のもの揃いであっても又数の上では多勢に無勢であってもここでもし酔い潰れれば関東の負けになるということに尽きた。事実後にも先にも関東男児という言葉が少しでもの意味を持って頭に浮んだのはその時だけである。そういう言葉が本当にあるのかどうかも解らないことに今になって気が付いた。併しその時は真剣だった。

それが相手は菊正宗のお歴々でただ遠い所から来たものをもてなそうという好意からそうしたお座敷になったのであるからこれも今から思えばこっちが笑止千万の肩の怒らせ方をしていたのであることになる。併し自分の前に並んだ盃は兎に角乾して返さなければならなくて酔い潰れるのはやはりいやだった。そしてその頃から漸く菊正宗の本社に着いた時から言わば自分の頭に次第に大きな部分を占めて来ていたのが木暮さんであることが自分でも解るようになった。それが貫禄というものだったのでも人徳だったのでも要するに木暮さんという人間から直接に受ける印象がそういう働きをしたのだと考える他ない。つまり、その神戸の料理屋でも木暮さんを相手に仕立てて負けてなるものかと思っていたことになる。併しそれはそうであっても自分の前には盃が並んでいてその一つを乾して返すと又誰かの盃がそれに代った。それでも性懲りもなくそれを辞退しないでいたのはこっちもまだ若かったのだと思う他ない。

その次に気が付いたのは木暮さんが上衣を脱いで机の向うで寝てしまっていることだった。木暮さんはその体付きから言っても円い感じがする人である。その円い仮想敵が向うで眠っているのが眼に入った。そういう時に我々は人生というものの予測を無意味にする性格を見る思いをするのだろうが木暮さんの寝姿を眺めて感じたのが安心だったのか或はもっと何か複雑なものだったのか今でも正確には解っていない。兎に角木暮さんの方は同僚とともにその店にこっちを呼んで飲ませるということをしていただけなので関東男児も神戸の人間もあったものでなかったに違いない。或はそこにはもっと自然なものがあったと言った方が当っていて、それでそういう別に四角張ったものでない席ならば李白でなくても眠くなればその場で横になって構わない訳である。そのことが解ってこっちは恥しくなったとも言えない。これでもう終りだと思う状態に置かれていてそれがそんなものでも何でもないと判明した時に恥じるも深く反省するもない筈である。又拍子抜けがするということもなくて拍子はそれまでの緊張が取ってくれて一つだけ確かなのは小柄な木暮さんが或る大きなものに感じられたことである。

それからは毎年の二月に丁度その年の新酒が出来る頃に灘に行くようになった。もう見学の口実も設けなくて木暮さんの所にただ行きますと書いて送ると来いということになって行くので今でも神戸に寄る機会がある毎にそうするのであるが見学はしなくても工場を覗くことは欠かさなくてそこで木暮さんの他に杜氏の畑栄一氏が立ち会って下さって新酒を験すのでなくて飲む。もう木暮さんの方も諦めたのか利き酒ということはしなくて工場の七十石入りのタンクに囲まれた一角に新酒が素人の眼から見れば蛇口のようなものから流れて出て来るのをこれは初めの時と同じ紺の蛇の目が底に染め付けてある茶椀で飲み、それから暫くは頭がぼんやりしている。又それだけで人を帰す木暮さんでもなくて新酒のように派手な味がしなくても酒としてはもっと酒らしい古酒が出る場所に連れて行かれるのも最初に菊正宗の本社を訪ねた時と変りはない。ただ少しばかりそれから年月がたっている。

又木暮さん、そして又菊正宗の幹部の方々に一つにはその年の酒を作る工程が一応は終ったことから生じる余裕があってのことではないかとこっちは勝手に考えているのであるが、そういう新酒の後で古酒を飲む場所にいつも何かの意味で趣向が凝してあって或る時はその昔、博奕打ちの隠れ家でその目的で建てられた建物が料理屋になっているのに連れて行かれて誰にも知れずに博奕が打てたという秘密の部屋だったもので飲んだ。併し今でも忘れられないのはその飲む場所が菊正宗の工場の一方に保存されている江戸時代からの作業場の二階だった時のことである。今日の作り酒屋の工場はライオン歯磨きでもポリエステル樹脂でも何でも出来そうな設備に見えるが昔のそういう作業場はそれに使ってある材木の規模だけから言ってもポリエステル工場の二つや三つの建築費を掛けても建てられそうにもない。それは館であるよりも寧ろ城の感じがして何か酒作りの工程に必要な条件から頭のずっと上の天井は凡て葦を張ったものでどの位あるか解らない太さの棟木がこれを区切り、その下で燭台の明りで我々は飲んだ。それはどこかから鼓の音が聞えて来ても可笑しくないような宴会だった。

そこで昔は酒を作ったのである。木暮さんから聞いた話に大学で醸造の方をやって菊正宗に入ると先ず学校で習ったことは全部忘れろと言われたそうである。それに就て大学で何とか文学をやったものがそれで文章が書ける積りでいる場合を思い合せるならば木暮さんが言われたことの意味が明確になる。これは知識よりも経験というような幼稚な話ではない。その知識と経験は実際には区別出来ないものなので経験を積んでそれが知識の別名であることを覚るに至るということをすることがまだ出来ないでいる時期に学校で示されるのが他人がそうして得た知識であり、それが自分の知識にもなる為には先ずそれを忘れて自分で知識を得るということを白紙の状態に戻って初めからやり直さなければならなくて自分でそうして得た知識があって始めて学校で習った他人の知識も生きて来る。その他人の知識の幾分かは既に学校で教えられているから改めて教えられる必要がない点で確かに学校というものを知る上で多少の手間は省いてくれる。併し木暮さんが先輩の言に従ってそういう学校の知識を忘れることから始めたことはその口振りから明かだった。

この菊正宗の単に倉と呼ばれたように覚えている作業場はその岩乗な普請でそこで酒を作るということがそう遠くない時代まで行われていたことを動かせない事実に感じさせた。その酒を作るということが醸造家にとっての目的であることも動かせなくて木暮さんのようにそうした一つの確乎たる目的を達することで年月を重ねて来た人間は美しい。その時に眼に映る山河もそれだけその輪廓が鮮明であるのに違いなくて木暮さんはよく六甲降しということを言うが神戸の六甲山から吹き降す寒風に酒の出来に就ての期待を掛けるものは六甲という山のその姿も見逃さない筈である。こういう場合に一事が万事ということが意味を持つ。もし一つの山を正確に眺めることが出来るならば一つの事件もそのままの形で受け留められるのでなければならなくて山を眺めたり酒を作ったりするのが人生の上でのことと違うというのならば醸造の機微も結局は無形のものであってそういうものと取り組むのが人生の機微を知ることなのであり、それ以外の意味では人生も機微も単にそうした言葉に過ぎなくなる。又その辺の事情に即して我々に達人という言葉を正当に使うことが許されるので達人でなくて一芸に秀でるということはあり得ない。

もう何年も前に菊正宗の創業三百五十周年の記念祭があって東京でそれが催された時に木暮さんの縁故で呼ばれて行ったことがある。その場所が東京のどこだったか今になっては思い出すことが出来ないがこの記念祭の性質から言って大変なものだったことは覚えていて広い芝生が人で埋っている感じだった。木暮さんも礼装に勲章を付けて出席していた。併しこういう行事というのはそれを主催する方もそこへ呼ばれるものもそうしなければならないからするもので如何に上等な酒が用意されていても又親しい友達に会ってもそこでは親しい友達と飲んだことにならない。その記念祭は午後にあって終った頃もまだ日は高かった。それで終ってから礼装のままの木暮さんを引っ張って銀座に飲みに行った。最初がその頃東京に出て来たばかりの京都の懐石料理の店だったのではないかと思う。別に木暮さんに関西料理が御馳走したかったのではなくてその店が菊正宗の樽酒を置いていたからである。それからどこへ行ったかその辺のことに就ては記憶が途切れている。

併し兎に角その晩は麴町にあるこっちが懇意な旅館に落ち着くことになった。尤もその落ち着くというのがこの場合当っているかどうか解らなくてこっちの考えでは更に何軒も廻るよりはその旅館で飲みたいだけ飲み、後は東京のどこかで一晩過さなければならない木暮さんをそこに泊めて帰る積りでいた。所が下に行って酒を頼んだり何かして戻って来ると木暮さんが床柱を背に両足を投げ出して既に熟睡していた。その菊正宗の記念祭は神戸でもあった筈で木暮さんは幹部の一人でもあり、殊にその東京での一日の後では疲れ切っていたに違いない。併しそれだから畳に坐った途端に眠ってしまうというのは誰でもがすることではなくてこれはしないのか、それとも出来ないのか。例えばもし変な具合に頭を使っていれば気が立ち、又連れのものに対して意地を張っていれば悪酔いしてでも眼を覚している。その礼装した木暮さんが眠っているのを前にしてこの時は何の詮索をする必要もなくてただ見事だと思った。これは酒をそこまで馴致した人間でなければ出来ないことである。併し馴致したのは酒だけだろうか。その晩は木暮さんが行方不明になったというので一緒に東京に来た菊正宗の人達が一時は騒いだということを後になって聞いた。木暮さんは一寝入りしてから電話でも掛ける積りでいたのがそのまま朝まで寝ていたらしい。

そういう木暮さんだからこっちのことで妙なことに就て心配する。いつだったか又神戸に行ってその時は河上さんの他に何人かの人達が一緒で殊にその頃はどうかすると前後不覚に酔う癖が付いていた為にその晩そんなことがあってはならないと思い、皆と泊っていた所に戻るまで酔わないと宣言して兎に角それを実行することが出来た。そういう飲み方をするのが木暮さんは気になったようで東京に戻ると体の調子が悪いのではないかという意味の手紙が木暮さんから届いた。木暮さんにして見れば酔うとか酔わないとか自分で決めて酒を飲むのは不自然だということになるのに違いなくて前後不覚になったりしてはならない時に飲めば酒の方で加減してくれてそういうことにならないですむのではないかと思う。そしてなっても構わない時にそうなればそれもいい訳である。これはここでこのように書く程簡単なことではない。そこには先ず何よりも酒との親密な関係がなければならなくてこれは我々と我々が吸う空気の間にもそれに似た関係があるという意味でなのである。それを指して酒を馴致すると書いた。併しこれは自棄酒を封じ、その他にもこのことが封じる酒の飲み方は幾らでも考えられる。その凡てが酒を飲むということに逆うことであるから止めて酒と律義に、或は対等に、或は自然に付き合える所まで自分を持って行くのにどの位の年数が掛るものなのか木暮さんに聞いたことがないが、もし聞けばそれが愚問になるのは酒と自然に付き合えるのは自分と自然に付き合えることであり、その為には幾ら年数を掛けても構わない筈だからである。

併しそれにしても飲むというのは思うように行かないものである。その辺のことを簡単に雑念さえなければと言っても雑念は何からでも生じ、ただ例えば仕事が旨く行かなくてそれが暫く忘れていたくて飲むことを考えるのも雑念に他ならない。凡て酒を手段と見做す頭の働きは雑念である。そしてその点に就て木暮さんが我々のようにただ飲む一方のものに対して一日の長があると思ってはならないので確かに木暮さんにとっては酒が手段でなくて目的であるが、それが目的である時に酒は雑念を滅するどころではなくてその源泉にさえなり兼ねなくて酒の出来、不出来に一切を賭けていれば酒は他の人間にとってのその仕事と同じことになり、それが不出来である時にこれを飲むというのは先ず覚悟を要することであってそれが覚悟という程のものでなくなって始めて雑念が払われる。もし酒というものを熟知していればそれも出来るに違いない。それは自分が全力を傾けて作っている酒でありながらそれがただそこにあるものになるということである。

これも随分前のことであるが木暮さんに銀座のまだ木造だった頃のよし田で会ったことがある。何でも大蔵省で毎年やる酒の審査の為に東京に出て来たということでその話にこの法によって定められた利き酒をやっていると何百種類もの酒を口に含んでいるうちにそれだけで酒が水分を吸収して口の中がからからになるということだった。それは自分も作っている酒だからそういうことが出来るのだろうと思う。そこに働くのは愛情とか非情とかいうものを越えてもっと徹底して温くて又峻厳なものに違いなくて、そうした意味ありげな言葉を更に引き離して木暮さんにとってはただ酒を口に含んでその品質を験しているだけのことなのである。それ故に口がからからにもなるだろうと思われてこれは水の境地であり、一体に酒が上等であればある程水に近いものになることに照応している。併し凡て酒というものが水も同様になった境地というのがどんなものかは考えて見るに価する。それは世界が一人の人間にとってただ世界である以外の何ものでもなくなるのと似ているのではないだろうか。寧ろそれは似ているのでなくて同じことなのである。又そこまで来れば他に幾らでもそれと同じことが思い浮べられる。

例えば酒仙という言葉がある。これは一種の仙人であるらしくてその限りでは岩屋とか長い杖とか白い髪とかが想像される。併しこれはその通りにそうした架空のものであるが酒仙は実在し、それは酒を通して仙境、或は酒が水と同じである境地に達した人間であってただそれだけのことであるから極く普通の人間の様子をし、又事実それはどこにでもいるような普通の人間である。仮に仙境と引き換えにでも我々は人間であるのを止めることを望みはしない。併しこういう酒仙に就ても言えることはそれが所謂、普通の人間よりも遥かに普通の感じがしてこれと比べれば多くの普通の人間が百鬼夜行の相を呈するということである。木暮さんにどこかで出会った所で別にどうということはない。尤もそれは一目見ただけ位ではで会っているうちに木暮さんという人間がそこにいることがいや応なしに明かになる。それは恐くもなければ特別に親み易い訳でもない一人の人間であって親みの方はこれが人間というものの名に掛けて人間であることが紛れもないことに掛っている。

一緒に飲んでいて木暮さんはどうかすると杜氏の歌というものを歌ってくれる。これは滅多にないことであるが一度聞けば少くともその大体の感じはもう忘れるものではない。一口に言えばそれは冬の寒さが歌になったようなものだろうか。或はもっと言葉数を費して蘇東坡が赤壁かどこかで聞いたその水中の蛟竜を舞わせるとか孤舟の嫠婦《りふ》を泣かせるとかした曲を思わせるものとでも言えば更に適切かも知れない。それはもの悲しいということではなくて聞き方によっては勇壮でもあり、勇壮なものが涙を誘うこともあるのはあの天徳寺何とかいう戦国時の武将を泣かせた平家琵琶だけではない。その杜氏の歌を歌いながら冬の夜寒に昔は酒造の作業が続けられたのだそうである。併しここで今は違うと早合点してはならない。昔はこの歌が時計の役目もして工程の進捗が歌がどこまで来たかで測られた。その代りに今日では時計の他に幾らでも複雑な計器が用いられているということはそれで酒を作る仕事そのものが少しでも違ったものになったことにならない。もし違えばそれで我々が飲む酒が酒でなくなることを銘記すべきである。

　技術の向上ということはあるに決っている。併しそれは酒がこれを人間が発明、或は発見して以来の酒というものであることを更に確実にする為である他なくてこれが一般に技術というもの、又今日では科学の大部分を領するに至った技術的な知識というものの意味である。その目的は人間に人間であることを得させることにあり、この限界を越えた所で技術は遊びになる。従って酒造の技術もその基本をなすものは技術によって装置やその使用法がどれだけ変ったのであっても今日でもやはり杜氏の歌、又そこに窺える杜氏の苦心や経験である。その歌はそれならば酒が歌うものであり、それを木暮さんが歌うのを聞いていて何とも異様に冴えたものを感じる理由もそこにあるに違いない。その時に木暮さんは木暮さんでなくて酒になり、それが歌う歌が我々の耳を通して喉を潤してくれる。もしそこに哀愁もあるならばそれは宴果ててての哀愁でなければならない。

　併し我々が飲む酒に変りはなくてそれを作る場所は確かに変った。以前は所謂、灘五郷の辺まで来ると方々に立つ煙突に書いてある酒の名前を見なくてもそこの一帯に漂う酒の香りでどこに来ているか解ったが、それが今は消えた。この間行った時にはそれが工場の中からも消えていて普通の何か作っている工場と区別が一層付け難くなっていた。又それまではセメントで固めた四角い池のような溜めに新酒がタンクから注ぎ込まれてそれを柄杓で汲んで茶椀に移して飲んだものだったがその溜めがなくなってどこからか汲まれて来た酒が既に茶椀に注いで用意してあった。これは殺菌とか何かそういうことの関係でそうなったのに違いなくても酒の香りが漂わない工場に入った時はそれが酒を作る場所であることを確める為に前通りに林立しているタンクを見なければならなかった。併しそこで我々を迎えてくれたのは杜氏の畑氏で新酒の味は一年振りで新酒というものを思い出させてくれた。

　こうして酒というこの何千年前から人間に親まれて来たか解らないものを作って歳月を過して来た人間というものを考えて見るといい。木暮さんもその一人である。その経歴は若年のものが想像も及ばない変化に富むものであるのに違いなくてその変化の大半は酒造の歴史の変遷に伴うものだったと考えられる。木暮さんならば菊正宗の工場の一角に保存されている倉で実際に酒が作られた時代を自分の経験から覚えているのかも知れない。少くとも酒が金属製のタンクでなくて吉野杉の巨大な桶で作られたのはそう昔のことではない。その頃の酒はその杉の匂いが強かった。又米穀統制令の施行ということがあって米を節約する為に原料に何割かの生の酒精を加えて酒を作らなければならない時代が長い間続いた。その酒精の匂いを消すことにその当時は技術が集中されていたようである。そうする為の苦心とか装置の考案とか、その方面から見るならば木暮さんにとって酒を作る仕事が二年と続いて同じだったことはないかも知れない。そして作られるのはいつも酒だった。或る一つの恒久的なことが確保される為にはそれだけ多くの変化が必要なのだと思われる。例えばそれが人間の世界に酒があるということでそうするとこれは人生というものに酷似して来る。我々が生きて死に、ただそれだけのことをする為に我々がどれ程の変化を経験するか解らない。木暮さんの達人の風貌はやはりその一部がその仕事から来ている。

若い人達

戦前にものを書き始めた頃は誰もがこっちよりも年上でその為に窮屈な思いをすることもあったことに就ては既に書いた。その状態が実は戦後まで続いたのであるが、それが終戦を境に急に変って来たことを今になっては認めざるを得ない。この頃付き合っている人達の半分がこっちよりも年下だろうか。それで窮屈でなくなったと必ずしも言えもしなければ又それまで年上の人とばかりの付き合いに窮屈な思いのし通しだった訳でもない。これは常識で解ることで兎に角戦後になって年下の友達が出来た。これはこの交遊録で取り上げる順序を決めるのに重宝であって更にその戦後というのが最近までは混乱の同義語だったのであるから誰に誰よりも先に会ったというようなことが記憶にある訳もなくてここでそういう若い人達を一括して扱おうと思う。それも先ず殆ど頭に浮ぶままにである。こうした交遊録をこれから後二度と書くことはないという気がする。それならば戦後になって知ったそういう友達の名前だけでもここに記念に留めて置きたい。

併しその中でもやはり最初に会ったのが前に一度触れた水野多津子さんだったように思う。その際にも書いた通りに水野さんはその頃「甘辛」という雑誌を編輯していた。この雑誌にこっちが書くようになったのが漸くそれまで知らなかった人と付き合うだけの余裕が出来て来た時代なので若い人達の中で最初に会ったのが水野さんだったと思うのであるが確かなことはこれが編輯者というものの中で年下では最初に友達になった人だということである。併し編輯ということを言うならばこの「甘辛」という月刊雑誌にも触れて置かなければならない。恐らく今この雑誌を見るものがあったならばその外観から特別にどうという印象も受けないに違いないが当時はその外観からしてが目を惹いた。この新書判の縦を横にした型と大きさの今ならば食べものの類のものを中心に編輯した雑誌が先ず例外なしに取っている形式は水野さんが考案したもので「甘辛」は食べもののことばかり扱う雑誌だった。又その頃は食べものの記事だけの雑誌も他になかった。要するにこの全くの新機軸に魅せられてこっちもそこに書くことになったようである。

この雑誌に就てはこれだけですまないのであるが今書いているのは交遊録である。その後にこの月刊の「甘辛」はなくなってそれでも水野さんとは付き合うのを続けている。この雑誌は阪神間の料理屋、菓子屋その他が共同出資で出していたものでいつか水野さんは東京から大阪に戻ると駅が見えて来るだけでほっとすると言ったことがある。これは大阪が水野さんの縄張りだからということでなくて大阪が町として広告塔のネオンの色調に就てまで規則を設ける町らしい町であることを指し、そのことがあってこっちも年に少くとも一度は神戸から大阪を廻って来ないと気がすまない。そして大阪で会うのが楽みである相手の一人が水野さんでこれは大阪という町が人の心を惹くのと同じ具合に水野さんが人間らしい行き届いた人間だからということになるだろうか。ここでどうして女らしい女と言う必要があるのか解らない、その女らしいだの男らしいだのというのは今日の日本風に男女の別に縛られての妄想である。

水野さんは今でも「甘辛」の後身である季刊の「甘辛春秋」の仕事に携っていてこれが既に示したような有能な編輯者であるということから次に自然に頭に浮ぶのが新潮社の新田敞さんである。新田さんに最初に会ったのも水野さんと同じ頃でただ新潮社と繋りが出来たのが甘辛社よりも後だった気がする。新潮社の為に何か翻訳を始める前に「甘辛」に書いていた記憶があるからで兎に角その当時は新田さんも新潮社に入ってまだ何年とたっていなかった。もし水野さんが最初に親しくなった年下の女ならば或る意味で新田さんは同じく最初に知った潑剌たる青年だった。これはその時受けた印象から言っているので何も新田さんが若さに酔うという風なこの頃の俗説が若さというものに就ても用意している女らしい女に劣らず不得要領な型に当て嵌る種類のことを感じさせたというのではない。こっちの経験からすれば若いのが嬉しくて仕方がないような人間に陸なのはいない。新田さんも別に何を謳歌していたのでもないのだろうがその仕事に対する打ち込み方に若いうちに自分に合った仕事を見付けることが出来たものの清新な態度を感じた。

それで主として新田さんがいるということで新潮社の為に仕事をすることになった。ここで潑剌と書いたが新田さんが仕事のことでこっちに向って来る髪を振り乱してとも思い詰めたとも言える様子には気圧されることがあった。その頃も新田さんは出版部にいた。併し戦前からの縁が切れていた「新潮」に又書くようにしたのも新田さんでそれが後でその原稿を出版部から本の形で出す為だったことは言うまでもない。こうして「東西文学論」を書いた。そういう古い仕事にここで触れるのはこの頃になってこの本のことを時々聞くことがあるからでそれを書くことになった直接の原因は新田さんである。それから何だかもう覚えていないが幾冊もの本が新潮社から出た。そういう状況では本を出すのが楽しいもので本のことで会う用事がない時にはただ一緒に飲んだ。従ってこっちがその頃行っていて多くは今も行っている飲み屋、料理屋の大部分は新田さんも知っている筈である。

又それだけに新潮社が週刊誌を出すことになって新田さんがその編輯部に引き抜かれた時はがっかりした。この仕事が失敗に終ることも望めなければそれに忙殺されている新田さんとただ時を過しに会うことも考えられなくて単に傍観している他なくなり、その間は新潮社とも再び縁が切れた。どうも文芸出版というのはこうした関係でやって行く以外にないもののようで相手が一つの出版社全体という風なことでは仕事をする気が起らない。

これは結局は文章は知己の為に書くものだということになるのだろうと思う。そうした知己がなくても書く時には自分のうちに自分の分身である一人の抽象的な読者を設定するのであるが、それならば締め切りを守る必要も相手の注文と自分の考えが折り合う点を探すこともない。又それでも締め切りも注文もあって相手の気心が知れないならば、それから先は場合によって違うことになるのであっても金に困っていない限りそんな仕事は断るのに限る。

新田さんがいつ出版部に戻って来たか覚えていない。これで又付き合えるようになったと喜んだことしか記憶になくて戻って来たのは週刊誌の方のことが軌道に乗ったからなのだったと思う。一つ確かなのはそれで又外国から帰って来る時にはその日取りその他を打ち合せて置いて新田さんに羽田まで迎えに来て貰うようになったことでこれには多少の説明が必要になる。或はただ外国からの帰りは先ず例外なしに無一文になっていて羽田に降りて直ぐ飲めないのが如何にも味気ないものだと言えば解ることで新田さんが来てくれていれば誘ってそこの酒場に行く。或は正確には御馳走になりに誘うのでこういう時の新田さんの頼もしさがそのまま仕事の上での信用の問題に繫り、ここで友達と言える編輯者がいない出版社は空き家に等しいことをもう一度繰り返して置きたい。

これは編輯者の心得のようなものを書いているのでない。併し編輯者も人間でなければならなくて従って人間であることにとって必要なことが編輯者に欠けていていい訳がないならば新田さんのことを書くのが編輯者の一つのあるべき姿を描くことになるのは止むを得ない。例えば新田さんは人間ならば興味を持つ筈の大概のことに興味を持っている。その筆頭に食べもの、飲みもののことを挙げるのは当然であって口腹の慾を満すことを求めない人間は若いのはいいことであると思っている青年と変ることがない。その飲みもの、食べものは精神の面での倫理の感覚とともに人間の基本をなしている。それで新田さんと親しくなった頃に一番多く行ったのも烏森の食傷新道にあった直さんという今は死んでから久しい若い鮨屋の主人の店だった。この直さんと言うのももう少し付き合うことが出来たならばこの交遊録で扱うことになった人の一人である。併し惜しいことにシベリアに抑留中に掛った日本では名も知られていない病気が再発して急死し、その鮨も酒も今は主に新田さんとの昔語りになっている。

今気が付いたか思い出したことであるが、この頃は好みとか好物とかいうことの代りに趣味と言う。それで食べものに興味、或は執着を持つというこの極めて自然な人間の行為まで趣味であって少くとも水野さんが「甘辛」を編輯していた頃まで食べものは趣味でなかった。それが当り前であるが今はそれが当り前でない。そうすると新田さんが他のことに対しても持っている興味に就て書いてもそれがそういう趣味になり、この例えば三度のものを食べることをお食事と称する趣味が嵩じる所新田さんが趣味人というものにもなり兼ねなくてそれではここで書いているようなことも無意味になるからもう止める。新田さんはそういう秋刀魚は目黒のものしか食べなくてネクタイはCharvetのしか締めないような人間ではない。併しもう一つだけ誤解の危険を冒してそのことに付け加えるならばネクタイは女房が買って来たのを締めて秋刀魚は冷凍ので少しも構わない人間というものをここで想像して見るといい。

新田さんもこの頃は出版部で上の方になって用事で会うことは滅多になくなった。それで互に暇を作って会うことにしていてこのことの有無に付き合いというものの成否が掛っているように思う。例えば仕事の上で会っているうちに友達になるというのはよくあることで新田さんとの場合もそうだった。併し仕事の上では友達でもそれ以外の時は他人だということはない筈で本当に友達ならば仕事の方のことはなるべく早く片付けるか、或は寧ろそれが全然ないことを望むのが人情である。それをここで言うのはこの仕事の上での友達の観念が案外行われているようだからでこれは人間にとって仕事が第一であるという風に取れる限りでは頷けそうな気がしなくもないがそれならば仕事というのは人間一人一人のものであり、これに対して皆で一緒に出来るのは労働に過ぎない。それが仕事になる時に我々銘々がそれに対して各人各様に責任を持ち、その責任を友達の形で分け合うというのは友達の定義に反している。

併し新田さんが編輯者であることから聯想の働きで次には青土社の清水康雄さんが取り上げたくなる。この青土社は清水さんが自分で始めた出版社で「ユリイカ」その他の雑誌も現にそこから出ている。併しその前は河出書房にいてそこでの仕事のことで初めは会っていたのだからこれもそういうことがきっかけになって友達になった人の一人である。ただこれは明かに新田さんよりもずっと後のことで新田さんに会ったのがこっちがまだ鎌倉に仮住いしていた時代だったのに対して清水さんを知った頃はもう東京に戻っていた。清水さんから最初に受けた印象は如何にももの悲しげな感じがする人だということだった。尤もこれはその性格と大して関係がないことであるのがそのうちに解って長い睫や眠そうな眼というのはその人間の性格如何に拘らずそういう印象を与える働きをすることがある。併し清水さんが大学で哲学をやったという話を聞いたこともあってその勉強から清水さんが得たのがどういう性質のものであるか、そのような詮索をすることは人と友達になるのに必要でない。

やはり清水さんに最初に惹かれたのもその仕事に対する態度の為だった。それで文芸出版の編輯者というもののことに又戻ることになるのであるが、これまでにも新田さんに就て熱心という風なことを挙げたのであってもただ熱心であるだけでどういう仕事も出来るものではない。ここで人間がする仕事の種類に貴賤があるというようなことを考える必要はなくてそういうものはないと言い切った方が寧ろ真実を語ることになる。併しその種類によって人間の注意が行く方向が違うということはあって文芸出版の場合は文章を書くものと全く同じ具合に何よりも言葉の感覚が発達していなければ満足な仕事は出来ない。それならば編輯や出版をやる代りに書く方に廻ったらばどうかと思うものがもしあるならばその人間は言葉を知ることがどれ程多くの種類の仕事に必要であるかということに気付かずに聾唖の状態でその日その日を過しているのである。例えばその種類の一つに政治があり、凡て学問の名に価するものは言葉を知ることから始る。

併しその言葉は人間の基本に繋る精神の産物とでも呼ぶ他ないものであって言葉にそのようなその本来の形で親むことをいやでも強いられるのが文章を書く仕事、又何かの方法で文章を公にする仕事であり、この点が共通であることから文士と編輯者はどっちも言葉がその本来の形をしている時に人間に及ぼす作用にさらされることになる。それはその仕事の性質が同じであるのでなくてもそれぞれの仕事の性質が人間である上で生じる結果が同じなのでそれが人間の基本に即してのことなのであるから文士に劣らず編輯者も人間であることに掛けて欠けていてその仕事を続けて行くことは難しい。そこに優秀な編輯者というものの魅力を保証するものがある。例えば水野多津子さんと新田さんと清水さんと並べてこれ程違った三人の人間がそうどこにもいないことは付き合って見れば解る。併しこの三人をそのようにそれぞれ明確に違った個性の持主に仕立て上げたことにその三人が何れも文芸出版の編輯で実績を挙げて来たことが直接に与っていないとは思えない。又それと同じことが他のそういう友達、例えば「文芸」の寺田博さん、「すばる」の安引宏さん、又安引さんと同じ集英社の鈴木啓介さんその他に就ても言える。それはこっちが編輯者に恵まれているということになるのかも知れない。併しそのようなことを遥かに越えてこれは友達に恵まれているということなのである。

年下の友達が編輯者ばかりでないのは年上のが文士に限られていないのと同じである。前に木暮保五郎さんを銀座にある京都の懐石料理の店に連れて行ったと書いたが、これが辻留で辻留の雛さんはこっちが鎌倉から東京に戻って来て何年かたって辻留が始めて東京駅の大丸の地下室に店を出した時に知った。この雛さんは通称で正式には辻義一さんであってても通称で呼び馴れているのでここでも雛さんと書く。その由来は辻留の店が三代続いていて初代が大留、次代が小留、三代目が雛留だから雛さんである。その大丸の地下室に開店した時から酒も料理も旨いのでよく行っていてそのうちに銀座のみゆき通りに文芸春秋の新社屋が出来て辻留の店もその一部に移って来た。そこは場所がよくて下が文芸春秋であるのみならず地下室にその頃文春クラブと呼ばれた文芸春秋関係の人達のクラブがあったから先ず文芸春秋で金を前借りして下のクラブに行って飲み、それから三階の辻留に行って本式に飲むというようなことをするのに重宝だった。

雛さんが我々文士と付き合い出したのはそういうこともきっかけになったのだと思う。又一つにはそこに関西と関東での料理屋の主人というものの考え方の違いもあるらしくて関東の場合は客との交渉が多くはおかみさんに任せられているのに対して関西で本当にいい料理屋は出張して料理するのが商売の大きな部分を占めているということもあって主人が料理するだけでなくて客ともっと立ち入って付き合うのが普通のようである。それは冠婚葬祭のことにまで及び、その方面のことは兎も角雛さんが暇な時には河上さんや石川さんの他に雛さんともよく飲むことになって今日に及んでいる。キインさんにも引き合せた。それでこっちが料理屋の主人というものに対して持っていた考えが変ったことも事実でそれまでこの種類の人間が料理屋では城の本丸に相当するに違いないそこの台所に立て籠っているか、でなければ一切をおかみさんに任せて旦那然と粋な所を遊び歩いているものと思っていたのにここに雛さんというものが現れて我々が行く所はどこにでも付いて来るのみならず料理屋の主人と客という間柄を離れて仲間の一人として口が利けることが解った。例えば前のはち巻岡田の親爺さんとそういうことをするというのは今でも考えられないことである。

尤もこれは雛さんが仕事に不熱心だということではない。もしそうならば初めから誰も辻留に行きはしなかった筈で人間とその仕事を切り離して考えることが出来ないならばまだその人間に何かが不足しているのであると同時に自分の仕事が一人前に出来ない人間はそれが出来るようになるまでは話にならない。それに雛さんに就てはこういうことがある。まだ辻留がその銀座の文芸春秋に間借りしていた頃、何かの拍子でそこの台所を覗いたことがあってその時火に掛っている鍋を睨んでいた雛さんの眼付きは酔っているものに寒気を覚えさせるものがあった。尤も雛さんが今でもまだあのような顔をすることがあるかどうか解らない。今でもまだ雛さんは若くてもあの気合いは若いものが成熟する途上にある時の特徴でその限りでは未熟を示すと考えられる。その証拠に雛さんがこの頃作るものの方がその頃のよりもずっと旨くて今のそういう料理はそれを誰が作ったのか忘れさせることがあり、これはただ事実を言っているので夢殿の観音に阿《おもね》っているのではない。

併し雛さんの技術そのものに就て何もこっちが知らないのは雛さんが文章はどうやって書くかというような失礼なことをこっちに聞かないのと同じである。一体に料理は食べればいいので本は読めるのであるならばそれで充分でなければならない。従って料理のことは雛さんの専門であって付き合いのことになれば又別である。雛さんとの付き合いも既に随分長くてその間に雛さんは確かに成長した感じがする。東京に出て来たのが今からどの位前になるのかもう記憶にないが雛さんにとってそれが始めてのことだったのではないかと思われて東京と京都の気風の上での違いからしても我々と付き合うことだけでなくて凡てに掛けてまごつくことも又その為に虚勢を張るということも相当あったと想像される。それで自棄を起している感じがしたことも一時はあった。その種類のことがどういう形を取ろうとそこを切り抜けなければ一人前の人間になれない。そして切り抜けた後はその証拠にそれを忘れてそういうことをいつしたかという顔になる。雛さんは今そういう顔をしている。

そういう雛さんだから一緒に旅行をするのにもこれ程気持がいい相手は珍しい。それが他に全くない訳でないことは河上さんのことを書いた箇所でも触れて置いた積りであるが雛さんとも旅先で飲んでいて酒が旨くなる。その酒がもともと旨ければなお更で雛さんはそういう酒や食べものが出て来て眼の色を変えるような未熟な専門家で既になくてただもっと欲しがる。石川県の金沢から大分山に入った所に旨い山菜料理を食べさせる店があって気が付いて見ると一緒にその方面に旅行する時に組む日程でその店に行くことになっている日だけは雛さんが忙しい時でも東京から出て来ることにしているようで、それがこの間行った際にその日だけ雛さんが何かの用事で東京が離れられなかったのは気の毒だった。勿論そして雛さんが喜ぶものが日本料理に限られてはいない。いつか丸谷才一さんが如何にも旨そうに書いている支那料理の店がどこか有楽町にあるということなのでそこに行って見ることにした時も雛さんが付いて来た。又神戸で一緒の時は必ず行くイタリイ料理の店もある。

それで旅行する際の連れということから次には能楽の観世栄夫さんのことになる。観世さんにいつ最初に会ったのかも今は全く記憶になくて、ただこれも雛さんの友達の一人であるからそういう関係でだったかと思われる。兎に角観世さんを知るようになって間もない頃に河上さんと観世さんと雛さんの四人で既に触れた石川県の金沢に旅行することになった。そしてこれは自分のことを棚に上げて言えばその大分前に河上さんと福原さんとその頃は健在でこの間お亡くなりになったばかりの文芸春秋の池島信平氏と四人で戦後始めて英国に行った時以来の組み合せだと思った位気持がよかった旅行でそれからも何度かこれを繰り返しているのであるが、そのことで何か擽《くすぐ》ったい感じがする話を金沢で聞いたことがある。それによると昔は一国一城の主とか大店の旦那とかいうのは必ずどこかへ旅をする時に能役者と板前を連れて行ったものだそうでその能役者と板前にそう言えば観世さんと雛さんが相当することになる。勿論雛さんが旅先で我々の為に料理をしてくれるようなことはない。併し或る時どこか金沢の料理屋の座敷で観世さんが背広の上衣を脱いだだけで景清を舞ったことがある。そしてそれが能舞台で衣裳を着けて舞う景清になったのに目が覚める思いをした。お能というのは戦後に見たことがなくて観世さんが今の能楽界でどういう位置を占めているのかも知らない。併し観世さんのように由緒ある能楽の家に生れてその正規の訓練を受けた人間は自分が後にどういう道に進むことを選ぼうとその際に支えになるものを先取りしていることになる。

若い人達のことを一括して書くことにしたのは無謀だったかも知れなくてこれで年下の友達が尽きた訳ではない。例えば毎日新聞社の吉野正弘さんがいる。吉野さんと会ったのは毎日新聞の社会部が何かのことで強引にこっちの話を欲しがっていて止むを得ずにそのことを承諾した時にそれを取りに来る役に当ったのが吉野さんだったのが始りで、それで言わば両方とも敵意に満ちていたのだからこれ程仲がよくなるのに不利な条件はなかった。併しそれがその場で飲むことで終ったことは吉野さんの人柄を示すものと鹿爪らしく解釈することも出来る。これはそんなことをしてもつまらないということで吉野さんに就てもっと正確な所を言うならば感傷、浪花節、浪漫主義というようなことが凡て何かの贋ものを指す時にその贋ものでない方を本領とする人間も稀にいることがある。例えばお涙頂戴の涙と音楽を聞いていて心を満す涙の違いのようなものだろうか。それで吉野さんは時々毎日新聞の社会欄に吉野記者の署名で名文を書く。そういう日本語の文章を書くのに日本の文学に精通する必要は勿論ない訳であるが吉野さんが国文の出であることを聞いてそれが似合っている感じがしたことがある。それは日本の文学というもの自体の真髄が、又それは従って凡て言葉というものの本質がもし堕落すれば所謂、浪花節になるものにあると考えられるからである。併しこれでは文学論になる。

その文学で年下の友達には文士もいることを思い出した。それを普通は忘れているのでなくて率直に言えばどうも年下の人間というのはまだ先もあることなのにこういう所で片付ける気がしなくて実はそういう人達をここで取り上げるのが書くうちに苦になって来てそれこそ早く片付けたいのである。別にここにその名を留めなくてもこれから幾らでもその名を他のものがその心に留めるのに決っている。併し何人かを既に取り上げた後で中途半端に終ることも出来なくて、それで先ず幾野宏さんの名が頭に浮ぶ。幾野さんをまだ文士と言っていいのかどうか解らないが、これは単にその名がそれ程知られているかいないかの問題で幾野さんは文章を書き、又それで暮している人である。これを最初に挙げるのは戦後に年下のものの文章に打たれたのがこの人の前にないことが記憶を照して確かだからで、それは今から二十何年も前に鎌倉から東京に戻って来て間もない頃のことだった。何かのことで手紙を貰ってその文章に始めて接したのであるが、それから又暫くたってウィリアム・トラヴィスという英国人の「珊瑚礁のかなた」という一種の探険記が中央公論社から出ることになってその下訳を幾野さんに頼んで出来上ったものを見ると全く問題にする所がないので中央公論社に交渉してそのまま幾野さんの名前で出すことにした。その後にヘンリイ・ミラアの「マルーシの巨人」が幾野さんの訳で新潮社から出た。兎に角これも水野さんとともに大阪に行って会うのが楽みになっている人の一人である。

その次に知ったのが篠田一士さんかと思う。東京に戻って河上さんの一行と英国を一廻りして来てからのことのような気がするが確かなことはその位のことしか覚えていない所を見るとやはりこれは戦後のごたごたをどうにか切り抜けている最中だったことになりそうである。それから又大分たって丸善から「声」という雑誌が出ることになった時に篠田さんに英国関係の時評風の欄を担当して貰うことになり、その頃には既に旧知と考えてい い位になっていた。篠田さんに始めて会ったのがいつだろうとそれ以来いつも念頭を去ることがないのはその学識である。或はこれだけは戦後の日本に就て明確に指摘出来る一つの風潮であってこの学識がある文士というものに最初に会ったのが篠田さんだったということになるかも知れない。太古の時代でない限り学問に親むことがなくて文章を書くというのは実際には考えられないことで、それがどういうのか日本では大正に入って芥川龍之介の死を境に文章が学問から離れることになって自滅したと今となっては言える。或はそれが別々のものと表向きにはなっている所で文章も死んだのでそれならば戦後になっての学問の復活は文章の蘇生でもあった。

それで篠田さんが名文を書くとはまだ言っていない。先ず言葉というものに親むことから学問の世界に深く入り、その上で文章が書けるようになるので篠田さんが現在書いているものも既に文章である。併しその文章の世界でこの当り前なことをしている篠田さんに会ったのが大正以来の表向きのごたごたがまだ続いている戦後だったのだからそこには一種の驚異に似たものがあった。又序でにそのない本はないらしい蔵書が必要に応じて借りられることになったのは有難かった。イエイツの *Vision* という稀覯本を探している時にそれを持っていたのも篠田さんだった。又篠田さんはこっちがうろ覚えに覚えているギリシヤの詩を原典に当って調べてくれるというようなこともする。そして篠田さんは焼けなかったのかと聞きたくなって戦争が終った時に篠田さんがまだそれ程本を持っている年になっていた筈がないことに改めて気付いたことがある。戦後というのは日本の歴史の上でこの前の戦争が終って以来のことを指すものに過ぎない。その戦後の日本が健在であることを篠田さんに会った辺りから感じ始めたとも言える。

そして篠田さんの友達の丸谷才一さんに会って篠田さんが風変りな例外でないことを知

った。丸谷さんは既に名文を書く。これは篠田さんとの年の違いから来るものと思われて新田さんの所で触れたことに即してこの篠田さんと丸谷さんの二人に就て心強い気がするのは両方とも健啖家だということである。一時は篠田さんが何か病気に掛って一年ばかりは絶食のような療養生活をしていたことがあり、その頃丸谷さんが杯を手に取る毎に篠田のことを思って心が痛むと言ったのを覚えている。それは食べるのと飲むのは同じことだからで友達を持つならば序でにそういうことを知っているものを選ぶのが得策である。併しその後に篠田さんは全快してこの間その証拠を見せ付けられた状況から察すればその食欲が再び篠田家の経費に響いて来ているに違いない。そうなくてはならないので蘇東坡も食いしんぼうだったのでその辺のことがもう少し徹底すれば日本での文章の復活もそれだけ勢を得る筈である。

曾てフランス文学者の佐藤正彰氏に連れて行って戴いたビヤホオルが今でも神田にあってそこでどうかするとここに挙げた人達のうちの何人かと一緒になることがある。それが必ずしも打ち合せてでないのはこの店のビイルが事実旨い証拠でなければならないが、そこで顔を合せる人達の中でまだここに名を出さなかった一人に野崎孝さんがいる。これも文士で、ただ野崎さんを知ることになったのに就ては普通の出会いと違った事情があるので前に言わば無理矢理にその店の近くにある大学の先生にさせられた時にその頃はやはり同じ大学の教授だった野崎さんに大変お世話になった。それは大変にであるよりも何から何までで野崎さんというものがあったのでそこで兎に角五、六年は先生を勤めることが出来た。今でもその前を通ると重荷を降した気持になると同時に野崎さんのことを有難く思う。その野崎さんもこのビヤホオルに来ることがあって一緒に飲む。ここまで書いて来てそういう友達がもう一人あったのを思い出した。初めに辻留の雛さんに引き合せてくれたのはその頃ダヴィッド社という出版社をやっていて後に日興証券に入った遠山直道さんで今年までこれも若い友達の一人だった。

吉田茂

父に就ては本式の伝記のようなものは別として以後もう書かないと前に公表したことがある。その趣旨は今でも変っていない。併しこれは交遊録であってここで扱っている人達の伝記ではないまでもそれに資することも心掛けて書いているのであり、この前に拒否したのは少くともその頃の時好に投じて何かと父に就て書き散らすことだったので父も生涯に親しくした人達の一人であるから当然この交遊録に入れなければならない。併しそれが親しくなった順序で最後に来るのに就ては先ずその辺のことを説明することから始める必要がある。

こっちが生れた時に父は任地にあって父と顔を合せる前に牧野さんを知ることになった。この状態がいつまでも続いた訳ではないが、その上で父との間に出来たのがあり来りの親と子の関係だった。この頃はその関係に就て恐しく穿ったのでなければ論者の思考力の不足が目立つ類のことが説かれていて過ってこれに耳を貸せば親であり子であることが人間の一生の不幸であるという錯覚に陥り兼ねない。併しその種の説は思考力の不足の他に先ず例外なしに所謂、為にする所があってのものであることも自明であって少くとも子の立場からすれば親は空気も同様にあってもないようなものであり、それがこの点も空気と変らずもしなければ困るものだということまで子の方は多くの場合思い至ることがない。又その状態が一生続くこともあって何とかの断絶と言った類のことは殊の外に話にならない親子のことを取り上げて勿体振った註釈を付けたものと思えば足りる。

併し父との場合は二人とも或る程度の成長を見てから一時は寧ろ意識して遠ざかって行ったという経緯があってこれは人間の中では女よりも男にとっての仕事ということ、それも二人のうちでは父の仕事と関係がある。これを一口に言えば父はその一生の大半に亙って不遇の境地にあった。それは必ずしも初めからではなかったかも知れなくて曾て父から聞いた話ではその在学中にどういう職業を選ぶかに就て考えて世間を見渡した所上役に頭を下げずにすむのは役人だけであるらしいので役人になったということだった。今日では想像し難い話であるが父が外務省に入った明治三十年代の日本ではそうだったようで独立不羈と言った精神がその頃の官界で尊ばれていたことは他の人達の例でも解る。併しその次に来た大正の時代が何か奇妙なものだったことに就ては河上さんの所で既に触れた。又その明治から大正への変化は微妙なものだったに違いなくても例えば明治型の役人が大正に入って喜ばれなくなったことは容易に想像出来て父も大正を通してその立場をどうにか守り続けて外務次官まで行ったのではあっても昭和の初期にその位置から転じてイタリイ駐劄を命じられたのは表向きは昇格であって実質的に左遷であることは実質的にと断るまでもない位誰にも解っていた。

その任地にある間に満洲事変が起ったのはそういうことが重なるものであるということよりも時代がそういう風になっていたことを示す。この事変から大東亜戦争の終結に至る一聯の出来事が歴史の上から見るならばあるべくして起ったものであることは横光さんの所で書いた。併し当事者の立場からすれば話が違った性質のものになってこの昭和十年代の一時期のように政治、外交、或は一般に政治と呼ばれているものが乱雑に、或は無秩序に、或は無節操に行われたのは少くとも明治以後それまでの日本の歴史になかったことである。その後に便乗と呼ばれることになったものが人間の行動で目立つことになったのもこの時期でその限りではこれが戦後の日本を前触れするものだったとも言える。一体に歴史が転換期にある際にはこうした事態が生じ易い。これはそれまでの条件に基いて培われて来た常識、見識が局面の収拾に役に立たなくなる為でそれでも収拾は試みられることが混乱に拍車を掛けて転換が転換と認められて常識が再び働く余地を与えられるまでそれが続く。又もしそれが明治維新のような大変動であるならばそれが起ったことがこれを推進する精神の持主達の存在を示して悲劇はあっても混乱は免れるが昭和の転換期は明治維新の線上にあってその一つの帰結だった。

そして父は当事者の位置から外されてその時期を送った。こうした際にそれまでの見識が役に立たなくなると書いたが別な言い方をすればどういう見識も転換がその通りに転換なのか、それとも単なる逸脱なのかの区別も付かない間は行動の面では用をなさなくて暫くは静観の態度に出ることを強いられることになり、殊に満洲事変が始る辺りからの日本の情勢では何かが起ろうとしていることに当りを付けるだけで充分な連中が表面に出る以外には人の動きが止った形だった。これに就ては機に敏感に応じるのが我々日本民族の性格の一つであることを理由にでもする他ない。その頃に松岡洋右という人が満洲事変の処理に就て国際聯盟の会議に政府代表で派遣されていて派手に活躍し、そういう或る日牧野さんの所に行くとまだ在職していた牧野さんが役所から帰って来て今は最悪の事態と言ったのを覚えている。そのうちに松岡洋右のようなのも出る幕でなくなった。

父の不遇を示す一例に昭和十一年に二・二六事件というものが起り、これも我が国民の一つの性格である或る微妙な平衡の感覚からそれまで横暴を極めていた所謂、軍部がこの一挙で全く国民の信望を失い、それから暫くの間はこの軍部を抑えることも一応は見込みがあることに思われた。この事件の処理に新しい内閣が出来ることになってイタリイから帰って以来という浪人していた父が入閣することに決ったのもその現れだったが軍部はその場合は新内閣に陸軍大臣を送らないというその頃から用い始めた手段で父の入閣を阻止し、その埋め合せというような意味で父は駐英大使に任じられた。曾ては駐英大使というのが外務大臣にも増して外交官にとっての名誉ある地位だった。併し当時は既に米英がどうとかしたという時代であって一般の眼から見れば父はひどい所に行かされることになったのであり、そのように父の任命が発表された際に事実人に言われたこともある。この新内閣の首班は父と同期の広田弘毅氏だった。

これが昭和の初めにイタリイに暫くいた時から終戦までの間に父に与えられた唯一の職で二、三年して英国から帰って来ると父は又もとの浪人生活に入った。その十何年かに亙る時期の父というものをこれを書いていて思い出した。それは父が経済的にも窮迫していた時期だったに違いない。併し明治の役人というのはこれは二葉亭四迷の場合でも解るように所謂、天下国家のことが常に念頭にあって又その仕事をするのが役人でもあった。父にその仕事は既になくて天下国家は父の眼にはただ壊滅に向うものに映り、その見方に狂いがなかったことは我々も知る通りである。まだ牧野さんにはその能力を十二分に発揮した記憶があった。併し奉天総領事とか駐伊大使とかで仕事の面での生涯を終えることはまだ五十代の半ばを過ぎたばかりの父には堪え難かったに違いない。それも天下泰平の時代に役所勤めにも飽きて引退するのならば別であるが父には許し難いことがその周囲で行われていて父はそれを傍観する立場に置かれた。

尤もこれは必ずしも傍観するばかりだったとも言えない。父が終戦まで、ここで憂国の士を語らってと書く積りでいたのであるが戦後の日本でこの憂国ということがどのように荒唐無稽の意味に用いられているかを思ってこの言葉が使いたくなくなった。それならば同好の士とでも言って置くか。父が終戦まで同好の士を語らって何かと画策していたことも事実であるが、それが凡て裏目に出て非合法に投獄されて何ケ月か後に釈放されたのが終戦の数日前だった筈である。併しそれまで画策することで暇が潰せた訳でもなかった。父は外務省から送って来る文書の裏を使って習字をし、漢籍を読み、又東京クラブに出掛けて行って他の会員と玉を突き、夜はよく新橋辺りで飲んでいたらしい。尤も今日でも政治家が何かと画策するのが某料亭に会合してという風になって新聞に出る。ただ父の行動に注意していたのは当時は軍部だけだったかも知れなくてそれ程に父は一般には無用の人間になっていた。それとも所謂、国賊だったのか。

その頃の父には何か目も当てられない感じがするものがあった。それが初めに書いた男にとっての仕事というものである。何か男にとっては仕事をするのが成長するのに必要なことであるようでその方面での自分というものを確認する所まで行かない間は成長が完了せず、その機会を奪われれば成長が阻止される。ここで考えていいのは父の場合に所謂、立身出世をすることが仕事をするのと同義語であり、それが自分で選んだ職業が役人だったのであるから避けられないことだったということである。牧野さんはその頃の父と同じ年輩の時に既に各国駐剳の公使、外務大臣を歴任してパリ媾和会議の全権の一人に選ばれていた。父は外務省からも引退していた。これは長い間待命という要するに屈辱的な立場に置かれていて自分から定年になる前に退官したのである。もう一つ思い出すのは家に誰かから貰った黄と黒の奇妙な斑のグレイハウンドがいて父が毎朝これを連れて散歩に出掛けていたことである。その途中で父がどんなことを考えていたか想像したくもない。

それでこっちの話になる。丁度その十何年間かがこの交遊録で書いて来た人達の多くに最初に会って付き合いを始めた期間に当る。その面では恵まれていたと言う他ないが、この人達が凡てそれぞれの分野で既に仕事をしていたことも前に書いた通りでこっちは仕事と呼べる程のものをまだ何もしていなかった。ここで天下国家のことと文章の仕事の比較というようなことが意味をなさないことに就て多く言う必要はない。そう仕事というものに種類がある訳でなくて一人の人間が自分の仕事に選んだものが仕事である。そして父がその仕事からはぐれていたのが大正から昭和に向って日本がその歴史の上で或る転換期にあった為であるのに対してこっちに仕事らしい仕事が出来ずにいたのはもっと簡単に文章というのがいつの時代にも幾つかの蹉跌があってからでなければ自分のものにならない性質のものであるからだった。併し理由はどうだろうとこうして二人の人間が同じ家にいて思い思いにその志を得ないでいたことになり、それが諦めるというようなことを許すものでなかったから互に顔を合せるのも苦痛だった。今思い出して見てもこれがこっちの一生のうちで最も暗い時代だった感じがする。

終戦になってこっちが海軍から除隊になって大磯の家に戻って来た時父も陸軍の衛戍監

獄から出されたばかりだった。尤も監獄で出来た腫れものが直ったばかりということだったから釈放されてから少しは日数がたっていたかも知れない。その小さな家中を探しても白葡萄酒一本しかなくてこれを冷やす方法もなくて二人で飲んだように覚えている。それはいい月夜の晩だった。その時のことを思うと妙な感じがして父は自分の時代はもう終ったと言って又実際にその積りでいるらしかった。それはこっちが何が終ったのでもなくてただ何もない感じでいたのとそう違ったものでなかったことが想像される。その家にそれから幾日かいてこっちは家族の疎開先に行き、そこにいる間に父が入閣することになったと記憶している。その辺の前後が余り確かでないが入閣がいつのことだったのでも働き盛りの時に仕事が出来るどういう地位からも遠ざけられていて漸く外務大臣に就任したのが敗戦国の日本であることからしても父が不幸な人間であることは間違いないと思ったのは覚えている。

そのことに就ては後で更に述べなければならない。兎に角父が入閣し、更に何度か組閣する時代になって父との行き来がそれまでよりも頻繁になった訳ではなかった。その理由は全く日本的なもの、或は少くとも戦後の日本の特色をなしていると思われることにあってそれに就て書いて置くのも或は何かの意味で無駄でないかも知れない。これが戦後のこととも考えられるのは戦後の日本で内閣総理大臣というものの権限がそれまでと比べて法外に強大なものになったからであってそれに当人が馴れてその影響を受けないようになるまでに時間が掛ることを父からも聞いたことがある。併しそうでなくても何故か日本では要職にあるものの廻りに人が集る傾向があってこれがその下にいるものを飛び越えて直接に色々と請願する為であることはこれは日本では説明する必要がない。そのことをこっちが戦後になって知ったのがそれまで要職にあるものと行き来がなかったからでないならばこれはやはり昔の日本では要職にあるものの境遇が違っていたことになる。

初めのうちはこっちも官邸まで出掛けて行って安ものながらウイスキイがあるのを重宝なことに思っていた。併しそのうちにこっちも請願の対象になることを知って考えなければならなくなった。この時期のように誰だか解らない人間に馴れ馴れしくされたことはない。恐らく要職にあるものと行き来している人間の顔触れは直ぐに調べが付くものと思われる。又その為の網は細かく張り廻らされていて請願を避けるには父の所に行くのを止める他なかった。それ以外に聯絡を取る方法は幾らもあって可哀そうにそこまでは請願組、利権漁り組の眼が届かなかったらしい。兎に角それで父の在職中の六、七年間は殆ど顔を合せずにいて便利なことに父の動静は特別な工作をしなくても新聞その他で細かなことまで解った。ただ一度だけ媾和条約の調印にサン・フランシスコに出掛ける前の晩に家族と一緒に会いに行ったことがあってその時父が蒼白な顔だけ残した骸骨のようになっていたのに驚いた。

それで父が不幸な人間だったということを考え直す必要が生じる。父が戦前にしたことと言えば支那に在任中に満洲の経営に或る程度の貢献をした位なものでその為の関東軍との交渉も後に所謂、軍部を本式に相手取っての画策の小手調べに過ぎなかったと見られてその画策は父の負けで終った。併し歴史を見ていると政治家には二つの型があってどういう政治家もその何れかに属するものであるように思われる。これを大ざっぱに説明して一つは世が治っている時代の政治家、もう一つが乱世の時代の政治家であり、その何れの方が優れているというのでなくてこれは分類の上でのそういう二つの型でどの時代にもその時代の政治家が必要になる。もし明治維新を例に取るならば西郷隆盛は乱世型の政治家、大久保利通がもう一方の治世型であって英国で治世型の政治家が何人でも挙げられる中にチャアチルは典型的な乱世型であり、その両次の世界大戦中の功績とこの両大戦の間に来た時期にチャアチルが全く無為だったこと、又第二次世界大戦が終って直ぐに政権の交替があったことでもそれは解る。それと同じ意味で父は明かに乱世型の政治家だった。これは父をチャアチル、或はド・ゴオルその他と比較しているのでなくてその何れもが同じ型に属すると言っているのであり、こういう逸材の業績となれば政治も文章の仕事と変らず優劣を定めるのが目的で比較することが意味を失う。

そのことから父がその生涯の大半、或は少くとも前半に亙って時を得なかった理由も解る。何と言っても大正から昭和の初期に掛けての時代は明治維新がその所期の目的を達して動乱の影が遠ざかった状態にあったものでもしこれがそのまま続いたならば父は旨く行って無事に年期を勤め上げて一老外交官でその生涯を終る程度のことに満足しなければならなかったと考えられる。それならば実際の父が不幸な人間だったと見ることは許されなくなって乱世型の政治の大才を抱いた人間に乱世が廻って来た。先ず国の存亡が問われる以上の乱世というものはなくてその際に父が在職していなかったならば日本がどうなっていたかは日本の所謂、知識人が喜びそうな問題である。その在職中に父に対して行われた一般に輿論と呼ばれているものの内容は顧慮する必要がないもので生憎まだ明治以後の日本に政治を左右するに足る輿論というものは存在せず、その代りをしているものが大久保利通や原敬の場合のように父を殺すに至らなかったのはせめてものことだった。或はそこにも父の運が強かったと見る材料がある。

併し乱世型の政治家だったから父もチャアチルの宿命を免れなかった。日本が当時の言葉で言えば独立してからも暫くの間は父は自分にまだ残っている仕事があると思っていたようである。ここで政治評論家風の語調にならなくても今日の日本が直面している問題のうち父が自分で処理する積りでいたものが幾つかあったことは確かであるが情勢がそれを許さなかった。そのことに父がいつ気付いたかというようなことは考えるだけ無駄である。併し治世、乱世と言っても政治の要諦そのものに変りがある訳でなくて父は政治家であり、それまでと違って自分が仕事をする時代が去ったことをやがて知ったことに疑いの余地はない。その時代というようなことよりも自分の仕事が終ったことを知るということが大切である。或る種の人間は死ぬまで仕事をする積りでいて死に顔が真黒に見えるまで書き続けたバルザック、或は百歳になれば少しは絵らしい絵が書けるだろうと思っていた北斎の例を考えるならばこのことのよし悪しは我々の判断が及ぶことでなくなる。併し死ぬまで仕事をすることに我々が領けるにはその仕事が全く生活の一部をなすに至り、それが例えば昼間の光が夕闇に変るのに気付くことを少しも妨げないまでに精神に馴致されるのでなければならない。

父と漸く親しくなったのがその引退後だったのは父自身の状況と並行して何故かそれと殆ど同時にこっちも自分の仕事に見切りを付けることを知った為だった。それが文章の仕事でも二、三十年これをやっていれば自分がする積りでいたことは大概なし遂げるもので或る時自分にこれからどうしてもしなければならない仕事というものがもうないのを感じた。或る意味では人間はそれを感じる為に仕事をし続けて来るのかも知れない。その瞬間からもしそれまでの仕事が書くことだったのならば時は原稿の枚数の多寡でなくてただ刻々とたって行く。それを原稿の枚数で計ること自体が人間の自然な呼吸とでも言う他ないものからすれば無理なことなのでその呪縛を解かれて精神も伸び伸びする。従ってそれからの方が書く仕事でも仕事らしいものが出来るのかも知れないがそのようなことにまで構ってはいられない。万一もし我々の仕事が死後にまで残るようなことがあるならばこれはその死後に他のものが詮索することである。

兎に角父と付き合うことを妨げるものは既に何もなかった。それには父が引退したということともっと直接に関係がある理由もあったので利権漁りや請願は主に現に要職にあるものに対して行われる。尤も父の場合は最後まで実質的には引退することがなかったとも言えるのでこれが劇務に携っていたものに引退してから起り勝ちな老衰を防いだとも見られるが、その為に請願その他に就て父に対して仲介の労を取ることの引き受け手は既に幾らもいてこっちはその難を免れた。そういう口利きの連中を父は適当にあしらっていたに違いない。それが集っている中に入って行くのは愉快でなかったが父は何と言っても暇な身であってそういう忠勤組とこっちが内心称していたものを外して父と会うのは電話一本で出来ることだった。こうして父とどの位会っただろうか。それで不思議に思い出すのはこっちがまだ仕事というようなことが頭にない子供で父は総領事、或はどこかの日本大使館の何等書記官かで一応は順調にその仕事を進めていた頃のことである。本当に子供にとって親は空気のようなものなのだろうか。これは一般論としてはそうと考えられるが世界地理をこっちに具体的に教えようというので任地を離れてどこか他所の国に旅行する毎にこっちにそこの絵葉書を送ってくれたりしていた父との間にはもっとどういうのか温いものがあった気がする。

併しそれは後に知った晩年の父と比べられるものでなかった。今でも先ず頭に浮ぶのは一頭の巨大な豚であるが引退してからの父はサン・フランシスコ条約当時の骸骨と違って全く豚という他ない太り方をした。これはもともとが太る質だったのに違いなくてその中年の頃は確かに太り気味だった一時期もある。それが先ず戦争中の監獄、次に戦後の劇務で再び太る暇が何年かの間なかったものと見られてその劇務で思い出したのはいつのことだったか父が在職中にどうしても会う必要がある用事が出来てそのことを言ってやった所が或る日取りの午前三時という返事だったことで、その時刻に行って見ると机に向って書きものをしていた父が書くのを止めてこっちの用を聞いてくれた。そういうことがなくなり、又自分が止めた後も日本が寧ろ望むべき方向に進んでいるので安心した父が持ち前の体質を現して太り出したのは頷けることである。その太り方も尋常のものでなくて父が家に食事をしに来る時は父の為に特別の椅子を食堂に用意した。

乱世型の政治家が乱世を望むのではない。殊に父にして見れば戦争で負けた日本がこれから先どうなるか解らない時期に事態の処理に当ってこれが効を奏し、或は天が自分が取った政策に幸して日本が繁栄に向う兆候が既に現れ始めている時に文句を言うことはなくて大磯の二階の居間からの眺めはそのままのものに父の眼に映ったに違いない。我々が行くとそういう顔をして父が奥から現れた。前に篠田一士さんと丸谷才一さんに就てその健啖家であることに触れたが父も大食いだった。併しその点で父は気の毒でもあったので母がいたならばと思うことが時々あった。その母は既にいなくて父の所の料理番はどこかの料理屋が世話するのだったから品数は多くても要するに宴会料理を幾分か家庭的にしたもので大磯に行くのは食べるのが楽みでなのではなかった。併しいつも父が家に来る時には辻留の雛さんに出向いて貰って御馳走して辻留の料理を一品も余さず食べたのは外国人の友達を除いては家の客になったものの中で父一人である。いつだったか父が飯の代りに饂飩で食事がしたいと言ったのでその次に来た時に雛さんに手打ち饂飩を作って貰って出した所が雛さんが持って来た分を全部平げた。

父はその頃まで恐しく丈夫に見えた。又事実そうだったのに違いなくてそうして何も不自由することがない父を見ていると御馳走しなくても話でもてなしたくなった。その頃の父が人に与えた感じをどう説明したものかよく解らない。兎に角自分がしたいことを皆してしまった人間というのはいいものである。その安らぎは人にも伝わるものでもし動かし難いということがそういう場合にも言えるものならば父にはその意味で動かし難いものがあった。又それがあって既に隠す必要がない地金が出るということもあり、それが父では凡そ洗練された人間、結局は江戸っ子肌と呼ぶのが一番当っていることになるものだった。又これは理由がないことではない。その死後に至って方々で名乗りを上げる所が出て来て父は越前の人間だったり土佐の人間だったりすることになった。一体に我が国の県人意識というようなものからすればこれは想像出来ることなのだろうが越前というのは吉田の初代、つまりこっちにとっては吉田の祖父が脱藩して廃嫡になる以前に属していた藩であり、土佐はその祖父が吉田姓に改名して父を養子に貰った父の実家の竹内家が土佐の出であることから来ている。何れも吉田家のものの出身地と正式には言えないもので父は生れて直ぐに吉田家に引き取られてから祖母の実家である佐藤家の小梅の家で育った。この佐藤家は佐藤一斎の裔であるからその家か寮が小梅にあったのも理解出来る。又従って祖母は本ものの江戸っ子だった。

江戸っ子という観念自体がどうということもないものであることに就ては石川淳さんの所で既に書いた。併し石川さんに就ても解る通りその観念には江戸の文明の正統を受け継ぐものということも含まれていて名称が何だろうと江戸の文明となればこれが曾て実在して又現にある文明である意味でそれがある所にそれを認める他なくなる。それが文明であるから洗練を指して洗練は羞恥、怠惰、猜疑、酔狂、純真というような面を持ち、それが粋でもある。その粋で思い出したのであるが昔まだ母がいた頃ヨオロッパで客をannoncerするということをする習慣のことで話をしたことがあった。これは客間の入り口に係のものが立っていて客が新たに到着する毎にその名前を聞いてから大声で何々卿とか何某夫人とかいう風に既に来ているものに対して披露するのである。それで母に自分も何々卿と披露される身分になって見たいと言った所が母はこれを一笑に付してそういうことを考えるのは愚の骨頂であり、その何々卿の後でただの吉田さんということで入って行く方がどんなに粋かと言った。その話を大磯の二階で父と飲んでいる時にした際の父の顔付きを今でも覚えている。

父が九十になった年の正月に家のもの達と出掛けて行くと父が余り得意になってそのことを言うので九十、九十とばかりおっしゃると冷やかした。それにしても牧野さんの場合と同様に父も後二、三年はその元気な様子のままで生きていられた筈だという気がする。牧野さんは八十九歳で死んだ。父は前の年に心筋梗塞というのをやってその治療に当った武見博士のお話では今の医学では兎に角回復して後一年の寿命は保証出来るがその一年目が注意を要するということだった。父はその九十になった年にその通りに発作があってから一年目に死んだのであるからその正月は回復してから間もない頃ということになる。併しその心筋梗塞というのが余計だった気がするので少し甘やかし過ぎると思う位廻りのものが父のことに気を配っていた時に何故そういう発作を起すことになったか不思議である。これは激昂したりした際に心臓が呈する症状である。併し九十近くなって怒り心頭に発するというような激情に見舞われるのも父が丈夫だった証拠かも知れない。

そして人間が死んでからもし何かがどうかしていたならばと考えるのは愚痴に過ぎない。それよりもこれは必ずしも愚痴でなくて残念に思うのはもっと父をこっちの他の友達に引き合せて置けなかったことである。これは出来ないことでもなかったのであるが同じ考えのものが多勢いたようでそうなればその中にこっちの友達を引っ張って割り込んで行くことは粋の観念が許さない。それで父が家に来た時ということも頭にあって何れはと思っているうちにその心筋梗塞のことがあって家に来て貰うことも断念しなければならなくなった。父は若い人間に興味を持ってその息が掛っている範囲では例えば任官したばかりの外交官というようなものをよく集めていたらしい。併しこれは言わば込みで行われることでこの交遊録で書いて来たような人達ならば父は会って喜んだ筈であり、その中で河上さんとは事実前から親交があった。併し河上さんも割り込むのが嫌いな方で晩年の父はその廻りに蝟集する人間の為に確かに損をしていた。これを大磯参りと呼んだのか大磯詣でだったのか、どっちにしても下らないことを考えたものである。

併しそうした制約がなくて例えば雛さんとか観世さんとか、或は篠田さんでも丸谷さんでも又出来ればその全部が集っている所に父が顔を出すというようなことがあったらば父は喜んだだろうと思う。その時に舵を取ることをお願いするのはやはり河上さんであることになっただろうか。併しその席に石川さんでも福原さんでもその他誰でもここで書いて来た人達ならば出て来ていて父が味気ない思いをしたということは考えられない。父は座談の名手で又人の話を聞くのが好きだった。その相手が石川さんだったならば父は随喜したに違いない。その昔、父が在職中で世情騒然、父が不人気の絶頂にあった時に河上さんが官邸に父を訪ねて行って一緒に飲みながら大丈夫、大丈夫、共産党からは私がお前を守ってやると言って父の頭を撫でた所が父は相好を崩したそうである。父が政治家だったのはそれが日本、或は明治以後の日本でだった限りでは不幸なことだった。それは会わなければならない人間が多過ぎて人間らしい付き合いが出来ないからで政治家でもその種の人間であることよりも肩書の方が先に来る類と顔を合せているだけで気がすむ質ならば自分も自分の肩書を押し立てて満足していられるのだろうが父は文明の人間だった。こっちが父の、これは父の口利きで借金をして家を建てている時に家は木口がよくなければと父が言ったことがある。それは父にとって人間にも通用することだったので一つだけ今ここで終る交遊録に就て言えることはここに出て来るのが皆木口がいい家のような人達ばかりだということである。こっちのことは知らない。

墓の引越し

吉田暁子

去る三月二十五日、祖父（吉田茂）の墓の、東京青山から横浜市久保山への移転に伴う開眼供養を、特にお招きしたい方々や親族を招いて執り行った。祖父の生前である昭和三十九年以来、祖父の記念となる活動を続けて下さった、「吉田茂国際基金」のこの三月末の解散と、この「墓の引越し」がたまたま時を同じうしていたので、感謝の印に、基金役員の方々にもご参列を願った。青山霊園に墓所を求め、祖母を埋葬したのは祖父で、二十六年後に祖母の墓の傍らに祖父の墓を建てたのは父（健一）で、二代の気持のこもった墓所をあとにするのはかなりためらった末であり、折りしも、開眼供養の案内状を発送しようとしていた三月十一日、東日本大震災が起った。こんな時に横浜まで人を呼び出してよいものか、二日程迷い、墓所を移すべきではなかったかという考えも頭をよぎった。しかし、このあとの方の迷いは、祖父は不安と混乱の世で戦い、そして歴史に名を残した「乱世の政治家」だから、「住み慣れた」墓所からの引越しも（無論祖母同伴で）別に厭わないでくれるだろうと思い直した。

引越しは、祖父がその二代目である吉田家の都合である。墓所の名義人という資格は祖父から父へ、父から母へ、そして兄がずっと外国暮しだったため、母から私へと引き継がれた。私は独身だったから、私のあとの墓所の引き継ぎが頭から離れたことはなかった。

吉田の血が絶えたわけではなく、亡兄はローマ大学の物理の教授で、妻はイタリア人で娘が一人居る。しかしこの娘はイタリア人と結婚して、二歳の娘もいるが、未だに日本語が喋れない。父には子供のいない姉と、子供のいる妹と弟がいたが、この姉弟は皆カトリックで、私にとっての従兄弟姉妹達も皆カトリックだ。つまり、神道の家から浄土宗の吉田家へ嫁いだ私の祖母が、上の方の子供達がかなり成長してからカトリックに帰依して、父以外の子供達が皆それに倣ったのである。祖父はというと、内葬が東京の関口のカテドラルで行われ、洗礼名まであったことを憶えておられる方もまだあるかも知れないが、これは祖父に、死後に洗礼が授けられたからだ。死後であったことは記録に残っている。父はカトリックで内葬が行われるのを止めることはできなかったが、祖父の死後のことについて時々祖父と話していたのに、「改宗」の意志など全く祖父からは聞かされていず、だから死後洗礼は認めず、祖父の仏式の墓を青山に建てた。墓石の字は、吉田家菩提寺、つまり、吉田家初代健三が、友人の上郎《こうろう》幸八氏と共に開基した、吉上山光明寺のご先代のご仲介で、浄土宗の当時の宗務総長、小林大巌師からいただいた。勿論、同じ頃、立派な戒名もいただいた。

吉田の血が絶えたわけではなく、父の弟の家は吉田分家である。しかし従弟達は、祖父のことは思っても、四十一という若さで死にながら養子（茂）も取り、大した財産を遺し、お寺まで遺した、そして吉田という家を興した、吉田健三とその妻のことはあまり思わないらしい。父は幼い頃、母方の牧野の祖母に連れられて、大磯の、吉田健三の未亡人士子《ことこ》のご機嫌伺いに行った時のことを憶えていた。士子がお経を読む声がきれいだったと言っていた。その後パリから、「おばばさま、これはパリのバラでございます」とか、あるいは英国のどこかから、士子に絵葉書を出すのは父の役目だったようだ。

私も吉田の従弟達も、健三から数えて四代目である。養子（茂）に劣らず優れた人間だった吉田家の初代を、四代目でもう忘れるのは勿体ないというか、美しくないというか。信仰について家に縛られることはないが、祖父も父も、ともかく浄土宗徒だったのだから、吉田本家の、つまり浄土宗徒の流れの祀りは、初代健三の今に残る、いわばただ一つの事績であるお寺にお願いするのが良いと、一年前に思いつき、お寺に迷惑をかけないためにも、祖父母だけ東京に眠っていたのを、吉田家発祥の地、横浜に移すことにしたのだ。

（初出「文藝春秋」二〇一一年六月号）

木口のいい家

解説

池内　紀

吉田健一の『交遊録』は日本語で書かれた人物エッセイのなかで、とびきり個性的で、そしてもっとも優れたものだろう。あとにも先にもこれに並ぶものが二度とあらわれるとは思えない。一つには書き手の条件とかかわっていて、当然のことながら、資質、才能、人物を見る眼が必要である。いま一つには——こちらがより大きな理由だが——書かれる側の条件と関係していて、一人の人間が生涯に、これだけ書くに値する人物と出くわすなど、まずありえないことだろうからだ。

十二人がとりあげてある。正確にいうと十一人で、あとの一人は「若い人達」をひっくるめてのこと。冒頭に執筆の動機が告げてある。

「人間も六十を過ぎるとその年月の間に得たもの、失ったもののことを思うだけでも過去を振り返り、自分の廻りを見廻すのが一つの自然な営みになり、これは記憶も現在の意識も既に否定も反撥も許されなくなったもので満されていることであってその中でも大きな場所を占めているのが友達である」

友人を語る。「交友録」というスタイルがあって、古来おなじみである。しかし吉田健一はそれを書いたわけではない。そもそもタイトルからして交友ではなく「交遊」がうたってある。おのずと人選が交友とは大きくちがう。最初の人は牧野伸顕。日本の近代史において外交と政治にわたり、大きな足跡をのこした。歴史年表をひらくと第一次世界大戦後の講和会議で、日本の全権大使をつとめた人物として出ているだろう。

最後の人は吉田茂。外交、政治、また経済、文化にもわたり、日本の現代史をリードした。五次にわたる内閣を組閣した際、つねに「ワンマン首相」といわれたのは、終始、強烈な個性と考えで通したからだ。その死が国葬でもって遇されたことからも、時代に及ぼした影響の大きさがわかるのだ。

吉田茂は吉田健一の父親である。母は牧野伸顕の娘である。交遊を語って最初に祖父を、最後に父をあてた。祖父であろうと父であろうと、個人的に親しく交わったのであればエッセイにとりあげてかまわない。相手が親しく交わるに値する人ならば、とうぜん交遊が生まれ、それはまた語るに値するかかわりである。

「これから生涯に会った友達のことを会った順に書いて行こうと思う」

人選の原則が、はじめにきちんと伝えてある。「会った順」であって、幼いときに出会った人、外国の大学に入って会った人、帰国してまず会った人、戦後に会った人。最後の一人のみ例外が適用された——かのようだ。

吉田健一が生まれたとき、外交官の父親は外国に赴任しており、長男は母方の里で産声をあげた。当主である祖父牧野伸顕が最初に「会った」人であって、まさに原則どおり。いや、ちがう。そうではない。そんなはずがない。人選においても構成においても、また語り方においても、慎重な工夫がされ、精妙な虚構がほどこしてある。そうでなくて、どうしてこれほど優れた人物エッセイ集が生まれようか。

牧野伸顕は幼い健一の祖父であるが、ひとことも「おじいちゃん」などと呼ばれていない。またどこにも祖父とは述べてない。「多くの友達の中でも一番の旧友」として登場し、あくまでも「牧野さん」が語られた。「牧野伸顕」を書き終えたとき、吉田健一は「よし」と思ったに相違ない。このスタイルを通すこと。そのときようやく、意図した人物集成ができるはずだ。

「会った順」は牧野伸顕を最初に出すための方便である。これが最初にこなくてはならない。モチーフをはっきり示して、書きたい人を書きたい語り口で書きたいように書くためには、どうあっても必要な一篇だった。

祖父を語っても祖父は語らない。では何が語られているか？　維新の元勲の一人大久保利通の息子、早くに外国で学び、外交畑に入って出世した。政治にかかわり隠然たる力をもっていた。牧野伸顕の『回顧録』は日本近・現代史研究に必須の資料とされている。吉田健一は三十代のとき、友人中村光夫とともに牧野伸顕の口述筆記をした。牧野自身が訂正加筆して『回顧録』が完成した。

そういったことは『交遊録』のどこにも、直接には言及されていないだろう。個々のことが顔を出すとしたら、それはつぎのことを言うためである。

「牧野さんはいつも牧野さんだった」

そのような精神のかたち、ひたすらそれを『交遊録』を通して語ろうとした。カレイドスコープのように人をかえるたびにさまざまに変化しながら、つねに確固としたかたちを見せるもの。人物をとりあげて語るに値するのは、それしかない。徹底して一つのモチーフで押し通した点でも、これは二つとない人物エッセイ集といえるのだ。

牧野伸顕の次はケンブリッジで知り合ったイギリス人である。

「……このディッキンソンが牧野さんに次いで一生のうちで二番目に会った友達なので省くことは出来ない」

「会った順」の原則どおりのようだが、それはあくまでもたてまえ、ヨーロッパが生んだ一つの美しい精神典型を語りたかった。その美しさは、たとえばつぎのようなエピソードに見てとれる。

「我々の方では畏敬の念が最初にあってこれに近づいて行ってもどうかするとディッキン

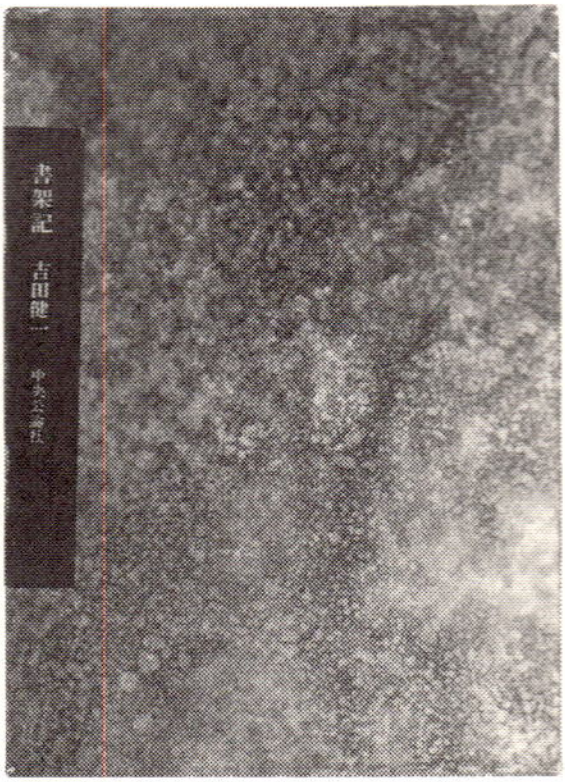

『書架記』函
（昭48・8 中央公論社）

『交遊録』函
（昭49・3 新潮社）

『思ひ出すままに』函
（昭52・1 集英社）

『定本落日抄』函
（昭51・9 小沢書店）

吉田健一　昭和45年11月　自宅にて

ソンが人中、或は野原に置き去りにされた幼児と大して変らない感じがすることがあった。それがディッキンソンがこれは一体何なのかと考えている時の状態だったことが想像される」

これがいかに信頼を託すにたる精神であるかは、「日本に帰ってから文士になる」希望をかため、退学の手続きの相談に行ったときのエピソードが示している。相手はそのとき知人と西洋将棋を差していた。

「……こっちが日本に戻ることにすると言うと二人は将棋盤を片付けてディッキンソンは殆ど二つ返事の早さでこっちが言ったことを承知した。それまでの付き合いで大体の事情は察していたものと思われる。その時ディッキンソンが言ったことで覚えているのは或る種の仕事をするには自分の国の土が必要だということである」

「自分の国の土」といった、ある意味では直截だが、いたってまわりくどい、多々説明の必要な言い方が即座に出てきて、直ちに聞き手にも了解がついたことからも、それまでの両者の理解の深さがわかるのだ。親しい交わりの日本語は交遊と「遊」をあてるが、それは理解し合う深さに欠かせない要素にちがいない。ちなみに、ここのエピソードにも、抜かりなく「西洋将棋」が仕込んである。

十二章十二人のつくりがカレンダーを連想させる。実際、月に一人をとりあげるとき、人生のカレンダーをめくる気持でいたはずだ。さらに書くにあたってもカレンダー方式を採用した。当の人物との最初の出会いに立ちもどって思い返す。となると真の友人はつねにそうであるが、いつ出会ったのかわからない。どうかすると生まれたときから知り合っていたような気さえする。

「実はルカスとディッキンソンのどっちに先に会ったのかもう思い出せない」

「中村さんにいつ最初に会ったのかは正確な所ではもう思い出せない」

「いつ福原さんに最初にということもその記憶が恐しく不確かである」

はっきりと思い出せず、記憶がいたって不確かであるからこそ、はっきりと思い出して確かなことが語られている。その語り口を「ミミズがのたくった」といった意味合いで述べた人がいたが、どうしてそんなふうにとれるのだろう？　むしろここにもカレンダー的要素がはたらいていて、思い出そうとする思考の時に文体が寄りそっている。時計の時間は直線だが、思考の時間は曲線をえがき、放物線や双曲線がまじりこむ。まるで「暗中を手探り」で進むようなものなのだ。それが証拠に、まさに「暗中で手探り」的時期の自分を吉田健一は「暗中で手探り」文体で、はっきりと述べているではないか。

「我々自身にも書くというのが何をすることなのか解っていたのではなかった。それだからその仕事に取り憑かれたのでどうすれば書けるかは解っていなくても書く仕事に成功した結果がどのような文章になるものかは明確だったのであるよりもそれが明確であることから書く仕事を選んだのであるからこれはただ一つの方角に光を認めて暗中を手探りで進むようなものだった」

みずからの文体にわたたっても、中村光夫に託してそれとなく伝えてある。

「中村さんがその書いたものでしんねりむっつり理窟を並べている印象をもし与えるならばそれは実際にはその対象に就て素朴に言葉を探しているのであり、そうすることで説得している相手は自分自身であってこれは人間が何か考えるということを素朴にしていることに他ならず、この場合に言葉の探し方は人によって違っていても探し得た言葉が文章をなす時にそれが散文であって当然そこからはその人間の声が聞えて来る」

『交遊録』の名のとおり、親しい交わりをもった他人をとりあげ、その他人を語って、それが同時に自分の精神的自叙伝になっている。なんとあざやかなアクロバットを演じてみせたことだろう。

おりおり他人をはなれてモノローグがまじりこむ。人を介さず、吉田健一その人が一歩出るわけで、「人間も六十を過ぎる」と、なくてはならぬたしなみにあたる。『交遊録』の隠し味であって、おかげで語り手と読者との親しい交わりが保証された。人ごとに一つ、また一つとまじえてある。ためしにそこを線で囲いとると、もう一つの読者との「交遊録」ができるだろう。たとえば「福原麟太郎」にかかわり、日本でよく口にされる「英語が上手である」に触れてのこと。

「……その上手というのが何を指すかも少しもはっきりしていない。大体の所は立て続けに喋るということのようであってそれならばそれは上手の反対であり、もし本当に何か外国語を身に付けるならばそれを話すのに立て続けにでも吃りながらでもなくて自分の国の言葉と同じ調子で話す筈であって……」

「ドナルド・キイン」で、同じことを、よりくわしく述べた。

「……キインさんは日本語が上手だということになったりするらしい。それは何のことなのか。（……）併しこれは見方によってはまだいい方なのかも知れなくてキインさんに俳句には日本人でなければ解らないものがあると言った人間がいるということも聞いた。恐らくは幾ら日本語が上手でもということが仄めかしたい所なのに違いない。併し日本語が上手であるというのは日本語を理解することでその理解するというのは日本語という言葉で表されたことが自分の言葉になって響くことであって日本語を理解するかしないかは日本人であるかないかということと語呂合せの程度の関係しかない」

「会った順」を原則にしたにせよ、最後の人だけ「例外を適用」したかのようだとはじめに述べたが、むろん例外でも何でもない。会ったのは早かったが、親んだのは遅かった。なぜそうなったのかの説明から「吉田茂」を書きはじめた。子が父を語って、これほど理解のいきとどいた一文は稀有のものだろう。もしかすると吉田健一は、のちの歴史家のための資料を考えていたのかもしれない。というのは政治家吉田茂には、つねづね「幸運に恵まれた政治家」との見方があるからだ。戦前、広田弘毅《こうき》内閣の外相を打診され、当人も乗り気だったが軍部の反対で立ち消えになった。もし外相になっていれば、戦後の公職追放は免れなかったはずである。戦後の総選挙で鳩山一郎の率いる日本自由党が第一党になり、組閣にかかった矢先に、鳩山が公職追放になり、幸運にも六十七歳の吉田茂にお鉢がまわってきた——

そんな定説を意識してか、吉田健一はくり返し述べている。

「一口に言えば父はその一生の大半に亙って不遇の境地にあった」

「その頃の父には何か目も当てられない感じがするものがあった」

そんな父を語るくだりは、同時期の自分でもある。文を書くのを仕事に選んだというのに仕事らしい仕事ができない。自分の働くべき場を得られず、悶々としていた二人の男。そっとモノローグが入りこむ。

「何か男にとっては仕事をするのが成長するのに必要なことであるようでその方面での自分というものを確認する所まで行かない間は成長が完了せず、その機会を奪われれば成長が阻止される」

父が場を得たのち、時の首相に一介の文士は用がないのと同じように、文士吉田健一に内閣総理大臣吉田茂は用がない。そもそも相手には取り巻きや請願組や利権漁り組が何重にもとり巻いている。

「父と漸く親しくなったのがその引退後だったのは父自身の状況と並行して何故かそれと

殆ど同時にこっちも自分の仕事に見切りを付けることを知った為だった」

終章が「人間も六十を過ぎる」との出だしとぴったり結び合うようにつくられている。だからこそ「木口」のオチが印象深い。いかにもこの『交遊録』は木口のいい家であって、玄関にはたしかに「吉田健一」の表札がかかっている。

年譜

吉田健一

一九一二年（明治四五年・大正元年）
三月二七日、イタリア大使館三等書記官吉田茂（後の内閣総理大臣）の長男として東京・千駄ケ谷に生まれる。母は牧野伸顕の長女雪子。桜子、和子、正男の四人兄妹。大正七年の父の中国行きまで牧野邸で育てられる。

一九一八年（大正七年） 六歳
四月、学習院初等科に入学。父の中国山東省済南領事赴任にともない、青島に転住。

一九一九年（大正八年） 七歳
パリ講和会議全権委員牧野伸顕の随員として父が渡仏。遅れて家族とともにパリ着。翌年夏まで滞在し、深い印象を受ける。

一九二〇年（大正九年） 八歳
六月、父がイギリス大使館一等書記官として赴任するのに従い、ロンドンに転居。ストレタム・ヒルの小学校に通学。

一九二二年（大正一一年） 一〇歳
五月、父が中国天津総領事として赴任したのに従い、天津に住む。市内のイギリス人小学校に通学。

一九二六年（大正一五年・昭和元年） 一四歳
帰国し、暁星中学校二年生に編入。同級生に二世尾上松緑、桶谷繁雄がいた。

一九三〇年（昭和五年） 一八歳
三月、暁星中学校を卒業。ケンブリッジ大学留学のために渡英。受験勉強のため、シェイクスピアの『十二夜』を暗記。後に同作品はもっとも愛読した作品となった。ケンブリッジ、キングズ・カレッジに入学し、プラトン学者G・ロウェス・ディッキンソンに師事。冬休み期間中パリに遊び、ルーブル美術館に通う。この頃、ボードレール、ヴァレリイに目を開かれる。

一九三一年（昭和六年）　一九歳
二月頃、文学に生きるには日本に住むべきというディッキンソンの教えに従い帰国する。世田谷区桜新町に牧野家から手配された年配の女中と居住。母の従弟伊集院清三を介して河上徹太郎、小林秀雄等を知る。

一九三五年（昭和一〇年）　二三歳
六月、帰国後に入学したアテネ・フランセを卒業。一一月、ポオの『覚書（マルジナリア）』を訳述し、芝書店より刊行。

一九三六年（昭和一一年）　二四歳
七月、アンドレ・シュアレスの「独裁政治と独裁者」を訳述し、『文学界』に発表。九月、ジャン・グルニエの「正統派の時代」を訳述し、『文学界』に寄稿。

一九三七年（昭和一二年）　二五歳
親許を離れ世田谷区北沢に弟の正男と住み、近隣の横光利一と交友。四月、『文学界』の海外文学欄に執筆し、以後しばしば同コラムに寄稿。夏、中村光夫を知る。

一九三八年（昭和一三年）　二六歳
前年につづいて『文学界』の海外文学欄に執筆。三月、アンドレ・ジイドの「日記」を翻訳し、『文学界』に寄稿。六月から七月まで、ヴァレリイの「ドガに就て」を『文学界』に訳載。

一九三九年（昭和一四年）　二七歳
一月、「ラフォルグ論」を『文学界』に発表。三月から四月まで、ヴァレリイの「知性に就て」を『文学界』に訳載。八月、伊藤信吉、山本健吉、中村光夫等と『批評』を創刊し、名義上の編集・発行人となる。一〇月、前年の翻訳「ドガに就て」の続稿を「舞踏に就て」と題して『文学界』に発表。一一月、「ハックスレイに就て」を『批評』に発表。一二月、「ドガに就て」の続稿「術語について」を『批評』に訳載。

一九四〇年（昭和一五年）二八歳

一月、「ヴァレリイの詩」を『批評』に発表。二月から六月まで、「ドガに就て」を『批評』に訳載。四月から、『批評』の編集を担当する。八月から九月まで、小説「過去」を『批評』に寄稿。

一九四一年（昭和一六年）二九歳

三月から一一月にかけて、リットン・ストレーチェイの「高僧マンニング伝」を七回にわたり『批評』に訳載。五月、大島信子と結婚。六月、「近代の東洋的性格に就て」を『新潮』に発表。九月、「英国の詩に就ての一考察」を『文学界』に発表。一〇月七日、母雪子死去。一二月、ヴァレリイの「レオナルド・ダ・ヴィンチ方法序説」を『批評』に訳載。

一九四二年（昭和一七年）三〇歳

一月、ヴァレリイの「レオナルド・ダ・ヴィンチ方法序説」の続篇を五月まで三回、『批評』に訳載。「文芸時評」を『批評』に発表。二月から一二月にかけて四回にわたり、ポオの「マルジナリア」を『批評』に訳載。六月、「『近代の終焉』に関する随想」を『批評』に発表。七月、「ボオドレエルの詩」を『批評』に発表。九月一二日、長男健介生まれる。一二月、「森鷗外論」を『文学界』に発表。

一九四三年（昭和一八年）三一歳

一月、文京区小日向台町の妻の実家に移る。この頃より、国際文化振興会翻訳室に勤務。前年につづいてポオの「マルジナリア」を

『批評』に訳載。二月、「文明開化の精神」を『批評』に発表。五月、「古典に就て」を『批評』に発表。八月、牛込区払方町三四番地に転居。「英米文化の実体」を『新潮』に発表。

一九四四年（昭和一九年）　三一歳
四月、「鷗外の歴史文学㈠」を『批評』に発表。『ポオル・ヴァレリイ全集』第三巻「テスト氏・楽劇」を分担訳。一一月、戦時下の同人雑誌統合命令に従い廃刊した『批評』を『批評Ⅰ』として刊行し、「鷗外の歴史文学」を発表。

一九四五年（昭和二〇年）　三二歳
三月、払方町の家が空襲で焼け、発送直前の『批評』も焼失する。一時、永田町にあった父茂の家に同居。五月、妻信子の縁故を頼り福島県河沼郡に疎開。同地で召集令状を受け、横浜海兵団に二等主計兵として入団。八月二四日、復員。一〇月二三日、長女暁子生まれる。

一九四六年（昭和二一年）　三三歳
志賀直哉の発案による『牧野伸顕回顧録』のため、春から中村光夫とともに千葉県に在住の牧野をたびたび訪れ、回想を口述筆記、これを整理し書き直したものに牧野が訂正加筆して原稿を完成し、『文藝春秋』に連載。五月、鎌倉市稲村ケ崎に転居。年末に鎌倉市二階堂に転居。この年、『新夕刊』の発刊にともない、同社の渉外部長に就任。

一九四七年（昭和二二年）　三五歳
一月、鎌倉市東御門に転居。四月、「十二夜」を『批評』シェイクスピア特輯号に発表。この年、鎌倉アカデミアで英文学を講義。

一九四八年（昭和二三年）　三六歳
二月、「ボオドレエルの近代性」を『表現』に、「中原中也論」を『文学界』に発表。三月、「古典性と近代性——『悪の華』をめぐりて1」を『批評』ボオドレエル特輯号に発表。七月、「ポオの完璧性」を『文学界』に発表。一一月、「チェーホフのリアリズム」と「感想——耕氏の作品のことなど」を『批評』に発表。

一九四九年（昭和二四年）　三七歳

四月、国学院大学非常勤講師として文学概論を講じる。五月、「シェイクスピアの悲劇と喜劇」を『文芸』に発表。八月、「ロメオとジュリエット」を『表現』に発表。一〇月、「『リュシアン・ルウヴェン』について」を『批評』に発表。

一九五〇年（昭和二五年）　三八歳

五月、「ハムレット」を『展望』に発表。六月、「ケンブリッジの大学生」を『文芸』に発表。七月、文芸時評「翻訳小説と翻訳者」を『人間』に発表。八月、レッドマンの「福祉国家としての現代英国」を『文藝春秋』に訳載。九月、「象牙の塔を出て」を『新潮』に発表。一〇月、「イギリスの芝——スポーツと私」を『文藝春秋』増刊号に発表。一一月、「詩について」を『展望』に発表。一二月、「ロレンスの思想」を『群像』に発表。

一九五一年（昭和二六年）　三九歳

三月、「通俗文学として見たシェイクスピアのオセロ」を『群像』に、「考へる人」を『新潮』に発表。五月、「ユトオピア文学」を『人間』に発表。同月八日、D・H・ロレンス著、伊藤整訳『チャタレイ夫人の恋人』をわいせつ文書とする第一回公判が東京地裁で開廷され、公判過程において弁護側証人として出廷。八月から一一月にかけて、「寸言集」を『文藝春秋』に執筆。一〇月、エリオット著『文化とは何か』（深瀬基寛訳）の書評を『日本読書新聞』に発表。「エリザベス時代の演劇」を『演劇』に発表。一一月、「リヤ王論」を『演劇』に発表し、翌月完結。一二月、「旅の道連れは金に限るといふ小話」を『文藝春秋』増刊号に発表。同月頃から、『東京新聞』の匿名欄「大波小波」に「禿山頑太」他の筆名で寄稿を開始。

一九五二年（昭和二七年）四〇歳

三月、「クレオパトラ」を『文学界』に発表。八月、『文学界』の誌上座談会「世界文学の現状」に出席。九月、「エリオット」を『英語英米文学講座』第五巻（河出書房刊）に寄稿。一〇月から一二月にかけて、「小説月評」を『文学界』に発表。

一九五三年（昭和二八年）四一歳

一月四日、新宿区払方町三四に転居する。ブドウ・スワニィゼの「叔父スターリン」を『中央公論』に訳載。二月、『群像』の誌上座談会「言論の自由」に出席。「宰相御曹司貧窮す」を『文藝春秋』増刊号に発表。三月、「シェイクスピアの性生活」を『新潮』に発表。六月、「硝煙と軍靴の後に来るもの――大岡昇平の人と作品」を『別冊文藝春秋』に発表。八月三日、英国外務省情報部の招待で池島信平、河上徹太郎、福原麟太郎とともに渡英。一〇月、初めての講演旅行で訪れた酒田の地酒が気に入り、以後、毎年のように秋には酒田・新潟への旅行を楽しむ。一一月、「英国紳士の対日感情」を『新潮』に発表。「英国点描」を『群像』に発表。一二月、「お酒の講演旅行」を『文藝春秋』に発表。

一九五四年（昭和二九年）四二歳

一月、新宿区払方町三四の同番地内に自宅を新築し移る。小説「春の野原」を『文芸』に発表。同月から三月まで、「T・S・エリオット」を『あるびよん』に連載。三月、「宰相御曹司家を建つ」を『文藝春秋』に発表。「横光利一『書方草紙』など」を『図書新聞』に発表。五月、「このエピキュリアンを見よ」を『文学界』に、「宰相と文学」を『群像』に発表。同月から九月まで、「東西文学論」を『新潮』に連載。一一月、「吉田内閣を弁護する」を『中央公論』に発表。同月から翌年二月まで、「文士外遊史」を『文学界』に三回連載。
一九五五年（昭和三〇年）　四三歳
一月、「女と社交について」を『文藝春秋』に発表。二月、小説「酒宴」を『文芸』に、「大衆文学の昇華」を『文学界』に発表。四月、小説「診断書」を『文学界』に発表（六月完結）。五月、「ハムレットに就て」を『文学界』に、「先駆者横光利一」を『文芸　横光利一読本』に発表。八月、小説「百鬼の会」を『文学界』に、「万能選手・福田恆存」を『別冊文藝春秋』に発表。九月、「ロレンスとミラー」を『知性』に発表。一二月、「女子大は撲滅すべきか」を『文藝春秋』に発表。
一九五六年（昭和三一年）　四四歳
二月、「保守党の任務」を『中央公論』に発表。四月、「本当の話」を『中央公論』に発表。同月一八日から、「乞食王子」を『西日本新聞』に連載（七月二七日完結）。文学界新人賞の選考委員となる。六月、「時代を超える直哉日記」を『文学界』に寄稿。一〇月から一二月まで、「今月の問題作」を『文学界』に発表。
一九五七年（昭和三二年）　四五歳
一月、「作法無作法」を『オール読物』に連載（一二月完結）。『シェイクスピア』で第八回読売文学賞（評論伝記部門）を受賞。六月まで、『朝日新聞』の〈きのうきょう〉欄に執筆。三月、「舌鼓ところどころ」を『文藝春秋』に連載（三三年三月完結）。「甘酸っぱい味」を『熊本日日新聞』に連載（六月完結）。一〇月、「逃げる話」を『群像』に発表。一二月、『日本について』で第四回新潮社文学賞を受賞。
一九五八年（昭和三三年）　四六歳
一月、「ひまつぶし」を『婦人画報』に連載（一二月完結）。六月、「日本人であることの不安について」を『文藝春秋』に発表。八月、「日本語の行方」を『群像』に発表。一〇月、大岡昇平等と季刊誌『声』を創刊し、「イエイツ——英国の近代文学1」を掲載。

一九五九年（昭和三四年）四七歳

一月、小説「辰三の場合」と「エリオット——英国の近代文学2」を『声』に発表。三月、河上徹太郎との対談「文学・文壇・文士」が『早稲田文学』に掲載される。四月、「ロレンスとジョイス——英国の近代文学3」を『声』に発表。七月と一〇月に、「文学概論——言葉に就て」を『声』に発表。八月、「戦後の文学」を『群像』に発表。

一九六〇年（昭和三五年）四八歳

一月、「詩に就て——文学概論3」を『声』に発表。四月、小説「流れ」と「詩に就て——文学概論4」を『声』に発表。五月、「文士の発言」を『文学界』に寄稿。六月、「交友断片」を『群像』に発表。七月、「散文に就て——文学概論5」を『声』に発表。一〇月、「翻訳論」を『声』に発表。『吉田健一著作集』が垂水書房より刊行開始（一六回刊行したところで中絶）。

一九六一年（昭和三六年）四九歳

一月、小説「出盧」を『声』に発表。「横道に逸れた文学論」を『文学界』に連載（六月完結）。二月、「考へる人——ある時代の横光利一」を『新潮』に発表。四月、「大衆文学時評」を『読売新聞』に連載（四〇年六月完結）。六月、綺譚「生きてゐる翼竜」を『別冊文藝春秋』に発表。七月、小説「残光」を『小説中央公論』に発表。一二月、「ペンと鉛筆と毒」を『別冊文藝春秋』に発表。

一九六二年（昭和三七年）五〇歳

三月、冒険綺譚「史上最大の怪魚」を『別冊文藝春秋』に発表。五月、「擬態について」を『中央公論』に発表。六月、「二種類の文学」を『風土』に発表。冒険綺譚「世界の珍鳥」を『別冊文藝春秋』に発表。八月、「文学の位置」を『文学界』に寄稿。一一月、小説「空蟬」を『文芸』に発表。

一九六三年（昭和三八年）　五一歳

四月、中央大学文学部教授に就任し、英文学を講じる。七月、「久保田万太郎の文学」を『中央公論』に発表。八月、ニューヨーク大学での国際比較文学年次大会シンポジウム「文学史と文芸批評」に日本代表の一人として参加。

一九六四年（昭和三九年）　五二歳

一月、「諷刺と笑ひ――スウィフトをめぐって」を『世界』に発表。五月、新宿区払方町三四の敷地内に現在の家を新築。一〇月、「心掛け」を『文学界』に発表。一一月、「『みやび』の伝統」を『展望』に発表。

一九六五年（昭和四〇年）　五三歳

三月、「芸術論」を『文学界』に発表。五月、J・クレランドの「ファニー・ヒル」を訳述し、『文芸』に掲載。一二月、「騒音」を『文学界』に発表。

一九六六年（昭和四一年）　五四歳

一月、「文学の楽しみ」を『文芸』に連載（一二月完結）。二月、「文学は道楽か」を『展望』に発表。八月、「言葉――文学の効用」を『文学界』に発表。一〇月、「批評」を『展望』に寄稿。

一九六七年（昭和四二年）　五五歳

三月、「挽歌」を『文学界』に発表。四月、小説「贅沢な話」を『文芸』に発表。九月、「大デュマの美食」を『別冊文藝春秋』に発表。一〇月二〇日、父吉田茂死去。一二月、「ああ海軍百分隊」を『別冊文藝春秋』に発表。

一九六八年（昭和四三年）　五六歳

二月、原書房版『吉田健一全集』が刊行開始。四月、「読書」を『文学界』に発表。七月、「余生の文学」を『季刊芸術』に寄稿。

九月、「現実と非現実の間で――『不意の声』をめぐつて」を『文学界』に発表。

一九六九年（昭和四四年）　五七歳

三月、中央大学文学部教授を辞職。六月、「浪漫主義」を『学鐙』に発表。七月、「ヨオロッパの世紀末」を『ユリイカ』に連載（四五年六月完結）。九月一二日より、「英文学巡礼」を『読売新聞』に五回連載。

一九七〇年（昭和四五年）　五八歳

四月、「言葉といふもの」を『季刊芸術』に発表。七月、小説「瓦礫の中」を『文芸』に発表。八月、「六会式」を『小説新潮』に、「文化の手触り――今日の日本文化の印象」を『展望』に発表。一〇月、小説「町の中」を『すばる』に、小説「人の中」を『海』に発表。一一月、『ヨオロッパの世紀末』で第二三回野間文芸賞を受賞。一二月、「金沢」を『暮しの手帖』に発表。

一九七一年（昭和四六年）　五九歳

一月、小説「画廊」と「一頁時評」を『文芸』に発表。「一頁時評」は一二月まで連載。二月、『瓦礫の中』が〈野放図に知的に戦後知識人を浮き彫りにした作品〉（山本健吉評）として第二二回読売文学賞・小説賞に輝く。同月四日から、「私の食物誌」を『読売新聞』に連載（一二月二六日完結）。「文学が文学でなくなる時」を『すばる』に連載（一一月完結）。三月、小説「絵空ごと」を『文芸』に発表。四月、「ランボオの詩」を『ユリイカ』臨時増刊号に寄稿。八月、「書架記」を『中央公論』に連載（四七年九月完結）。一二月、『朝日新聞』の「文芸時評」を担当（四七年一一月まで）。

一九七二年（昭和四七年）　六〇歳

三月、「探すのではなくここにあるもの」を『すばる』に発表。五月、「ヨオロッパの人間」を『新潮』に連載（四八年四月完結）。六月、『CRETA』に「時をたたせる為に」

の連載を始める。七月、「交遊録」を『ユリイカ』に連載（四八年六月完結）。九月、小説「本当のような話」を『すばる』に発表。

一九七三年（昭和四八年）　六一歳

三月、「新聞記事にならないことに就て」を『すばる』に発表。四月、「金沢」を『文芸』に発表。五月、小説「東京の昔」を『海』に連載（一一月完結）。同月五日から四回連載で「読むための栞」を『読売新聞』に掲載。九月、「或る国語に就て」を『学鐙』に、「本が語つてくれること」を『すばる』に発表。

一九七四年（昭和四九年）　六二歳

一月、連作小説「旅の時間」をほぼ隔月連載で『文芸』に発表（五〇年五月完結）。同月九日から、『読売新聞』の〈東風西風〉欄を担当（六月二六日まで）。六月、小説「埋れ木」を『すばる』に発表。七月、「沼の記憶」を『海』に、「自由について」を『中央公論』に発表。

一九七五年（昭和五〇年）　六三歳

一月、小説「山野」を『海』に発表。「時間」を『新潮』に連載（一二月完結）。四月、「何も言ふことがないこと」を『文芸展望』に、「P・G・ウッドハウス」を『学鐙』に寄稿。五月、「旅の時間――京都」を『文芸』に発表。六月、『文芸』の「読書鼎談」に出席（高井有一・藤枝静男と）。同月四日、英国旅行に出発し、七月一三日に帰国。九月、「昔話」を『ユリイカ』に連載（五一年八月完結）。一二月、「思ひ出すままに」を『すばる』に連載（五一年二月完結）。

一九七六年（昭和五一年）　六四歳

一月、小説「木枯し」を『文芸』に発表。同月、連作小説「怪奇な話」を『海』にほぼ隔月連載（五二年六月完結）。五月、「わが博物記」を『ちくま』に三回連載。八月、小説「二人旅」を『文芸』に発表。九月、「変化」を『ユリイカ』に連載（五二年六月完結）。

一九七七年（昭和五二年）　六五歳

一月、小説「町並」を『文芸』に発表。二月、「読む領分」を『新潮』に連載（八月まで）。五月二五日、英国旅行に出発。ロンドン滞在中に風邪をひき、軽い肺炎症状を起こす。六月二五日、空路パリ入りし、留学中の長女暁子に会う。体調不良を押して帰国。七月一四日、築地聖路加国際病院に入院し、二三日、退院。八月三日午後六時、肺炎のため新宿区払方町三四の自宅で逝去。石川淳は〈英語のできる人は多いが彼のは英国文明を理解し、英国人そのものになり切ったような英語であった。なんとも残念だ。〉とその死を惜しんだ。同月四日、近親者、友人のみで仏式の通夜を自宅で行う。五日、密葬。一〇月、小説「桜の木」が絶筆として『すばる』第三一号に掲載された。

現在、吉田健一は横浜市久保山墓地の吉田家の墓所に眠る。

（藤本寿彦　編）

著書目録

吉田健一

【単行本】

英国の文学　昭24・7　雄鶏社
シェイクスピア　昭27・6　池田書店
宰相御曹司貧窮す　昭29・7　文芸春秋新社
でたらめろん（右の私家版）　昭29・7　文芸春秋新社
東西文学論　昭30・5　新潮社
随筆　酒に呑まれた頭　昭30・8　新潮社
文学あちらこちら　昭31・5　東方社
三文紳士　昭31・10　宝文館
シェイクスピア（前著の増補版）　昭31・10　垂水書房
乞食王子　昭31・10　新潮社
大磯清談（吉田茂との対談集）　昭31・12　文芸春秋新社
文学人生案内　昭32・5　東京創元社
英語上達法　昭32・7　垂水書房
日本について　昭32・8　講談社
甘酸つぱい味　昭32・8　新潮社
近代文学論　昭32・10　垂水書房
酒宴　昭32・11　東京創元社
作法無作法　昭33・2　宝文館
舌鼓ところどころ　昭33・6　文芸春秋新社
英国の文学の横道　昭33・10　講談社
英国の近代文学　昭34・10　垂水書房
ひまつぶし　昭34・11　講談社

日本の現代文学　昭35・3　雪華社
頭の洗濯　昭35・6　文芸春秋新社
近代詩について　昭35・6　垂水書房
英語と英国と英国人と　昭35・8　垂水書房
シェイクスピア物語　昭35・9　垂水書房
文学概論　昭35・10　垂水書房
文句の言ひどほし　昭36・3　朝日新聞社
色とりどり　昭36・5　雪華社
随筆英語上達法　昭36・6　垂水書房
日本語と日本と日本人と　昭36・9　垂水書房
日本の現代文学　昭36・11　垂水書房
書き捨てた言葉　昭37・5　垂水書房
不信心　昭37・9　朝日新聞社
横道に逸れた文学論　昭37・10　文芸春秋新社
新聞一束　昭38・6　垂水書房
残光　昭38・7　中央公論社
吉田健一随筆集　昭38・11　垂水書房
英国の文学（前著の改稿）　昭38・12　垂水書房
わがシェイクスピア——物語とソネット　昭38・12　垂水書房
謎の怪物・謎の動物　昭39・7　新潮社
葡萄酒の色（訳詩集）　昭39・11　垂水書房
大衆文学時評　昭40・9　垂水書房
日本の現代文学　昭40・10　垂水書房
感想A　昭41・10　垂水書房
感想B　昭41・10　垂水書房
文学の楽しみ　昭42・2　河出書房新社
落日抄——父・吉田茂のこと他　昭42・12　読売新聞社
余生の文学　昭44・10　新潮社
作者の肖像　昭45・2　読売新聞社
ヨオロッパの世紀末　昭45・10　新潮社
瓦礫の中　昭45・11　中央公論社
絵空ごと　昭46・7　河出書房新社
吉田健一全短編集　昭46・8　読売新聞社
文学が文学でなくなる時　昭47・3　集英社

私の食物誌　昭47・11　中央公論社
本当のような話　昭48・1　集英社
金沢　昭48・7　河出書房新社
文明に就て　昭48・7　新潮社
書架記　昭48・8　中央公論社
ヨオロッパの人間　昭48・10　新潮社
東京の昔　昭49・3　中央公論社
交遊録　昭49・3　新潮社
英国に就て　昭49・5　筑摩書房
新編三文紳士　昭49・8　筑摩書房
埋れ木　昭49・10　集英社
日本に就て　昭49・11　筑摩書房
覚書　昭49・11　青土社
本が語つてくれること　昭50・1　新潮社
英語英文学に就て　昭50・3　筑摩書房
言葉といふもの　昭50・6　筑摩書房
詩と近代　昭50・7　小沢書店
ラフォルグ抄　昭50・8　小沢書店
旅の時間　昭50・9　河出書房新社
詩に就て　昭50・10　青土社
時をたたせる為に　昭51・3　小沢書店
時間　昭51・4　新潮社
定本落日抄　昭51・9　小沢書店
昔話　昭51・12　青土社
思ひ出すままに　昭52・1　集英社

■歿後刊行■

怪奇な話　昭52・11　中央公論社
変化　昭52・12　青土社
道端　昭53・1　筑摩書房
まろやかな日本（幾野宏訳）　昭53・7　新潮社
春その他　昭53・8　小沢書店
読む領分　昭54・1　新潮社
吉田健一対談集成　平10・2　小沢書店

【翻訳】

覚書（マルジナリア）　昭10・11　芝書店

（ポオ）
精神の政治学（ヴァレリイ）　昭14・6　創元社
ドガに就て（ヴァレリイ）　昭15・10　筑摩書房
知性の危機（ヴァレリイ全集7）　昭17・2　筑摩書房
ドガ・ダンス・デッサン（ヴァレリイ全集13）　昭17・6　筑摩書房
レオナルド・ダ・ヴィンチ方法論序説他（ヴァレリイ全集5）　昭17・10　筑摩書房
或る寓話への弔辞（ヴァレリイ全集9）　昭18・1　筑摩書房
『ユウレカ』を廻つて『マアジネリヤ』抄他（ヴァレリイ全集10）　昭18・6　筑摩書房
建築に関する逆説他（ヴァレリイ全集14）　昭18・12　筑摩書房
楽劇セミラミス（ヴァレリイ全集3）　昭19・4　筑摩書房
ハムレット異聞（ラフォルグ）　昭22・11　角川書店
ルネッサンス（ペイタア）　昭23・6　角川書店
赤い死の舞踏会（ポオ）　昭23・6　若草書房
追憶の哲理（キエルケゴオル、堀田善衞と共訳）　昭23・8　大地書房
シェイクスピア論（サミュエル・ジョンソン）　昭23・11　思索社
風流驢馬旅行（スティヴンソン）　昭24・2　文芸春秋新社
伝説的な教訓劇（ラフォルグ全集3）　昭24・7　若草書房

ふしぎな国のアリス（キャロル）　昭25・1　小山書店
一九八四年（オォウェル、龍口直太郎と共訳）　昭25・4　文芸春秋新社
息子と恋人　上中下（ロレンス選集6～8）　昭25・9～11　小山書店
ロビンソン漂流記（デフォオ）　昭26・5　新潮文庫
お前の敵（ギッブス）　昭26・6　小山書店
芸術論（ワイルド）　昭26・6　要書房
野蛮な遊び　上下（コラン）　昭26・10～11　筑摩書房
英文学史（ルネ・ラルウ）　昭27・3　白水社
山師（イシャアウッド）　昭27・3　文芸春秋新社
リチャアドソン物語（フランシス・ウィリアムス、高野良二と共訳）　昭27・4　新潮社
日ざかり（エリザベス・ボウエン）　昭27・8　新潮社
真実の山（デュ・モオリア）　昭27・12　ダヴィッド社
怒りの海　上下（モンサラット）　昭28・1　新潮社
叔父スタアリン（ブドウ・スワニイゼ）　昭28・3　ダヴィッド社
林檎の木（デュ・モオリア）　昭28・4　ダヴィッド社
性の世界（ヘンリイ・ミラア）　昭28・9　新潮社
抵抗の戦場（ブルウス・マアシャル）　昭28・10　日本出版協同株式会社
暗い春（ヘンリイ・ミラア）　昭28・10　人文書院
世界と西欧（トインビイ）　昭28・11　新潮社
荒地・評論（T・S・　昭29・3　新潮社

エリオット、現代世界文学全集26）
愛と信仰について（クロオデル、ジイド往復書簡、河上徹太郎と共訳）　昭29・8　ダヴィッド社
若い人々のために（スティヴンソン）　昭29・9　池田書店
シェイクスピア詩集　昭31・1　池田書店
海からの贈物（リンドバーグ夫人）　昭31・2　新潮社
木曜の男（チェスタアトン、世界推理小説全集5）　昭31・9　東京創元社
ボオドレエル、アァノルドとペイタア他（エリオット選集3）　昭34・1　弥生書房
シェイクスピア物語（ラム、少年少女世界文学全集5）
ダンテ、シェイクスピアに対するセネカの克己主義の影響他（エリオット選集2）　昭34・4　弥生書房
最後の詩（ラフォルグ、世界名詩集大成3）　昭34・7　平凡社
アモンティラドの樽（ポオ、世界文学大系33）　昭34・7　筑摩書房
荒地（エリオット選集4）　昭34・10　弥生書房
批評家の仕事（エリオット全集3）　昭35・6　中央公論社
ウィリアム・ブレイク、ダンテ、ボードレエル、アァノルドとペイタア（エリオット全集4）　昭35・9　中央公論社

楽劇セミラミス（ヴァレリイ、世界文学大系51）　昭35・11　筑摩書房
当世人気男（アァノルド・ベネット、世界ユーモア文学全集5）　昭36・4　筑摩書房
シェイクスピア詩集　昭36・7　垂水書房
フォーセット探検記（P・H・フォーセット、世界ノンフィクション全集20）　昭36・9　筑摩書房
日本を映す小さな鏡（アァル・マイナア）　昭37・6　筑摩書房
日本の文学（ドナルド・キーン）　昭38・2　筑摩書房
ブライヅヘッドふたたび（イヴリン・ウォオ）　昭38・5　筑摩書房
シンガム・ボッブ氏　昭38・12　東京創元新社
の文学と生涯、覚書（マルジナリア）他（ポオ全集3）
黒いいたずら（イヴン・ウォオ、新しい世界の文学17）　昭39・9　白水社
ハワアズ・エンド（E・M・フォスタア、世界文学全集16）　昭40・6　集英社
ファニイ・ヒル（ジョン・クレランド、人間の文学1）　昭40・7　河出書房新社
『ルネッサンス』の序、『ルネッサンス』の結論（ペイタア、世界文学大系96）　昭40・11　筑摩書房
文楽（ドナルド・キーン）　昭41・6　講談社
道楽者の手記（ジョン・クレランド、人

間の文学2）

動物農園（オォウェル、世界の文学53）　昭41・12　中央公論社

楽劇セミラミス（ヴァレリー全集1）　昭42・3　筑摩書房

『セミラミス』（『セミラミス』について）　昭42・4　筑摩書房

地中海の感興　精神の政治学（ヴァレリー全集11）　昭42・5　筑摩書房

ドガ・ダンス・デッサン、エルネスト・ルアアルの思い出、建築家に関する逆説、ポォル・デュボア氏、ウゥドン作の胸像（ヴァレリー全集10）　昭42・6　筑摩書房

ギルバアト・ピンフォオルドの試練（イヴリン・ウォオ、世界文学全集・20世紀の文学17）　昭42・6　集英社

『マアジネリア』抄、コンラッドとの会話（ヴァレリー全集7）　昭42・7　筑摩書房

『ユリイカ』をめぐって（ヴァレリー全集9）　昭42・8　筑摩書房

ジェイン・エア（C・ブロンテ、世界文学全集デュエット版22）　昭43・10　集英社

海から来た男（マイクル・イネス、世界ロマン文庫11）　昭45・3　筑摩書房

変身の恐怖（パトリシア・ハイスミス、世界ロマン文庫16）　昭45・6　筑摩書房

ベニレイス、影、メッツエンガアシュタイン、リジイア、沈黙、群衆の人、赤い死の舞踏会、アモンティラドの樽（ポオ、世界文学全集デュエット版18） 昭45・7 集英社

スコット・キングの現代ヨオロッパ（イヴリン・ウォオ、現代の世界文学イギリス短篇24） 昭47・6 集英社

接吻して（ダフネ・デュ・モーリア、現代の世界文学イギリス短篇24） 昭47・6 集英社

自叙伝（G・K・チェスタトン著作集3） 昭48・6 春秋社

ピンフォオルドの試練（イヴリン・ウォオ、世界の文学15） 昭52・9 集英社

ドガに就て（ヴァレリイ） 昭52・12 筑摩書房

【全集】

吉田健一著作集 全十九巻（三巻をのこして中断） 昭35・10〜42・1 垂水書房

吉田健一全集 全十巻（全巻解説・篠田一士） 昭43・2〜12 原書房

ポエティカ 全二巻（監修・石川淳 河上徹太郎） 昭49・10〜11 小沢書店

吉田健一著作集 全三十巻補巻二巻（監修・石川淳 河上徹太郎 中村光夫 編集委員・篠田一士 清水徹 丸谷才一 全巻解 昭53・9〜56・7 集英社

題・清水徹）
吉田健一集成　全八巻別巻一巻　平5・6〜6・6　新潮社
現代日本文学全集96（現代文芸評論集3）　昭33　筑摩書房
現代知性全集35　昭34　日本書房
新選現代日本文学全集37（山本健吉・中村光夫・吉田健一・中村真一郎集）　昭35　筑摩書房
日本現代文学全集92　昭39　講談社
現代日本文学大系66　昭47　筑摩書房
昭和文学全集23　昭62　小学館

【文庫】

英国の文学　昭26　創元文庫
英国の文学　昭29　新潮文庫
（解＝福田恆存）
シェイクスピア　昭36　新潮文庫
（解＝福田恆存）
私の食物誌　昭50　中公文庫
（解＝金井美恵子）
東京の昔（解＝入江隆則）　昭51　中公文庫
瓦礫の中（解＝清水徹）　昭52　中公文庫
本当のような話　昭52　集英社文庫
舌鼓ところどころ　昭55　中公文庫
（解＝池田彌三郎）
書架記（解＝清水徹）　昭57　中公文庫
怪奇な話（解＝三浦雅士）　昭57　中公文庫
酒肴酒（解＝丸谷才一）　昭60　光文社文庫
続酒肴酒（解＝篠田一士）　昭60　光文社文庫
私の古生物誌　平1　ちくま文庫
（解＝倉本四郎）
金沢・酒宴　平2　文芸文庫
（解＝四方田犬彦　案＝近藤信行　著＝近藤信行）
絵空ごと・百鬼の会　平3　文芸文庫
（解＝高橋英夫　案＝勝又浩　著＝近藤信行）

三文紳士（人＝池内紀　年＝藤本寿彦　著＝近藤信行）　平3　文芸文庫
英語と英国と英国人（人＝柳瀬尚紀　年＝藤本寿彦　著＝近藤信行）　平4　文芸文庫
英国の文学の横道（人＝金井美恵子　年＝藤本寿彦　著＝近藤信行）　平4　文芸文庫
思い出すままに（人＝粟津則雄　年＝藤本寿彦　著＝近藤信行）　平5　文芸文庫
本当のような話（解＝中村稔　案＝鈴村和成　著＝近藤信行）　平6　文芸文庫
英国に就て（解＝小野寺健）　平6　ちくま文庫
英国の文学（解＝高松雄一）　平6　岩波文庫
ヨオロッパの人間　平6　文芸文庫
（人＝千石英世　年＝藤本寿彦　著＝近藤信行）
ヨオロッパの世紀末（解＝辻邦生）　平6　岩波文庫
酒に呑まれた頭（解＝清水徹）　平7　ちくま文庫
乞食王子（人＝鈴村和成　年＝藤本寿彦　著＝近藤信行）　平7　文芸文庫
東西文学論・日本の現代文学（人＝島内裕子　年＝藤本寿彦　著＝近藤信行）　平7　文芸文庫
文学人生案内（人＝高橋英夫　年＝藤本寿彦　著＝近藤信行）　平8　文芸文庫
英国の近代文学（解＝川本皓嗣）　平10　岩波文庫
時間　平10　文芸文庫
（解＝高橋英夫　年＝藤本

寿彦　著＝近藤信行）

旨いものはうまい　平16　グルメ文庫
（付録エッセイ＝吉田暁子）

旅の時間　平18　文芸文庫
（解＝清水徹　年＝藤本寿彦　著＝近藤信行）

ロンドンの味　平19　文芸文庫
（解＝島内裕子　年＝藤本寿彦　著＝近藤信行）

シェイクスピア・シェイクスピア詩集　平19　平凡社ライブラリー
（解＝清水徹）

吉田健一対談集成　平20　文芸文庫
（解＝長谷川郁夫　年＝藤本寿彦　著＝近藤信行）

文学概論　平20　文芸文庫
（解＝清水徹　年＝藤本寿彦　著＝近藤信行）

文学の楽しみ　平22　文芸文庫
（解＝長谷川郁夫　年＝藤本寿彦　著＝近藤信行）

東京の昔　平23　ちくま学芸文庫
（解＝島内裕子）

「著書目録」には、原則として編著・再刊本等は入れなかった。／**【文庫】**は本書初刷刊行日現在の各社最新版「解説目録」に記載されているものに限るのが原則だが、この巻に関しては刊行されたものを網羅した。／作成に当っては、集英社版『吉田健一著作集・補巻二』の清水徹氏作成「吉田健一年譜」を参照した。／（　）内の略号は、**解**＝解説、**案**＝作家案内、**人**＝人と作品、**年**＝年譜、**著**＝著書目録を示す。

（作成・近藤信行）

本書は、一九九三年六月新潮社刊『吉田健一集成3』を底本とし、旧かな遣いを新かな遣いに改め、多少ふりがなを加えました。本文中明らかな誤記、誤植と思われる箇所は正しましたが、原則として底本に従いました。なお、底本にある表現で、今日から見れば不適切と思われるものがありますが、作品が書かれた時代背景と作品価値を考え、著者（故人）が差別助長の意図で使用していないことなどから、そのままにしました。よろしくご理解のほどお願いいたします。

交遊録《こうゆうろく》
吉田健一《よしだけんいち》

二〇一一年七月 八 日第一刷発行
二〇二二年五月一九日第三刷発行

発行者――鈴木章一
発行所――株式会社 講談社
東京都文京区音羽2・12・21 〒112-8001
電話 編集（03）5395・3513
販売（03）5395・5817
業務（03）5395・3615

デザイン――菊地信義
印刷――株式会社KPSプロダクツ
製本――株式会社国宝社
本文データ制作――講談社デジタル製作

定価はカバーに表示してあります。

講談社
文芸文庫

ISBN978-4-06-290127-7

講談社文芸文庫

青木淳選	建築文学傑作選	青木 淳——解
青山二郎	眼の哲学|利休伝ノート	森 孝一——人／森 孝一——年
阿川弘之	舷燈	岡田 睦——解／進藤純孝——案
阿川弘之	鮎の宿	岡田 睦——年
阿川弘之	論語知らずの論語読み	高島俊男——解／岡田 睦——年
阿川弘之	亡き母や	小山鉄郎——解／岡田 睦——年
秋山駿	小林秀雄と中原中也	井口時男——解／著者他——年
芥川龍之介	上海游記|江南游記	伊藤桂一——解／藤本寿彦——年
芥川龍之介 谷崎潤一郎	文芸的な、余りに文芸的な|饒舌録ほか 芥川vs.谷崎論争 千葉俊二編	千葉俊二——解
安部公房	砂漠の思想	沼野充義——人／谷 真介——年
安部公房	終りし道の標べに	リービ英雄-解／谷 真介——案
安部ヨリミ	スフィンクスは笑う	三浦雅士——解
有吉佐和子	地唄|三婆 有吉佐和子作品集	宮内淳子——解／宮内淳子——年
有吉佐和子	有田川	半田美永——解／宮内淳子——年
安藤礼二	光の曼陀羅 日本文学論	大江健三郎賞選評-解／著者——年
李良枝	由熙|ナビ・タリョン	渡部直己——解／編集部——年
石川淳	紫苑物語	立石 伯——解／鈴木貞美——案
石川淳	黄金伝説|雪のイヴ	立石 伯——解／日高昭二——案
石川淳	普賢|佳人	立石 伯——解／石和 鷹——案
石川淳	焼跡のイエス|善財	立石 伯——解／立石 伯——年
石川啄木	雲は天才である	関川夏央——解／佐藤清文——年
石坂洋次郎	乳母車|最後の女 石坂洋次郎傑作短編選	三浦雅士——解／森 英一——年
石原吉郎	石原吉郎詩文集	佐々木幹郎-解／小柳玲子——年
石牟礼道子	妣たちの国 石牟礼道子詩歌文集	伊藤比呂美-解／渡辺京二——年
石牟礼道子	西南役伝説	赤坂憲雄——解／渡辺京二——年
磯﨑憲一郎	鳥獣戯画|我が人生最悪の時	乗代雄介——解／著者——年
伊藤桂一	静かなノモンハン	勝又 浩——解／久米 勲——年
伊藤痴遊	隠れたる事実 明治裏面史	木村 洋——解
稲垣足穂	稲垣足穂詩文集	高橋孝次——解／高橋孝次——年
井上ひさし	京伝店の烟草入れ 井上ひさし江戸小説集	野口武彦——解／渡辺昭夫——年
井上靖	補陀落渡海記 井上靖短篇名作集	曾根博義——解／曾根博義——年
井上靖	本覚坊遺文	高橋英夫——解／曾根博義——年
井上靖	崑崙の玉|漂流 井上靖歴史小説傑作選	島内景二——解／曾根博義——年

▶解=解説 案=作家案内 人=人と作品 年=年譜を示す。 2022年5月現在

講談社文芸文庫

大岡昇平—中原中也	粟津則雄—解／佐々木幹郎—案
大岡昇平—花影	小谷野 敦—解／吉田凞生—年
大岡 信——私の万葉集一	東 直子—解
大岡 信——私の万葉集二	丸谷才一—解
大岡 信——私の万葉集三	嵐山光三郎—解
大岡 信——私の万葉集四	正岡子規—附
大岡 信——私の万葉集五	高橋順子—解
大岡 信——現代詩試論｜詩人の設計図	三浦雅士—解
大澤真幸—〈自由〉の条件	
大澤真幸—〈世界史〉の哲学 1　古代篇	山本貴光—解
大原富枝—婉という女｜正妻	高橋英夫—解／福江泰太—年
岡田 睦——明日なき身	富岡幸一郎—解／編集部—年
岡本かの子-食魔 岡本かの子食文学傑作選 大久保喬樹編	大久保喬樹—解／小松邦宏—年
岡本太郎—原色の呪文 現代の芸術精神	安藤礼二—解／岡本太郎記念館—年
小川国夫—アポロンの島	森川達也—解／山本恵一郎—年
小川国夫—試みの岸	長谷川郁夫—解／山本恵一郎—年
奥泉 光——石の来歴｜浪漫的な行軍の記録	前田 塁—解／著者—年
奥泉 光 群像編集部 編-戦後文学を読む	
大佛次郎—旅の誘い 大佛次郎随筆集	福島行一—解／福島行一—年
織田作之助-夫婦善哉	種村季弘—解／矢島道弘—年
織田作之助-世相｜競馬	稲垣眞美—解／矢島道弘—年
小田 実——オモニ太平記	金 石 範—解／編集部—年
小沼 丹——懐中時計	秋山 駿—解／中村 明—案
小沼 丹——小さな手袋	中村 明—人／中村 明—年
小沼 丹——村のエトランジェ	長谷川郁夫—解／中村 明—年
小沼 丹——珈琲挽き	清水良典—解／中村 明—年
小沼 丹——木菟燈籠	堀江敏幸—解／中村 明—年
小沼 丹——藁屋根	佐々木 敦—解／中村 明—年
折口信夫—折口信夫文芸論集 安藤礼二編	安藤礼二—解／著者—年
折口信夫—折口信夫天皇論集 安藤礼二編	安藤礼二—解
折口信夫—折口信夫芸能論集 安藤礼二編	安藤礼二—解
折口信夫—折口信夫対話集 安藤礼二編	安藤礼二—解／著者—年
加賀乙彦—帰らざる夏	リービ英雄—解／金子昌夫—案

講談社文芸文庫

葛西善蔵	哀しき父|椎の若葉	水上 勉——解／鎌田 慧——案
葛西善蔵	贋物|父の葬式	鎌田 慧——解
加藤典洋	アメリカの影	田中和生—解／著者——年
加藤典洋	戦後的思考	東 浩紀——解／著者——年
加藤典洋	完本 太宰と井伏 ふたつの戦後	與那覇 潤—解／著者——年
加藤典洋	テクストから遠く離れて	高橋源一郎-解／著者・編集部-年
加藤典洋	村上春樹の世界	マイケル・エメリック—解
金井美恵子	愛の生活|森のメリュジーヌ	芳川泰久—解／武藤康史—年
金井美恵子	ピクニック、その他の短篇	堀江敏幸—解／武藤康史—年
金井美恵子	砂の粒|孤独な場所で 金井美恵子自選短篇集	磯﨑憲一郎-解／前田晃一—年
金井美恵子	恋人たち|降誕祭の夜 金井美恵子自選短篇集	中原昌也—解／前田晃一—年
金井美恵子	エオンタ|自然の子供 金井美恵子自選短篇集	野田康文—解／前田晃一—年
金子光晴	絶望の精神史	伊藤信吉—人／中島可一郎-年
金子光晴	詩集「三人」	原 満三寿—解／編集部——年
鏑木清方	紫陽花舎随筆 山田肇選	鏑木清方記念美術館—年
嘉村礒多	業苦|崖の下	秋山 駿——解／太田静一—年
柄谷行人	意味という病	絓 秀実——解／曾根博義—案
柄谷行人	畏怖する人間	井口時男—解／三浦雅士—案
柄谷行人編	近代日本の批評 Ⅰ 昭和篇上	
柄谷行人編	近代日本の批評 Ⅱ 昭和篇下	
柄谷行人編	近代日本の批評 Ⅲ 明治・大正篇	
柄谷行人	坂口安吾と中上健次	井口時男—解／関井光男—年
柄谷行人	日本近代文学の起源 原本	関井光男—年
柄谷行人 中上健次	柄谷行人中上健次全対話	高澤秀次—解
柄谷行人	反文学論	池田雄一—解／関井光男—年
柄谷行人 蓮實重彥	柄谷行人蓮實重彥全対話	
柄谷行人	柄谷行人インタヴューズ1977-2001	
柄谷行人	柄谷行人インタヴューズ2002-2013	丸川哲史—解／関井光男—年
柄谷行人	[ワイド版]意味という病	絓 秀実——解／曾根博義—案
柄谷行人	内省と遡行	
柄谷行人 浅田彰	柄谷行人浅田彰全対話	

柄谷行人——柄谷行人対話篇Ⅰ 1970-83
柄谷行人——柄谷行人対話篇Ⅱ 1984-88
河井寛次郎-火の誓い　河井須也子-人／鷺 珠江——年
河井寛次郎-蝶が飛ぶ 葉っぱが飛ぶ　河井須也子-解／鷺 珠江——年
川喜田半泥子-随筆 泥仏堂日録　森 孝一——解／森 孝一——年
川崎長太郎-抹香町|路傍　秋山 駿——解／保昌正夫——年
川崎長太郎-鳳仙花　川村二郎——解／保昌正夫——年
川崎長太郎-老残|死に近く 川崎長太郎老境小説集　いしいしんじ-解／齋藤秀昭——年
川崎長太郎-泡|裸木 川崎長太郎花街小説集　齋藤秀昭——解／齋藤秀昭——年
川崎長太郎-ひかげの宿|山桜 川崎長太郎「抹香町」小説集　齋藤秀昭——解／齋藤秀昭——年
川端康成——一草一花　勝又 浩——人／川端香男里-年
川端康成——水晶幻想|禽獣　高橋英夫——解／羽鳥徹哉——案
川端康成——反橋|しぐれ|たまゆら　竹西寛子——解／原 善——案
川端康成——たんぽぽ　秋山 駿——解／近藤裕子——案
川端康成——浅草紅団|浅草祭　増田みず子-解／栗坪良樹——案
川端康成——文芸時評　羽鳥徹哉——解／川端香男里-年
川端康成——非常|寒風|雪国抄 川端康成傑作短篇再発見　富岡幸一郎-解／川端香男里-年
上林 暁——聖ヨハネ病院にて|大懺悔　富岡幸一郎-解／津久井 隆——年
木下杢太郎-木下杢太郎随筆集　岩阪恵子——解／柿谷浩一——年
木山捷平——氏神さま|春雨|耳学問　岩阪恵子——解／保昌正夫——案
木山捷平——鳴るは風鈴 木山捷平ユーモア小説選　坪内祐三——解／編集部——年
木山捷平——落葉|回転窓 木山捷平純情小説選　岩阪恵子——解／編集部——年
木山捷平——新編 日本の旅あちこち　岡崎武志——解
木山捷平——酔いざめ日記
木山捷平——[ワイド版]長春五馬路　蜂飼 耳——解／編集部——年
清岡卓行——アカシヤの大連　宇佐美 斉——解／馬渡憲三郎-案
久坂葉子——幾度目かの最期 久坂葉子作品集　久坂部 羊——解／久米 勲——年
窪川鶴次郎-東京の散歩道　勝又 浩——解
倉橋由美子-蛇|愛の陰画　小池真理子-解／古屋美登里-年
黒井千次——たまらん坂 武蔵野短篇集　辻井 喬——解／篠崎美生子-年
黒井千次選-「内向の世代」初期作品アンソロジー
黒島伝治——橇|豚群　勝又 浩——人／戎居士郎——年
群像編集部編-群像短篇名作選 1946～1969
群像編集部編-群像短篇名作選 1970～1999

小林秀雄 ―[ワイド版]小林秀雄対話集　秋山 駿―解／吉田凞生―年
佐伯一麦 ―ショート・サーキット 佐伯一麦初期作品集　福田和也―解／二瓶浩明―年
佐伯一麦 ―日和山 佐伯一麦自選短篇集　阿部公彦―解／著者―年
佐伯一麦 ―ノルゲ Norge　三浦雅士―解／著者―年
坂口安吾 ―風と光と二十の私と　川村 湊―解／関井光男―案
坂口安吾 ―桜の森の満開の下　川村 湊―解／和田博文―案
坂口安吾 ―日本文化私観 坂口安吾エッセイ選　川村 湊―解／若月忠信―年
坂口安吾 ―教祖の文学｜不良少年とキリスト 坂口安吾エッセイ選　川村 湊―解／若月忠信―年
阪田寛夫 ―庄野潤三ノート　富岡幸一郎―解
鷺沢萠 ―帰れぬ人びと　川村 湊―解／著者、オフィスめめ―年
佐々木邦 ―苦心の学友 少年倶楽部名作選　松井和男―解
佐多稲子 ―私の東京地図　川本三郎―解／佐多稲子研究会―年
佐藤紅緑 ―ああ玉杯に花うけて 少年倶楽部名作選　紀田順一郎―解
佐藤春夫 ―わんぱく時代　佐藤洋二郎―解／牛山百合子―年
里見弴 ―恋ごころ 里見弴短篇集　丸谷才一―解／武藤康史―年
澤田謙 ―プリューターク英雄伝　中村伸二―年
椎名麟三 ―深夜の酒宴｜美しい女　井口時男―解／斎藤末弘―年
島尾敏雄 ―その夏の今は｜夢の中での日常　吉本隆明―解／紅野敏郎―案
島尾敏雄 ―はまべのうた｜ロング・ロング・アゴウ　川村 湊―解／柘植光彦―案
島田雅彦 ―ミイラになるまで 島田雅彦初期短篇集　青山七恵―解／佐藤康智―年
志村ふくみ―一色一生　高橋 巖―人／著者―年
庄野潤三 ―夕べの雲　阪田寛夫―解／助川徳是―案
庄野潤三 ―ザボンの花　富岡幸一郎―解／助川徳是―年
庄野潤三 ―鳥の水浴び　田村 文―解／助川徳是―年
庄野潤三 ―星に願いを　富岡幸一郎―解／助川徳是―年
庄野潤三 ―明夫と良二　上坪裕介―解／助川徳是―年
庄野潤三 ―庭の山の木　中島京子―解／助川徳是―年
庄野潤三 ―世をへだてて　島田潤一郎―解／助川徳是―年
笙野頼子 ―幽界森娘異聞　金井美恵子―解／山﨑眞紀子―年
笙野頼子 ―猫道 単身転々小説集　平田俊子―解／山﨑眞紀子―年
笙野頼子 ―海獣｜呼ぶ植物｜夢の死体 初期幻視小説集　菅野昭正―解／山﨑眞紀子―年
白洲正子 ―かくれ里　青柳恵介―人／森 孝一―年
白洲正子 ―明恵上人　河合隼雄―人／森 孝一―年
白洲正子 ―十一面観音巡礼　小川光三―人／森 孝一―年

講談社文芸文庫

白洲正子	お能|老木の花	渡辺 保——人／森 孝一——年
白洲正子	近江山河抄	前 登志夫—人／森 孝一——年
白洲正子	古典の細道	勝又 浩——人／森 孝一——年
白洲正子	能の物語	松本 徹——人／森 孝一——年
白洲正子	心に残る人々	中沢けい—人／森 孝一——年
白洲正子	世阿弥 ——花と幽玄の世界	水原紫苑—人／森 孝一——年
白洲正子	謡曲平家物語	水原紫苑—解／森 孝一——年
白洲正子	西国巡礼	多田富雄—解／森 孝一——年
白洲正子	私の古寺巡礼	高橋睦郎—解／森 孝一——年
白洲正子	[ワイド版]古典の細道	勝又 浩——人／森 孝一——年
鈴木大拙訳	天界と地獄 スエデンボルグ著	安藤礼二—解／編集部——年
鈴木大拙	スエデンボルグ	安藤礼二—解／編集部——年
曽野綾子	雪あかり 曽野綾子初期作品集	武藤康史—解／武藤康史—年
田岡嶺雲	数奇伝	西田 勝——解／西田 勝——年
高橋源一郎	さようなら、ギャングたち	加藤典洋—解／栗坪良樹—年
高橋源一郎	ジョン・レノン対火星人	内田 樹——解／栗坪良樹—年
高橋源一郎	ゴーストバスターズ 冒険小説	奥泉 光——解／若杉美智子-年
高橋たか子	人形愛|秘儀|甦りの家	富岡幸一郎-解／著者———年
高橋たか子	亡命者	石沢麻依—解／著者———年
高原英理編	深淵と浮遊 現代作家自己ベストセレクション	高原英理—解
高見 順	如何なる星の下に	坪内祐三—解／宮内淳子—年
高見 順	死の淵より	井坂洋子—解／宮内淳子—年
高見 順	わが胸の底のここには	荒川洋治—解／宮内淳子—年
高見沢潤子	兄 小林秀雄との対話 人生について	
武田泰淳	蝮のすえ|「愛」のかたち	川西政明—解／立石 伯——案
武田泰淳	司馬遷—史記の世界	宮内 豊——解／古林 尚——年
武田泰淳	風媒花	山城むつみ-解／編集部——年
竹西寛子	贈答のうた	堀江敏幸—解／著者———年
太宰 治	男性作家が選ぶ太宰治	編集部——年
太宰 治	女性作家が選ぶ太宰治	
太宰 治	30代作家が選ぶ太宰治	編集部——年
田中英光	空吹く風|暗黒天使と小悪魔|愛と憎しみの傷に 田中英光デカダン作品集 道籏泰三編	道籏泰三—解／道籏泰三—年
谷崎潤一郎	金色の死 谷崎潤一郎大正期短篇集	清水良典—解／千葉俊二—年

種田山頭火	山頭火随筆集	村上 護——解／村上 護——年
田村隆一	腐敗性物質	平出 隆——人／建畠 晢——年
多和田葉子	ゴットハルト鉄道	室井光広——解／谷口幸代——年
多和田葉子	飛魂	沼野充義——解／谷口幸代——年
多和田葉子	かかとを失くして｜三人関係｜文字移植	谷口幸代——解／谷口幸代——年
多和田葉子	変身のためのオピウム｜球形時間	阿部公彦——解／谷口幸代——年
多和田葉子	雲をつかむ話｜ボルドーの義兄	岩川ありさ—解／谷口幸代——年
多和田葉子	ヒナギクのお茶の場合｜海に落とした名前	木村朗子——解／谷口幸代——年
多和田葉子	溶ける街 透ける路	鴻巣友季子—解／谷口幸代——年
近松秋江	黒髪｜別れたる妻に送る手紙	勝又 浩——解／柳沢孝子——案
塚本邦雄	定家百首｜雪月花(抄)	島内景二——解／島内景二——年
塚本邦雄	百句燦燦 現代俳諧頌	橋本 治——解／島内景二——年
塚本邦雄	王朝百首	橋本 治——解／島内景二——年
塚本邦雄	西行百首	島内景二——解／島内景二——年
塚本邦雄	秀吟百趣	島内景二——解
塚本邦雄	珠玉百歌仙	島内景二——解
塚本邦雄	新撰 小倉百人一首	島内景二——解
塚本邦雄	詞華美術館	島内景二——解
塚本邦雄	百花遊歴	島内景二——解
塚本邦雄	茂吉秀歌『赤光』百首	島内景二——解
塚本邦雄	新古今の惑星群	島内景二——解／島内景二——年
つげ義春	つげ義春日記	松田哲夫——解
辻 邦生	黄金の時刻の滴り	中条省平——解／井上明久——年
津島美知子	回想の太宰治	伊藤比呂美—解／編集部——年
津島佑子	光の領分	川村 湊——解／柳沢孝子——案
津島佑子	寵児	石原千秋——解／与那覇恵子—年
津島佑子	山を走る女	星野智幸——解／与那覇恵子—年
津島佑子	あまりに野蛮な 上・下	堀江敏幸——解／与那覇恵子—年
津島佑子	ヤマネコ・ドーム	安藤礼二——解／与那覇恵子—年
坪内祐三	慶応三年生まれ 七人の旋毛曲り 漱石・外骨・熊楠・露伴・子規・紅葉・緑雨とその時代	森山裕之——解／佐久間文子—年
鶴見俊輔	埴谷雄高	加藤典洋——解／編集部——年
寺田寅彦	寺田寅彦セレクション Ⅰ 千葉俊二・細川光洋選	千葉俊二——解／永橋禎子——年

講談社文芸文庫

寺田寅彦――寺田寅彦セレクション II 千葉俊二・細川光洋選　細川光洋――解
寺山修司――私という謎 寺山修司エッセイ選　川本三郎――解／白石 征――年
寺山修司――戦後詩 ユリシーズの不在　小嵐九八郎―解
十返肇――「文壇」の崩壊 坪内祐三編　坪内祐三――解／編集部――年
徳田球一
志賀義雄――獄中十八年　鳥羽耕史――解
徳田秋声――あらくれ　大杉重男――解／松本 徹――年
徳田秋声――黴｜爛　宗像和重――解／松本 徹――年
富岡幸一郎―使徒的人間 ―カール・バルト―　佐藤 優――解／著者――年
富岡多惠子―表現の風景　秋山 駿――解／木谷喜美枝―案
富岡多惠子編―大阪文学名作選　富岡多惠子―解
土門 拳――風貌｜私の美学 土門拳エッセイ選 酒井忠康編　酒井忠康――解／酒井忠康――年
永井荷風――日和下駄 一名 東京散策記　川本三郎――解／竹盛天雄――年
永井荷風――[ワイド版]日和下駄 一名 東京散策記　川本三郎――解／竹盛天雄――年
永井龍男――一個｜秋その他　中野孝次――解／勝又 浩――案
永井龍男――カレンダーの余白　石原八束――人／森本昭三郎―年
永井龍男――東京の横丁　川本三郎――解／編集部――年
中上健次――熊野集　川村二郎――解／関井光男――案
中上健次――蛇淫　井口時男――解／藤本寿彦――年
中上健次――水の女　前田 塁――解／藤本寿彦――年
中上健次――地の果て 至上の時　辻原 登――解
中川一政――画にもかけない　高橋玄洋――人／山田幸男――年
中沢けい――海を感じる時｜水平線上にて　勝又 浩――解／近藤裕子――案
中沢新一――虹の理論　島田雅彦――解／安藤礼二――年
中島 敦――光と風と夢｜わが西遊記　川村 湊――解／鷺 只雄――案
中島 敦――斗南先生｜南島譚　勝又 浩――解／木村一信――案
中野重治――村の家｜おじさんの話｜歌のわかれ　川西政明――解／松下 裕――案
中野重治――斎藤茂吉ノート　小高 賢――解
中野好夫――シェイクスピアの面白さ　河合祥一郎―解／編集部――年
中原中也――中原中也全詩歌集 上・下 吉田凞生編　吉田凞生――解／青木 健――案
中村真一郎―この百年の小説 人生と文学と　紅野謙介――解
中村光夫――二葉亭四迷伝 ある先駆者の生涯　絓 秀実――解／十川信介――案
中村光夫選―私小説名作選 上・下 日本ペンクラブ編
中村武羅夫―現代文士廿八人　齋藤秀昭――解

夏目漱石 ―思い出す事など|私の個人主義|硝子戸の中　石﨑 等―年
成瀬櫻桃子-久保田万太郎の俳句　齋藤礎英―解/編集部―年
西脇順三郎-*ambarvalia*|旅人かへらず　新倉俊―人/新倉俊―年
丹羽文雄 ―小説作法　青木淳悟―解/中島国彦―年
野口冨士男-なぎの葉考|少女 野口冨士男短篇集　勝又 浩―解/編集部―年
野口冨士男-感触的昭和文壇史　川村 湊―解/平井一麥―年
野坂昭如 ―人称代名詞　秋山 駿―解/鈴木貞美―案
野坂昭如 ―東京小説　町田 康―解/村上玄一―年
野崎 歓 ―異邦の香り ネルヴァル『東方紀行』論　阿部公彦―解
野間 宏 ―暗い絵|顔の中の赤い月　紅野謙介―解/紅野謙介―年
野呂邦暢 ―[ワイド版]草のつるぎ|一滴の夏 野呂邦暢作品集　川西政明―解/中野章子―年
橋川文三 ―日本浪曼派批判序説　井口時男―解/赤藤了勇―年
蓮實重彥 ―夏目漱石論　松浦理英子―解/著者―年
蓮實重彥 ―「私小説」を読む　小野正嗣―解/著者―年
蓮實重彥 ―凡庸な芸術家の肖像 上 マクシム・デュ・カン論
蓮實重彥 ―凡庸な芸術家の肖像 下 マクシム・デュ・カン論　工藤庸子―解
蓮實重彥 ―物語批判序説　磯﨑憲一郎-解
花田清輝 ―復興期の精神　池内 紀―解/日高昭二―年
埴谷雄高 ―死霊 I II III　鶴見俊輔―解/立石 伯―年
埴谷雄高 ―埴谷雄高政治論集 埴谷雄高評論選書1 立石伯編
埴谷雄高 ―酒と戦後派 人物随想集
濱田庄司 ―無盡蔵　水尾比呂志-解/水尾比呂志-年
林 京子 ―祭りの場|ギヤマン ビードロ　川西政明―解/金井景子―案
林 京子 ―長い時間をかけた人間の経験　川西政明―解/金井景子―年
林 京子 ―やすらかに今はねむり給え|道　青来有一―解/金井景子―年
林 京子 ―谷間|再びルイへ。　黒古一夫―解/金井景子―年
林 芙美子 ―晩菊|水仙|白鷺　中沢けい―解/熊坂敦子―案
林原耕三 ―漱石山房の人々　山崎光夫―解
原 民喜 ―原民喜戦後全小説　関川夏央―解/島田昭男―年
東山魁夷 ―泉に聴く　桑原住雄―人/編集部―年
日夏耿之介-ワイルド全詩 (翻訳)　井村君江―解/井村君江―年
日夏耿之介-唐山感情集　南條竹則―解
日野啓三 ―ベトナム報道　著者―年
日野啓三 ―天窓のあるガレージ　鈴村和成―解/著者―年

講談社文芸文庫

講談社文芸文庫

松浦寿輝	半島	三浦雅士──解／著者──年
松岡正剛	外は、良寛。	水原紫苑──解／太田香保──年
松下竜一	豆腐屋の四季 ある青春の記録	小嵐九八郎-解／新木安利他-年
松下竜一	ルイズ 父に貰いし名は	鎌田 慧──解／新木安利他-年
松下竜一	底ぬけビンボー暮らし	松田哲夫──解／新木安利他-年
丸谷才一	忠臣藏とは何か	野口武彦──解
丸谷才一	横しぐれ	池内 紀──解
丸谷才一	たった一人の反乱	三浦雅士──解／編集部──年
丸谷才一	日本文学史早わかり	大岡 信──解／編集部──年
丸谷才一編	丸谷才一編・花柳小説傑作選	杉本秀太郎-解
丸谷才一	恋と日本文学と本居宣長｜女の救はれ	張 競──解／編集部──年
丸谷才一	七十句｜八十八句	編集部──年
丸山健二	夏の流れ 丸山健二初期作品集	茂木健一郎-解／佐藤清文──年
三浦哲郎	野	秋山 駿──解／栗坪良樹──案
三木清	読書と人生	鷲田清一──解／柿谷浩一──年
三木清	三木清教養論集 大澤聡編	大澤 聡──解／柿谷浩一──年
三木清	三木清大学論集 大澤聡編	大澤 聡──解／柿谷浩一──年
三木清	三木清文芸批評集 大澤聡編	大澤 聡──解／柿谷浩一──年
三木卓	震える舌	石黒達昌──解／若杉美智子-年
三木卓	K	永田和宏──解／若杉美智子-年
水上勉	才市｜蓑笠の人	川村 湊──解／祖田浩一──案
水原秋櫻子	高濱虚子 並に周囲の作者達	秋尾 敏──解／編集部──年
道簱泰三編	昭和期デカダン短篇集	道簱泰三──解
宮本徳蔵	力士漂泊 相撲のアルケオロジー	坪内祐三──解／著者──年
三好達治	測量船	北川 透──人／安藤靖彦──年
三好達治	諷詠十二月	高橋順子──解／安藤靖彦──年
村山槐多	槐多の歌へる 村山槐多詩文集 酒井忠康編	酒井忠康──解／酒井忠康──年
室生犀星	蜜のあわれ｜われはうたえどもやぶれかぶれ	久保忠夫──解／本多 浩──案
室生犀星	加賀金沢｜故郷を辞す	星野晃一──人／星野晃一──年
室生犀星	深夜の人｜結婚者の手記	髙瀨真理子-解／星野晃一──年
室生犀星	かげろうの日記遺文	佐々木幹郎-解／星野晃一──解
室生犀星	我が愛する詩人の伝記	鹿島 茂──解／星野晃一──年
森敦	われ逝くもののごとく	川村二郎──解／富岡幸一郎-案
森茉莉	父の帽子	小島千加子-人／小島千加子-年